# 你是上天给我**最好的**馈赠

主编：要力石　何　芸

新 华 出 版 社

**图书在版编目（CIP）数据**

你是上天给我最好的馈赠 / 要力石, 何芸主编.
——北京：新华出版社，2016.6
（枕边书系列）
ISBN 978-7-5166-2556-9

Ⅰ.①你…　Ⅱ.①要…　②何…　Ⅲ.①中国文学－当代文学－作品综合集
Ⅳ.①I217.1

中国版本图书馆CIP数据核字（2016）第117926号

**你是上天给我最好的馈赠**

主　　编：要力石　何　芸

选题策划：要力石　　　　　　　责任印制：廖成华
责任编辑：曾　曦　　　　　　　封面设计：马文丽

出版发行：新华出版社
地　　址：北京石景山区京原路8号　邮　　编：100040
网　　址：http://www.xinhuapub.com
经　　销：新华书店、新华出版社天猫旗舰店、京东旗舰店及各大网店
购书热线：010－63077122　　　中国新闻书店购书热线：010－63072012

照　　排：臻美书装
印　　刷：北京凯达印务有限公司

成品尺寸：145mm×210mm　1/32
印　　张：11.125　　　　　　　字　　数：210千字
版　　次：2017年11月第一版　　印　　次：2017年11月第一次印刷

书　　号：ISBN　978-7-5166-2556-9
定　　价：48.00元

# 目录 ▶ CONTENTS

第一辑

# 你是上天给我最好的馈赠

# 你好，亲爱的卡尔

于小鱼

## 1

那天的天气真的不怎么样，尽管列车员把每个窗户都打开了一条小缝，可整个车厢依然闷得像个蒸笼，很难让人透过气来。于是当列车停在一个叫坦贝尔的小站的时候，我拎起那只笨重的背包，艰难地从满是汗味的人群里挤了出来。

毫无疑问，那是我所见过的车站里最最破落的一个，进出站的旅客寥寥无几，检票员斜靠在那面锈迹斑斑的铁丝网上，偶尔会慵懒地抬起胳膊，为经过的旅客指路。

"你好，最近的售卖亭在哪儿？我需要一瓶水。"我想我是真的害怕自己会在最后一个小时的旅程里中暑。

检票员一边打着哈欠一边拿过我的车票，"去坡下那个小房子看看吧，不过你可要麻利一点儿，列车只在这个小站停靠三分钟。"

我像是一只笨熊，歪歪扭扭地跑出了五十米，当我确定再

也抬不起腿来的时候，不得不卸下那个累赘的背包，把它放在了路边的一块厚草皮上，大口地做了几个深呼吸，继续我的冲刺。

那是一间非常简陋的屋子，店里只有一个跛脚的老妇人和一个男童，出售的东西也只有水和面包，当我拿了找回的钱和水准备离开的时候，男童拽了一下我的衣襟，"先生，今年……我十岁了。"

"哦，是吗，你是个非常可爱的孩子……"时间有限，我只应付地和男童攀谈了几句，检票员的哨子一响，我便急匆匆地冲回了车站。

不过那个男童的确给了我很深的印象，从简短的交流里，我得知他的名字叫卡尔，那个跛脚的老妇人是文森特夫人，更重要的是，我总感觉那个男童的眼神里有一种无法言说的期盼。

列车驶出那个小站不久，大雨瓢泼而至，窗外一道刺眼的闪电划过，我的心也瞬间打了个激灵：天啊！我竟然忘记带回放在草地上的背包了！

## 2

我的包里装的是一套折叠三脚架和一台长镜头变焦相机，那是我工作以来用过的最好的一套装备，是报社专门为我今年的南部采访而配备的，我简直不敢想象这件事情的后果，如果被人捡走了，我将会被扣掉将近两年的薪水；如果没人拿走，它一定会被雨水泡个稀巴烂。

到达目的地后，我随便找了个小旅馆住了下来，第二天一早便坐上了返程的列车。我在坦贝尔站下车后，立马跑到了我放包的那个地方。

如你所想，我在四周找了好久，根本不见那只包的踪影。

我把唯一的希望寄托在了文森特夫人的小卖店，当我狼狈地走进那家小店的时候，那颗悬到了嗓子眼的心终于缓缓沉了下来。

那只背包稳稳地立在墙角的一把藤椅上，上面没有一丝水渍。

"你好，先生！"文森特夫人正拿着一本书教卡尔识字。

"你好，文森特夫人，我昨天弄丢了我的背包，里面有一台照相机……"我尽可能描述得很详细，以表明我的确是那个背包的主人。

"哦，好粗心的年轻人，不过我想……你是幸运的，昨天我和卡尔费了好大力气才把这个大家伙抬进来……"文森特夫人一边不停地咳嗽，一边用手指了指那个背包，示意我把它拿走。

"好粗心的年轻人……"小卡尔一边专注地看着我，一边重复着文森特夫人的那句话。

"您看……我应该给您多少钱？"我从上衣口袋里摸出了钱包。

文森特夫人朝我摇了摇头："下次小心点就是了，这个小

站停车时间短，经常有人丢东西的。"

我向文森特夫人表达了真诚的谢意，离开前，小卡尔还不放心地问我："先生，您确定之前没有在这里丢过东西吗？"

"是的，我确定！"我感激地抚摸了一下卡尔的头。

而那天，我的确又在文森特夫人那里丢了一件东西，那就是我的钱包。

不过，我是故意的。

## 3

我本以为我和卡尔之间的故事会就此终结，可事情远远没有那么简单。一个月以后，我再次去南部采访，途经坦贝尔站的时候，我发现出站口的铁丝网外站着一个小孩。他高高地举着一个牌子，上面写着"罗杰，三百美元"。于是我断定那个举着牌子的人就是卡尔，因为我"丢掉"的那个钱包里刚好有三百美元，而且，那个钱包里有我的名片。

但是那一次我没有下车，因为我是真的想用那点钱表达一下我的谢意，如果可怜的文森特夫人和卡尔能花掉它，我会更高兴。而事情总是出乎我的意料，再一次经过坦贝尔站的时候，卡尔依然举着牌子站在那里。

是的，因为我的采访计划，我每个月都要从那里经过，而那个男孩，应该在那里等了我整整 60 天。于是我不得不更改我的行程，在这个小站，我再一次为了这个可爱的小孩下了车。

　　卡尔见到我的时候，眼睛一下就亮了起来，"先生，您终于来了，这个应该是您的钱包。"

　　"是的，亲爱的卡尔。"我想我没有勇气在这个虔诚的男孩面前撒谎，"你每天都在这里等我吗？"

　　"是的，这趟车的到站时间是两点十五分，我总会在这个时间来到这儿，因为……丢了东西的人一定很着急。"卡尔把钱包递给了我，"先生，这个世界上是不是有好多像您一样粗心的人？"

　　"哦……是的……也许吧。"我不知道该怎样回答他这个天真的问题。

　　"要是人们不这么粗心就好了……好多人都在这里丢过东西……"卡尔的眼神，再一次地忧郁起来。"先生，您确定之前没在这里丢过东西吗？"

　　"是的，我确定。"我擦了擦卡尔脸上的灰尘。

　　"文森特夫人说这个小站用不了多久就会拆了，如果您听说谁在这里丢过东西，一定要让他们来这里找我。"卡尔的声音里，仿佛带着一丝乞求。

　　"嗯，一定会！"我突然发现我对这个男孩的喜爱已经超出了我的想象。

　　临走的时候，卡尔问我能不能用我的相机跟他合个影，有时间能不能给他写信。

　　当然，我都答应了。

## 4

"亲爱的卡尔，我在南部的采访很顺利，天气终于有了好转，车厢里再也没有那么闷热了……"

"亲爱的卡尔，你和文森特夫人还好吗？上个月我又加薪了，所以我买了一只好大的火鸡……"

……

后来，我收到了卡尔的一封回信，他问我能不能把我们的合影登在我们的报纸上。当时我真的感到很为难，可当我向社长说明是这个男孩保存了我们那台相机的事情后，社长同意我上交一些版面费，把那张照片刊登在报上一个小小的角落。

南部的采访结束后，我休息了将近半年的时间，我想去探望一下卡尔和文森特夫人，可不巧的是，那个叫坦贝尔的小站已经被拆掉了。

我费尽周折辗转来到坦贝尔的时候，那间小店已经空空如也，我向附近的人打听文森特夫人和卡尔的去向，结果却让我惊愕不已。

"文森特夫人半年前就去世了，她可真是个好人呢，她早就可以离开这个鬼地方去福利院，可她就是不肯。因为她不想告诉卡尔他是别人丢在这个小站的弃婴……她一直哄着卡尔说是父母不小心把他忘在这里了，他们一定会来这里找他……"

"还好，这个孩子足够幸运，文森特夫人这几年也没有白白守候，文森特夫人忍着病痛躺在床上痛苦挣扎的时候，卡尔一给她念起那些来自加州的信件，她就会平静下来，卡尔告诉她，他的爸爸很快就会来接他了……"

"文森特夫人是微笑着离开这个世界的，因为她在报纸上看到了卡尔和父亲拥抱在一起的照片……"

## 5

我是在办公室那堆没有来得及整理的资料里找到那封信的，拆开后，里面掉出了两张钞票和一张纸条，纸条上写着："您好，亲爱的罗杰先生，这是我和文森特夫人的一些积蓄，感谢您对我的帮助，一百美元是刊登照片的版面费，另外五美元，是您给我的那个拥抱……"

我的眼角湿润起来，心情很是复杂。我被文森特夫人和卡尔留给彼此的"谎言"感动和震撼着，我不知道一位跛脚的老妇人和一个男孩是怎样在期盼中度过那十年，也无法接受一个男孩要用五美元去买一个拥抱的事实。我把那段经历刊登在了报纸上，而那一年，那条报道得了年度最佳新闻奖，几百条信息反馈到报社，愿意寻找并收养卡尔。

那条报道的标题，叫"你好，亲爱的卡尔"。

卡尔最终被一位不愿透露姓名的人士收养了，我们没有再去打扰他们的生活。他曾经那样感动过这个世界，而这个世界也终将把美丽和温暖回馈于他。

# 我的额吉

小径稀红

## 1

额吉，是蒙古族人对母亲的称呼。

第一次见她，她正站在门口。我大大方方地叫了一声："妈妈！"她拉着我的手，眼睛眯成一条细细的缝："叫额吉！"于是，我就叫她额吉。这一叫，就是10年。

10年前，我和毕力格相爱了，但遭到他父亲的坚决反对。毕力格的父亲是地道的蒙古族人，希望自己的独子也能找个蒙古族姑娘。

毕力格秉承了父亲的固执，在北京租了一间房子，我们领了结婚证。知道我们结婚，他父亲拒绝和毕力格说话。我们打电话回去，一直是额吉接。每次都是话没说出口，笑声就先传到了。

有一次，她一张口就说："佳佳啊，我学会打电话了，这次是我自己按的！"说完，就笑了。额吉跟我无话不说。我知道，她是想有人跟她说说话，于是就静静地听着，偶尔说说毕力格的坏话。快要挂电话时，她会补一句："呀！忘了跟儿子说了，下次吧。"

是不是真的忘了，我不太确定，但她先儿媳、后儿子的做法，让我很受用。毕力格有时会酸溜溜地说："额吉满脑子都是你了！"

## 2

婚后第一个新年，额吉动员我回草原过年，我一口答应下来。说好腊月二十六动身，但腊月二十那天，毕力格被公司临时派往深圳出差。腊月二十二晚上，我接到他公司的电话，毕力格在高速路上超速行驶，车毁人亡。

恍恍惚惚中，我从火车站到机场，又从机场到火车站，始终无法赶到事故现场。我站在汹涌的人潮中，眼泪一个劲儿地流，鬼使神差就拨通了额吉的电话："怎么办，额吉？我到不了深圳，他出车祸，我怎么能不去，额吉……"

只有这一次，额吉既没说话，也没有笑。我语无伦次，不敢确定她明白了没有。稀里糊涂地挨了 3 天，她神奇地出现在我面前，默默地摸着我的头发，我伏在她怀里流泪，像个无助的孩子。

处理完毕力格的丧事，额吉陪了我几天，有她在，我感到很踏实。有一天夜里起来，我听到另一间屋里有声音。我轻轻

走过去，看见额吉用被子捂着嘴抽泣。我突然明白，老年丧子，她其实比我更心痛。

第二天，我细细地打量着她，好像一夜之间她老了许多。我故意说："额吉，你做的饭不好吃。"她很内疚的样子，坐立不安。我狠下心，视而不见。当天晚上，额吉说："我想回去了。"我没说话。我把额吉送到车站，看着她步履蹒跚地走到站台上。在转身的瞬间，我的泪水再一次汹涌而下，这一次，是为额吉流的。

3

额吉走了没几天，我发现自己怀孕了。我拿着化验单，在医院门口徘徊了一天，没舍得把孩子做掉。这，也许是毕力格和我在这个世界上的最后一点儿关联。

春节一过，我就辞掉了工作，回到故乡找了一份闲职，安心等待孩子的出生。妇女节前，我突然接到额吉的电话，那边风很大，她好像在喊："佳佳啊，换了地方也不告诉我一声！"我无语。她说："不管毕力格在不在，我都是你的额吉。"说完就笑，我也跟着笑。

此后，额吉的电话就再也没中断，我单调的生活多了一份牵挂。儿子出生后，我腾出时间专心工作。额吉的消息渐渐地时有时无，我开始感到不安，但慢慢地，也就习惯了。

儿子4岁那年，额吉突然来电话，问我："能不能去汽车站接我？"我吓了一跳。等我把她接回家，她掏出一大堆奶皮、奶酪、风干牛肉。最后，她从怀里拿出一张照片，喜滋滋地说："你看。"我扫了一眼，是个陌生的青年男子。她说："镇上老张家的儿子，在包头当公务员。你要是觉得行，我给你们撮合。"我笑了："不合适。"她白了我一眼："你总不能就这么一个人过吧？"我忍了又忍，说："我早找了，儿子也有了！"

她瞪大眼睛看着我，半信半疑。正在这时，儿子回来了。她推了我一把："你不对啊！不告诉我，还不请我喝喜酒。"她说笑着，就跑去抱儿子。额吉把他放在腿上，摸摸他的脸，又摸摸他的手，细细地端详。儿子居然不认生，冲她笑。我看着，心里酸酸的，却没勇气告诉她真相。

我想，我另嫁他人，又有了孩子，额吉就不必总牵挂我了。这样其实很好。

## 4

额吉回去以后，我在枕头底下发现 500 元钱。我把钱给她寄回去。没过几天，她又寄回来。从那以后，她隔两个月寄一次钱，300 或 500 不等。怕她再生气，我只好收下。

每次打电话来，她总是用近乎讨好的口气让儿子叫她额么格（蒙古语，奶奶）："就一声，就叫一声行不行？"儿子不肯叫，她就很失望。后来，儿子和额吉渐渐熟悉了，两人在电话里唧唧喳喳地说个没完。儿子也终于开口叫她额么格，她高

兴得直笑，笑声在 3 米以外都能听到。

儿子 7 岁那年的国庆，我准备开始自己的第二段婚姻，就打电话告诉额吉："我打算再婚了。"她高兴得一个劲说好。

婚礼前夕，额吉准备了精美贵重的蒙古族服饰前来祝贺。为了表示尊重，我把它作为结婚礼服。整个过程，额吉都很兴奋，大口喝酒，借着酒劲给大家唱歌。

回去时，额吉要带儿子住几天。送她到车站，我说："额吉，这么大岁数了，你还要这么兴师动众。"她的脸上沟壑纵横，头发几乎全白了，背一驼，显得矮小单薄。她笑了："谁让我是你的额吉呢。"

我目睹着车子渐行渐远，想起了 7 年前，她捧着毕力格的骨灰离开北京的情形。7 年后，她再次从我眼前一点儿一点儿地消失，旁边是活蹦乱跳的儿子。而她却不知道，儿子的生命里流淌着她的血！

## 5

儿子回来后，我决定把真相告诉额吉，又考虑到电话里不太好说，想抽个时间到额吉那里，但却因为一些小事没能成行。

这一拖，又是一年多。今年春天，毕力格那个倔犟的父亲，第一次给我打电话："佳佳，你额吉好像不行了，她很想见你们母子俩。"我来不及多说，就带着儿子赶了过去。

额吉躺在医院里，气若游丝，看见我，她的脸上放出异样的光彩。我拉着她的手，眼泪不争气地往下掉。她断断续续地说："你要……笑话额吉了……说不行……就不行了。"我感觉她好像笑了一下，然后就气息全无。

安葬了额吉，收拾她的遗物。柜子里有个蓝布包，里面还有包，里里外外包了四五层，藏着两张相片，一张是儿子的6寸彩照，一张是两寸黑白照片。公公说，是毕力格小时候照的。不说我也知道，卷曲的头发，大大的眼睛，长长的睫毛，和儿子几乎是一个模子里刻出来的。

原来她知道，她早就知道的！从我第一次叫她额吉开始，她就明白，我和她的牵扯一生都割不断。不管毕力格在不在，甚至有没有儿子，她都要给我当一辈子额吉！

我的额吉，亲亲的额吉！

# 宝宝啊，我们都爱你的左手

晴天娃娃

一

2010 年 4 月 19 日是你出生的日子，也是妈妈这一生都铭记于心的一天。调皮的你在妈妈肚子里刚刚住满 37 周零 3 天，就迫不及待地想要出来见识外面的世界。因为羊水早破，没有阵痛没有规律性宫缩，为了你的安全，妈妈选择了剖腹产。

12 点 30 分进手术室，13 点 03 分你用一声啼哭宣告了你的到来。同时，妈妈也听到了这一生让我最痛苦的一句话："哎，这个娃娃怎么手有点不好呢？"那一刻，我蒙了。我哀求护士让我看一眼新生的你，可是因为没有戴眼镜，我无法看清楚。从护士的口中，我得知了这个对于我还有我们全家都是晴天霹雳般的事实：你，我的女儿，左前臂阙如畸形！

从手术室出来被送回病房后，我看到了小婴儿车里的你。那一刻，一直没有流出的眼泪汹涌而下。你那么乖地躺在那里，无声地证明着这个我怎么都不愿意相信的事实。我听不到你奶奶的劝慰，听不到病房里其他人的声音，回响在耳边的只有医生的话：手不好，没有左手！

## 二

因为你的出生太匆忙，爸爸还没有从西藏赶回来，奶奶只告诉了他，是女儿。爸爸欣喜不已，因为他一直都那么那么希望有个女儿，现在如愿以偿，他非常非常开心。他在路上给妈妈打电话，妈妈不知道该怎么告诉他这个消息，默默地挂掉了电话。他察觉到了我的异常，发来信息问：是孩子还是你有什么不好？别瞒我。

妈妈用了很久很久的时间才按出那几个字：她没有左手。爸爸很快就给妈妈回了信息，他说，没有关系，我依然爱你们。

握着手机，我把头埋在被子里，痛哭流涕。我多么希望这是一场梦，梦醒来的时候你还乖乖待在妈妈肚子里，听着你最喜欢的钢琴曲，在阳台上和我一起晒太阳，我可以清楚地看到你踢着妈妈的肚皮……

可是，我一歪头就能看到睡在身边的你，看到你左边空空的衣袖……妇产科医生告诉我，这种情况医学上称为"海豹手"。这个我从来没有听说过的词，就这样突然地出现在我们的世界里，所谓的几十万分之一的几率，在事情发生之后，对于我们，成了绝对的百分之一百。

## 三

月子里，妈妈很脆弱，总是窝在爸爸怀里哭泣。我怕，怕你长大了会因为没有左手而不开心，怕你生活不能自理，怕你被人嘲笑，怕你会怪妈妈不能给你一个健全的身体……

抱着你，看着你，我总是在问：你愿意这样活下去吗？如果能够选择，你是不是想要活下去呢？

妈妈无数次想过自杀，我恨自己，为什么没给你一个健全的身体？我恨老天，为什么选中的是你，是我的孩子？

爸爸反复地开导妈妈，他说，你一定是想活下来，才聪明地躲过了那么多次检查。因为害怕后面的检查，所以刚刚足月就急急忙忙地出生。他说，你不会恨妈妈的，因为妈妈给了你生命。如果没有妈妈生下你，那么你连怨恨责怪的机会都没有。他说，我们一家人会好的，我们要好好地活下去。他说，妈妈不能垮，宝宝还需要妈妈呢。

对不起，宝宝，那时的妈妈太懦弱了。妈妈只顾自己伤心而没有好好照顾你，一直回避着你没有左前臂的事实。因为妈妈的照顾不周，你手臂残端才会磨破皮而导致感染，在刚刚满月的时候就住进了医院的新生儿监护室。诊断结果是败血症、肺炎，还有脑膜炎。那时的妈妈憎恨命运为什么不肯放过我们，为什么一次又一次地折磨着瘦小无辜的你。一次次的考验，让妈妈的神经脆弱得随时可能崩溃，而爸爸因为工作的原因又必须回到西藏。

那是一段多么黑暗的日子，妈妈一周只能去看你两次，一次只有几分钟。看到你头上的留置针头，看到你因为要输液被剃得乱七八糟的头发，看着你苍白的小脸，我的心好疼。

有人劝妈妈放弃治疗，说，你的手已经不好了，万一脑子再不好怎么办？妈妈做不到，怎么能眼睁睁地看着你受病痛的折磨而不去给你医治呢？爸爸也说，我们不抛弃不放弃更不会遗弃！

在医院，妈妈看到了很多情况比你更严重的宝宝，那时的我才明白，有你我已经很幸福。我卑微地祈祷着，只要你能恢复健康，平安地在我身边长大，我真的不再在乎你失去了左手。

宝贝，你很坚强。在医院住了 26 天之后，你终于重新回到妈妈的怀抱。接你出院的那天，妈妈告诉自己，以后不能再对着你流泪，要给宝贝一个快乐的妈妈。

## 四

随着你一天一天长大，妈妈也在努力地正视这个事实。你喜欢在外面玩，我就抱你出去转，在面对别人好奇的眼光和询问的时候，从最初的回避，到现在可以坦然地告诉他们：生下来就没有。看着他们同情的眼神，我会很勇敢地说，没关系，我很爱她。她有右手，也可以自己照顾自己！

这是一个需要重复锻炼的过程，尽管每次讲出这些话我都会心疼，但是为了以后你也能勇敢地面对这一切，妈妈会比以

前坚强。

你会吃手的时候，有一阵非常想吃左手，吃不到就特别着急，急得"呵呵呵"地叫；你在练习抬头的时候，努力地用一只胳膊撑起自己的身体；你学翻身，只能往左边翻；你学坐，总是坐不稳，要往左边倒；给你玩具，你只能用右手抓；有时你会用右手去抓自己左边的衣服用小手托着短小的左臂……

看到这些的时候，妈妈都很难过，心疼得能够滴出血来。可是宝贝，我知道，这些是我和你都要接受的现实。还有以后，你要学走路，跌倒的时候你只能用一只手去撑；你要学着一只手吃饭，穿衣，洗脸，照顾自己；你要学会一只手去翻书，写字，拿东西；你的成长道路一定会比其他小朋友要艰辛许多，可能别人轻而易举可以完成的事情对于只有右手的你来说就很困难。不过我们中国有句老话叫"车到山前必有路"。我也相信聪明的你，一定会有自己的办法去完成这些的。像最初妈妈担心你不能翻身、不能支撑、不会爬，可现在你都做得很棒！

其实妈妈最最担心的是你的心理健康，每每看着你灿烂的笑容，我都会默默地问自己："她再大一些，还会笑得这样阳光吗？"

宝贝，等你懂事了，我该怎么给你解释这缺失的左手呢？该给你讲一个怎样的美丽故事，可以让你更勇敢更坦然地接受这个现实？你还将要面对各种各样的目光、表情和语言，面对人们的同情、怜悯、好奇甚至歧视，你必须有着非常坚韧的性格和强大的内心。爸爸妈妈愿意陪你一起去面对这些，我们愿意做你最最坚强的后盾，给你最温暖的爱、最有力的支持。我们都希望你能做一个简单快乐的人，勇敢地面对你人生道路上的所有困难与挫折。我们不会把自己的意愿强加于你，不强求你多么的出类拔萃，唯一的希望就是你能够快乐地生活。宝贝，我们都相信，你可以自理，长大之后也一定能够自立，是一个自尊自爱的快乐女孩。

## 五

宝贝，你很幸福。虽然你比其他小朋友少了一只手，可是你得到了很多爱和关心，很多素不相识的人给了我们很多的祝福和鼓励。这些温暖陪伴我们度过了最难熬的那段日子，妈妈一直都深深地记在心底，请你也做一个知道感恩的人，在你有能力的时候，也一定要记得给别人一些力所能及的帮助。怀着一颗感恩的心，你会体会到世间更多的温暖与美好。

妈妈一直不喜欢用"不幸"这个词来形容发生在你身上的这件事情，我和爸爸都一直认为这是一个意外。尽管开始的时候，给了我们很大的打击，但是随着你慢慢长大，看着你的笑脸，听到你喊 mama、baba 的稚音，我们越来越觉得这是一个美丽的意外。因为有你的到来，爸爸妈妈懂得了责任的含义，也感受到了人与人之间相互关爱的温暖。宝贝，妈妈感谢上天把你赏赐给我，让我有幸可以做你的母亲，我愿意陪着你一起面对人生路上的苦与乐，能够看着你一天一天长大，从出生到抬头，

翻身到会坐，学爬到走路，再到你上学、工作、恋爱、结婚。你每一点一滴的成长，都是妈妈和爸爸幸福的源泉。

让我们一家人，在一起，努力地好好活下去！

# 通往天国的阶梯

葛少主

这天，教堂里来了个小男孩，五六岁，脸色苍白，身材瘦小得仿佛一阵微风就能把他吹倒。小男孩怯怯地走近詹姆斯牧师，说："牧师先生，您能帮我个忙吗？"

詹姆斯牧师摘下礼帽，做了个绅士式的动作："很乐意为你效劳。"

小男孩被詹姆斯的幽默逗乐了，他笑着说："我叫洛克菲勒，我想问您一个问题，人死后会去天堂呢还是会下地狱？"

这是孩子们爱想的问题，詹姆斯随口答道："好人上天堂，坏人下地狱。"

洛克菲勒仰着小脸又问："那什么人是好人，什么人是坏人？上帝怎么区分呢？"

詹姆斯沉吟片刻，便说："上帝会给每一个人记分：谁做了一件好事，上帝就给他加分；假如这个人后来又做了一件坏事情，便扣掉他一些分。当某人即将离开人间，上帝就翻看这个人的积分：如果这个人还有剩余的分数，说明一生做的好事比坏事要多，上帝就会邀请他去天堂；相反就赶他进地狱。"

洛克菲勒的问题还没完："有个小孩子的爸爸离开了人间，你能不能推算一下，他是上了天堂还是进了地狱？"

詹姆斯不是上帝，当然不可能知道答案，但他不能敷衍孩子，于是说道："那你得告诉我，这个小男孩的爸爸做了哪些好事和坏事。"

洛克菲勒坐在地毯上，从衣兜里掏出一本日记本，边翻边说："圣诞节的前夕，小男孩的爸爸在码头上做了一夜的搬运工，挣回了 50 美元。他给小男孩买了价值 30 美元的外套，仅剩余的 20 美元，他买了一只火鸡，你知道，那是小男孩最喜欢吃的美食！"

詹姆斯被洛克菲勒讲的故事打动了，他掏出纸笔对洛克菲勒说："上帝看得见，他是个仁慈的父亲。上帝给他加了 5 分。"说着詹姆斯在纸上写下了数字 5。

洛克菲勒接着念起了日记："小男孩和他的爸爸因为付不起房租，被房东太太赶出了家门，他们住进了厕所里，小男孩的爸爸用仅有的 1 美元给小男孩买了个面包。"

詹姆斯不知不觉地流出了眼泪："真是个仁慈的父亲，上帝不能视而不见，加 5 分。"说着詹姆斯又在纸上记下了数字 5。

洛克菲勒又翻了一页日记说："小男孩有次病倒了，他的爸爸整整在教堂跪了一夜祈求上帝保佑。后来小男孩脱离了危险。"

詹姆斯动情地说："仁慈的父亲感动了上帝，并继续给他加了 5 分。"詹姆斯递过手中的积分纸说："你看，15 分了！

如果他没有做什么离谱的事情，那肯定会被上帝邀请到天堂。"

洛克菲勒有些激动，可继而又沮丧地说："可最后小男孩的爸爸抢劫了银行。"

詹姆斯惊诧万分，他惋惜地说："哦，真是个不可饶恕的错误，上帝整整扣了他20分！"说着詹姆斯在纸上写上"–20"。看着洛克菲勒沮丧的神情，詹姆斯有些后悔自己的鲁莽，可他是牧师，不能出尔反尔。

"那小男孩的爸爸被赶回了地狱吗？"洛克菲勒小心翼翼地问。"也许上帝会网开一面。我说的只是也许。"詹姆斯不得不这样回答。

这时，礼堂的钟声响起，是下午3点钟了。洛克菲勒急忙站起身子说："我得赶紧回去了，否则珍妮太太会担心的。"然后焦急地跑远了。

过了几天，小男孩洛克菲勒再次找到詹姆斯牧师。

洛克菲勒看起来又瘦了许多，他像上次那样坐在地毯上，又从衣兜里掏出了那个日记本，说："詹姆斯牧师，那个小男孩他活不了多久了，你能不能再推算一下，他会上天堂还是下地狱？"

还像上次一样，洛克菲勒翻开日记本说："圣诞前夕的那天，小男孩也送了他爸爸一件礼物。他自制了一个暖水瓶，告诉爸爸当他胃痛的时候，就把暖水瓶放到肚子上，那样会减轻疼痛。"

詹姆斯拿出纸笔，记下5分："上帝会奖赏一个懂事的孩子。"

洛克菲勒接着说："小男孩的爸爸那晚在教堂跪了一夜，第二天，他的胃病又发作了。小男孩在街上的垃圾桶里收集了50个可乐瓶子换到了2美元，他用2美元买了一盒胃药送给了爸爸。"

詹姆斯终于没能忍住泪水："小男孩是个乖孩子，即使他做了错事，上帝也能够原谅他，因为他只是个孩子，死后一定会被上帝邀请到天堂。"

礼堂的钟声又一次响起，洛克菲勒急忙站起来告别。还是上次的那个理由，如果回去晚了，珍妮太太会担心的。

詹姆斯被这个奇怪的孩子吸引住了，他悄悄地跟在洛克菲勒的身后。洛克菲勒穿过教堂对面的布拉尔广场，再穿过一片树林后，径直走进了一家医院。

在一间病房外，詹姆斯透过玻璃窗看到，一个护士把洛克菲勒抱上了病床，并在他身上缠上了几根管子。病床旁边坐着一个神态安详的妇人，应该就是珍妮太太了。

护士脱掉洛克菲勒上衣的一瞬间，詹姆斯想起了一件往事。

带着所有的疑惑，詹姆斯找到了珍妮太太，珍妮太太说："可怜的洛克菲勒，因为他患有先天性心脏病，被生身父母抛弃了，是一个叫安狄斯的贫苦单身汉收养了他，安狄斯为了给洛克菲勒治病，花光了所有的积蓄。最后他不得不铤而走险抢劫银行，被警方当场击毙。最后是我们儿童福利院收留了这个可怜的孩子。"

听完珍妮太太的讲述，詹姆斯的心仿佛被锥子扎了一样难受——一切正如詹姆斯猜测的那样，洛克菲勒故事中的那个小男孩正是他自己。

再见到洛克菲勒的时候，詹姆斯显得局促不安。洛克菲勒说："詹姆斯牧师，你能帮那个小男孩一个忙吗？他想让你帮他在上帝面前求情，假如他死了，就让上帝把他送回地狱。"

詹姆斯惊诧地说："地狱可不是游乐场，进地狱的人得做苦工，受尽煎熬，那是件很痛苦的差事。"

洛克菲勒失望地说："你知道的，小男孩的爸爸有胃病，他离开的时候忘记了带胃药。小男孩想去地狱给他送些胃药。"

詹姆斯的心像被鞭子狠狠地抽打一样疼痛。半晌，他拿过上次记分用的纸对洛克菲勒说："上帝会原谅动机善良而不小心犯了错的人，像小男孩的爸爸抢劫银行，他只是为了给儿子筹集到治病的钱，所以上帝没有扣他的分，当他离开人间的时候还拥有 15 分，所以他被上帝邀请到了天堂。你知道的，天堂里没有贫苦，没有疾病，当然也不会有胃病。"

洛克菲勒瞪大了双眼问："你怎么知道这些的？"

詹姆斯一副虔诚的样子说："我还知道这个小男孩不幸患有先天性心脏病，并且他很快会康复起来，这些都是上帝告诉我的。"

洛克菲勒听完詹姆斯的"神算"，惊喜万分，他欢快地和詹姆斯告别，离开了教堂。

# 我们是姐妹，一生一世

叶子

## 一

回到家，一地狼藉，妈妈正在收拾。小保姆趁大家上班不辞而别，没人照看的姐姐搞乱了屋子。

姐姐从小精神有点问题。奶奶不肯让妈妈带，把姐姐抱到乡下，自己养。

姐姐在乡下长到23岁，奶奶去世，爸妈才把她接进城里。

我们都要上班，就给姐姐请了保姆照顾她。可保姆总待不长。我去姐姐的房间，她正坐在床上发呆。"姐姐。"我轻声叫。她不回答，手里摩挲着一个布娃娃，那是她从乡下带来的。

"姐姐，我带你去客厅吃饭。"我试图拉她的手。"走开！"姐姐突然很激动。我猝不及防，下意识地后退。

我要辞职，经理很吃惊。我告诉他，我有一个姐姐，天天被关在家里，与世隔绝。经理看着我说："请保姆就足够了，你没必要辞职的。"

姐姐回到家里半年，我从未告诉过外人她的存在。说实话，她的存在曾使我或多或少有些难堪。可昨天当我看见她孤零零地坐在床上，沉浸在她和布娃娃的寂寞世界，当我看见她懊恼愤怒的眼神，听到她轰我出去，我猛地醒悟，我和姐姐中间隔着一条河、挡着一座山。只有消除这阻隔亲情的山水，姐姐才有可能接纳我，慢慢融入属于我们的家。

## 二

办完辞职手续，我才告诉爸妈。爸爸发火："在乡下你姐姐也不是没看过病，也吃过不少的药，如果有希望治愈，我们会不管吗？"我说："爸爸，我们是姐妹，要一生一世的。"

妈妈流泪，爸爸缄默。

姐姐不知何时从房间跑出来："开饭吗？我饿了。"我赶紧冲她笑，跑进厨房做饭。这一次，姐姐竟跟进厨房。"奶奶好，奶奶好。"她在后面喃喃自语。

吃饭时，姐姐给我夹菜，嘴里念叨："奶奶好，奶奶好。"我放下筷子，握住她的手。"我是妹妹，你的妹妹。"我凝视她，一字一顿。她挣脱我，低头吃饭。

晚上，我抱着被子去姐姐的卧室。"出去，出去！"姐姐抱着她的布娃娃，轰我。"我是紫紫，是你的妹妹。"我耐心解释。终于，姐姐平静下来。"姐妹，你是姐姐，我是妹妹，我们是姐妹。"我靠近她，她的眼神逐渐温和，我放心地坐在

床上。突然，她抓起我的胳膊狠命咬了一口。一阵剧痛，我不由尖声大叫。胳膊渗出血珠，我忍痛冲姐姐微笑："没关系，你和娃娃睡觉，明天我带你上街，买衣服、买口红。"姐姐一怔，继而甜甜一笑："口红，漂亮。"

大清早，姐姐就在客厅喊："口红、口红。"我要帮她梳辫子，她不肯。这些年，奶奶教会她做许多事，比如洗衣服、梳头发、叠被子。看着她飞快地编出一条麻花辫，我夸她心灵手巧。她咧嘴笑，一声声重复要口红。

这是我第一次带姐姐上街。我牵着她的手，沿着人行道慢慢走。姐姐左右张望，问："口红在哪里？"我告诉她，要穿过马路，右转的百货楼有专柜。

晚上吃饭，姐姐姗姗来迟。灯光里，我发现她涂过口红。她小心翼翼吃着东西，生怕蹭掉口红。

爸妈相视而笑。

在卫生间洗漱，姐姐靠在门口："你，出嫁吗？"我一愣。客厅电视里，传出热闹的唢呐声。我想，她一定是看过电视才想到这个问题的。"会的。"我回答。"什么时候？"她很紧张。我心里一热，原来她舍不得我离开。

"口红，口红。"姐姐噘嘴，悻悻离开。不由心酸，原来她不是舍不得我，是担心我走后，没人带她买口红。

整个春天，我天天带姐姐上街，逛公园、看电影。每次出门，她都要自己梳辫子，涂口红，然后站在我面前，问："漂亮？"我认真看看，帮她整整卡子，扯扯裙角，满意地说："漂亮。"

于是，姐姐神采飞扬。

傍晚时分，一家人在客厅看《士兵突击》，许三多在说："不抛弃，不放弃。"我心里猛地一疼，下意识看看爸妈，他们也在看我。这句话，同样触动了他们。

我突然明白，姐姐为什么时刻念叨奶奶。在她的岁月里，奶奶给予的爱与关怀实在太多，盛满她的记忆。虽然她的精神不大正常，可她知道感恩。

## 三

经理登门拜访。

我们在客厅说话，姐姐从房间出来。很明显，她化了妆。

"喝水。"她给经理递杯子。经理有些意外，望望我。我赶紧介绍："我姐姐，丛艾艾。"经理笑："姐姐比紫紫漂亮。"

姐姐掩饰不住欢喜，拽拽衣服，整整头发。我和经理相视一笑，要姐姐和我们一起出去玩儿。

经理一直在追求我。带姐姐出去几次，经理颇有微词。他婉转地说："姐姐总跟着我们不大好。"我低头不语。和经理在一家公司相处两年，对他很有好感，甚至打算接受他的求婚。可此时，一个很现实的问题摆在我眼前，就是姐姐。

我清楚，即使姐姐慢慢恢复，也是无法成家的。她这辈子注定要跟我一起生活。我的爱情里，必须有姐姐的一个位置。

"先跟你爸妈，等他们老了，再送她到精神病院，费用我

们出。"经理清楚我的心思，挑明话题。我明白，他对姐姐的爱，只有这么多。

忍痛割爱，我放弃了经理。也因此，大病一场。

姐姐不知情，坐在床边一个劲儿问："经理呢？我们逛公园。"妈妈很恼火，呵斥她："还说还说，全是为你。"

姐姐发愣，我赶紧解释："姐姐，经理忙，没时间，等我好了，我带你去游乐场。"我让妈妈出去，招呼姐姐睡觉。姐姐把布娃娃放进我的被窝，拍拍我的头："乖，睡觉，明天就回来了。"

早上醒来，我到处找不到姐姐，爸妈说上班前姐姐还在家里。我慌了神。

爸妈匆忙赶回来，我们分头去找。我很焦急，嗓子都喊哑了。手足无措地站在路口我忽然想起口红。

赶到百货楼，卖口红的专柜，姐姐正在认真挑口红。我看着她的背影，简直不敢相信，她会自己摸到百货楼来。

"自己用，还是送人？"售货员问。姐姐迟疑，然后慢慢说："姐妹，妹妹。"

我想上前，姐姐突然说："妹妹，不漂亮，经理，不出嫁。"心里一震，原来姐姐能够懂得发生的事，她为我来买口红。我退后几步，看姐姐举着口红看颜色，然后付钱，再慢慢走出百货楼。

大街上车水马龙。姐姐伸出手，一遍遍念叨："左右，左右。"她终于选定方向，拐上人行道，缓缓向家的方向走去。我尾随其后，心里充满疼痛的快乐，姐姐终于知道了一个词，一个可以相依为命的词——姐妹。

阳光洒满姐姐的脸，她还在喃喃自语："姐妹，姐姐，妹妹。"我喊："姐姐。"对我的出现她很惊奇，上下看着。我笑："姐妹，你是姐姐，我是妹妹。"她雀跃，兴奋地把口红放在我掌心，激动地叫："漂亮，经理，出嫁。"

我一把抱住她，泪流满面。

# 原来，你的名字叫袁坚强

凌霜降

## 1

曾经问过她的名字，她说，她没有名字。姓袁，排行第十，别人叫她，老十。

她长得不好，眼小嘴大黑皮肤，身高只有 139 公分，一直到 45 岁，才结了婚。跟她结婚的陈伯已经 55 岁了。从做新娘那天开始，她便被人叫做陈嫂。别人这样叫她的时候，她哈哈一笑，应得挺脆的。

她觉得自己还算幸运，总算也是嫁人了。她要好好地把日子过下去。所以，她比别人都勤劳。陈伯的日子，很快被这个矮小瘦弱的女人过得有滋有味。

她想过的，过些年她把陈伯的工资攒起来，在这个城市里，再买一套房，将来给儿子结婚用。

她有过儿子的。一共生了两个，都是儿子。第一个怀上的时候，她还兴高采烈地工作，也不休息。

第一个儿子才三个月就小脸青紫地去了。她哭得晕了过去，醒来后哭了半个月，又哒哒哒踩着缝纫机干活去了。生第二个孩子时，她已经47岁了，有了教训，可第二个孩子生出来就已经没气了。陈伯这次哭了。她没哭，只是一头向墙上撞了过去。

她没撞死，只是之后见了邻居的小孩，她都远远地避开了。她跟陈伯说：我怕我过去抱抱那些孩子，就会不住抱回家来。

## 2

有一天，她逛街回来，真的抱回了一个孩子。陈伯以为她真抱了别人的孩子回来，扬起手作势要打她。她紧紧抱着孩子，也不躲。孩子哇地哭了一声，把陈伯的手给哭停了。

她很惊奇，跟陈伯讲，这个在路边捡来的孩子，呼吸微弱，一直不哭不闹。两人仔细地检查了孩子，被子里除了七块钱什么也没有，孩子是个女婴，右手多长了一个六指，也许，正是因此才被丢弃。

陈伯和她都很高兴，别人不要正好，从此后这就是他们的孩子了。

可就在那个冬天，陈伯喝多了，被一辆迎面驶来的货车撞死了。她一手搂着捡来的女儿，一手搂着冰冷的血肉模糊的男人，又哭得呼天抢地的。

陈伯死后，她忽然就老了，黑黑的脸上皱纹几乎盖过了她的小眼睛，她还不到50岁，可那张脸，忽然就老成了60岁。

她身高 139 公分，体重只有 72 斤，平时话不多，每天都泡在哒哒的缝纫机声中，不分日夜地工作，做被套、窗帘，她觉得自己不辛苦，只要有女儿。她不是没有想过再嫁的，只是她长成那样，还带一个六指女儿，谁肯要她？

女儿六岁的时候，要上学了。

她给女儿起名叫陈圆圆，但不怎么叫孩子的名字，总是乖呀乖呀地叫，对女儿像对命根子似的：乖，来吃饭了。乖，别跑那么快。乖，去学校好好听老师讲。

## 3

女儿考上初中的时候，她更使劲地折腾那些布头针线，东家西家的借，很勉强才凑够了学费。她 60 岁了，仍然 70 斤左右的体重，仍然 139 公分的身高，走路却像风一样，很快。

女儿考上高中那年，不管她如何折腾都再也凑不够学费了。女儿已经稍有些懂事，说妈妈我真的不能上了，我不能再增添你的负担了。

她很坚定，说不行！乖，你必须得上学，你不但要上高中，还要考大学！高中你先上着，到大学了再想办法，走一步算一步。

她决定把陈伯留的这间房子卖给别人，给女儿凑学费。

她很坚决。办手续的那天，女儿想着自己从此再也没有了家，眼泪就出来了。她说：乖你别哭，从今天起，你要做一个坚强的人，以后你会经历更多磨难。从你做我的女儿那一天开始，你就必须经历磨难。我年纪也这么大了，能陪你走多远就陪你走多远。

她真的陪女儿去了高中，交完学费，还剩下两百多块钱。她说，去求一求校长，看看能不能在学校里找个合适的工作，哪怕是清洁工也行，可以陪着女儿读书。

她真是去求了，在校长办公室楼下，她没让女儿跟上去。她是跪下来求校长的，她不想让女儿看到她给别人下跪。

她跪了，但是，校长没答应她。

从校长办公室出来时，已经夕阳西下了，她笑了笑，对女儿说：乖，不怕，我还有别的办法。

这一年，她已经65岁，脸上皱纹愈加沟壑重叠，头发全白了，还掉了两颗门牙，体重已经不足70斤，背有些驼了，于是身高也没有139公分了，佝偻着像一只小虾子。

她的声音越来越沙哑，女儿考上大学那一年，她终于讲不出话来了，不能讲话了。

女儿很懂事，去打工了，也申请贫困补助贷款了。

有人知道她的事，问她辛苦不辛苦，瘦小的老太太笑得一脸沟壑：不辛苦。我女儿都要大学毕业了，有什么辛苦。

## 4

第七年，女儿出事了。两个男生为了女儿在学校里打架伤了人，学校要开除她女儿。

原来，女儿上学的钱，并不是打工挣来的，而是跟不同的男生交往向人家要的。女儿不似她年轻时难看得嫁不出去，长得漂亮高挑，年轻的姑娘吃不了那些苦，学会了出卖自己的漂亮。

她早应该觉察的，孩子整天说去打工了，却打扮得越来越漂亮。

她第一次去了女儿的学校，那是这个城市里最著名的大学。她找到女儿，说：乖，咱要去向校长求情。你好不容易才要毕业，咱不能不毕业就离开这。女儿不吭声，她又说：乖，咱错了，要认。她一口一个乖，不骂女儿一句；她越不骂，女儿心里就越难受。

她第二次跪下了，照样是跪在一个比她年轻20岁的校长面前。除了跪下，她想不出其他认错的办法，她的声音苍老而沙哑，她没讲自己的难，只讲：我没教好陈圆圆，我错了，请校长你不要开除她。

她一直重复这句话，用十分尊敬十分严肃十分认真的语气。她73岁，矮小瘦弱，女儿拉着她，不许她跪，最后竟扯不过她，被她拉着一同跪下了。她的女儿终于为自己连累了母亲痛哭失声。

## 5

我的名字叫陈圆圆，我就是她那个不懂事的女儿。

校长最终答应不开除我，但要重修一年学分，表现好才能拿到毕业证。她很高兴，对我说：乖，咱多学一年，能比人多学一点。

这一年，我认认真真地去打工了，也认认真真地在完成学业了。

2008年北京奥运会时，她已经住进了我自己贷款供的一套小两居室里。她79岁了，更矮小瘦弱，她忽然之间虚弱起来，不再是以前那个从来都不病的老十，她觉得自己变得娇气了，整天埋怨自己给我做顿饭也做得不周全不利索，她有些嫌弃自己。

电视上正在放丘索维金娜参加的跳马比赛，这个已经33岁的女人，早已经过了这种运动的黄金年龄，可是她为了救儿子，她竟然重新走上赛场，夺得了银牌。

我哄她说：妈，这个女人很伟大，跟你很像。

她仔细地看了电视，说：乖，别骗人啦，她又高又壮，还这么漂亮，哪会跟我像。

我没告诉她，她和她，为孩子倾尽所有的坚强妈妈，再相像不过。我想，我以后有机会，会慢慢告诉她的。

2008年10月5日，她躺在床上，没有像往常一样起来。她面色安详，悄悄地去了。医生说，她应该是在睡梦中心脏忽然停止了跳动去的，没有什么别的原因。就像一部机器，一直性能良好，所以她一直转呀转转呀转，转到了一个再也不能转的程度，就忽然坏掉了，再也修不好了。

医生填写死亡报告的时候，问我：你妈妈叫什么名字？

我哑然凝咽，她身份证上的名字，是袁氏，她竟连名字都没有。

医生顿了一下，说：叫袁坚强吧，世上所有的妈妈，都有一个名字，叫做坚强。孩子，你也要坚强些。

我的眼前忽然闪过她这些年来的种种，她又老又丑，矮小瘦弱，最后几年连嗓子都哑了，可是她一直站在我的前面领着我走，她一直走到了生命最尽的尽头才猝然放下，之前，她从不低头，从不退缩。

我眼泪滂沱：是的，是的，她叫袁坚强。

袁坚强女士，请你一路走好。如果有来世，我们仍做母女，到那时，你来做我的女儿，好吗？

# 白色的风信子

继荣

一个要下雪的傍晚，好友邀我去火锅城，说满腹心事要借火锅一涮。为着不肯做母亲，她与老公已成水火之势，欲借我这个过来人做灭火器，令我安置好女儿后速速赴约。

当初她也极力劝过我，做母亲投资太多风险太大，如果生个神童还好，当妈的里子面子全赚足了，万一生个木头木脑的呆瓜，连自己的人生都得赔进去。那时我笑她话说得像个人贩子，现在却觉得她说得不无道理。

幼儿园门前熙熙攘攘，我牵着女儿的手，老师踌躇着，似有话要说。半晌，她微微叹道：这孩子含羞草似的，音乐课嘴闭成一枚坚果，舞蹈课总比别人慢半拍，就连游戏时也是独自在角落张望。

我似乎感冒了，全身发冷，头痛欲裂。女儿将脸藏在我的大衣里，不安地蹭来蹭去，我愈发烦躁。一出世就得到病危通知的女儿，在这群活泼可爱的宝宝中间，不仅身高不足，性格也甚是木讷。

老师斟酌再三，又说了一件愈发让我尴尬的事，女儿这些

天用餐控制不住食量，常常吃到胃痛还要求添饭。旁边有位家长擦肩而过，他好奇地回过头，望望女儿，脸上的表情似笑非笑。我在老师面前兀自强撑着微笑，心里却暴躁得想找谁大吵一架。

头晕目眩地到了家，一摊泥般软在床上。女儿推开门，期期艾艾地要我教她什么，我极力克制着恼怒，闭上眼睛不去睬她。可不一会儿，我刚昏昏欲睡，门又发出刺耳的吱呀声，她的脑袋在门边闪闪躲躲。心力交瘁的我终于爆发了，狂怒地指着她喊叫：滚出去，我不想看见你！

女儿惊骇地缩到墙角，过了好一会儿，才瑟瑟发抖地问："妈妈，一个人杀了自己的手，她会死吗？"我气急败坏地将她藏在背后的手拉出来，头立时嗡嗡作响，那么多的血！那么深的伤口！连淘气都笨得险些杀了自己，老天啊，你到底给了我一个什么样的孩子！

我们跌跌撞撞地往医院走。雪大起来，女儿没有哭也没有要我抱，一声不响地在我身后紧追慢赶，看来她也知道自己闯了大祸。

到了医院，医生说伤口太深，为防止感染，缝合后要输液，而且可能会留下永久性疤痕。好心的医生责备着我的疏忽，女儿默默听着，将瘦小的脸深深埋在膝间，长久地不肯抬起来。

打上点滴后，女儿在病床上睡了，方想起好友之约，急急回电说明原因。她幽幽地说："看来不要孩子是对的，太难了。"

一句话触痛我所有的暗伤，泪猛然间决堤。这些年丈夫远在外地，我独自在病弱幼女和繁琐工作间奔走，巨大的压力几乎辗碎了我，皱纹天罗地网般自心底罩到面上。当初我认为孩子是上天赠送的最好礼物，现在才知道，这礼物有那么多让人承受不起的附加品。

握着电话，忍不住向好友倾诉自己的委屈与懊恼，说到下午那位家长好奇的表情时，我已是泣不成声。好友连连劝我，说千万不能让孩子听到这些话。

我回头看看女儿，她向里睡着，眼睫毛扑簌簌地抖，像蝴蝶湿了的翅膀。

到家已经很晚，一进门就听见电话铃响，女儿轻手轻脚去了卧室。女儿的老师说，她今晚一直在给我打电话，如果打不通她会内疚得连觉也睡不着的。

原来，那位听到我们谈话的家长去找了她。他说他的孩子和我女儿最要好，那孩子告诉爸爸，自己的好朋友拼命吃那么多饭，不是傻，也不是贪吃，是因为她妈妈工作很辛苦，她要吃得饱饱的就不会老是生病，会快快长高长聪明，会给妈妈做饭，帮妈妈拖地，妈妈就不会再烦了。

说着说着，老师忽然哽咽了，她低声道："您的孩子还说，妈妈最爱吃苹果，她一定要学会削苹果。"

我的心疼挛着，电光火石间忽然明白，她第一次进来，是想让我教她削苹果，我却没有睬她，她把自己伤得那么重，只是试图学着为我削一个苹果！

我来到她的房间，她居然换上了夏天才穿的公主裙，默默站在红地毯上，似一个小小雪人，仿佛太阳一出即会融化。一

见我，她眼里闪过浓浓的歉疚。一下子，我的鼻子酸起来。她喃喃地说："妈妈别哭，我给你跳舞，跳我刚刚学会的《风信子开了》。"

我发现她右脚的袜子有些异样，她说，袜子破了一个洞，昨天脱掉鞋子进舞蹈教室时，有小朋友笑她露出的大脚趾，她便自己拿针线来缝，缝好后却成了一个小包。

我蹲下来，摸着那个疙瘩，硬硬地硌着手，也硌着我的心。她的脚被磨了一整天，我却不知道，她只有四岁半，怕妈妈会烦，自己苦苦琢磨着，竟然补上了这个破洞，做妈妈的却嫌她笨！

她轻轻唱着，缓缓摆动手臂，合拢的双手如一枚含羞紧闭的花苞。在灯光底下，花苞怯怯地打开，风来了，雨来了，她的单眼皮的黑眼睛一直看着我。她举在头顶的左手，还裹着厚厚的绷带。花瓣一点一点展开，女儿如同一个小小的勇敢的伤兵，在这个大雪纷飞的夜晚，终于将自己开成了一朵比雪还洁白的风信子。

风信子低声说："妈妈，小朋友都笑我反应太慢了。还有人说我是白痴。"我一震，心被烫了似的猛缩了一下。

她顿了一下，静静地说："舞蹈老师告诉大家，我不是白痴，我是白色的风信子，很安静很怕羞，比紫色、蓝色和红色的风信子要开得慢一些，可等到开好了会最美。"

全世界的雪都在瞬间融化，我的脸上溢过暖暖的柔波。我俯下身子，抱住她柔软的小身体，抱住漫漫红尘里离我最近的温暖。

她伏在我的胸前，我看见窗外路灯暖暖的光里，映着一个纤尘不染的琉璃世界。温柔的屋檐上，慈爱的树枝间，静默的巷子里，每一处，都盛放着白色的风信子。每一粒种子，都拼尽气力，自九天深处赶来，匆匆赶赴一场花的盛会，从天上到人间，只为让自己那一颗小小的心，开出一树一树的繁华。

我的心里是从来没有过的安然与甜蜜，我想告诉全世界的人：请允许白色的风信子害羞吧，因为，风雪再大，受伤再深，她都会拼尽全力为你开一朵最美的花。

明天，我将告诉我的好朋友，拥有任何一朵风信子都是一件幸运的事。

# 最美的童话

陈文阁

"爸爸、妈妈：我非常想念你们，谢谢你们把我带到这个世界上来，希望有一天能拥抱你们……"2012 年 5 月，一则寻亲启事在网上热传，同时贴出的还有一张照片——一个从小被遗弃的中国女孩，现在她长大了，满脸阳光的笑容——她就是被领养到美国、6 次回国寻亲的美国耶鲁大学学生珍娜。在珍娜心里没有怨恨，有的只是对抛弃她的生父母、短暂抚养过她的养父母的浓浓思念和感激。人们不禁要问：是怎样的成长经历给了珍娜如此阳光的心态？

**不幸身世赋予美好使命**

珍娜自从有记忆起，就知道自己是一个中国娃，而慈爱的母亲玛格丽特并非自己的生母。

珍娜永远不会忘记玛格丽特第一次跟自己提这件事情时的情形——玛格丽特坐在地板上，刚刚 3 岁多一点儿的珍娜放在双腿间，微笑着对她说："宝贝，妈妈要告诉你一个好消息。"

珍娜期待地望着妈妈。这时，玛格丽特问："你知道每个人有几对父母吗？"珍娜迅速地回答："当然只有一对。"玛格丽特点点头，旋即又说："可是，珍娜，你有三对父母。"

珍娜睁大了眼睛，就像平时讲童话故事一样，玛格丽特微笑着说："1992 年 2 月 24 日晚上，在中国美丽的城市武汉，降生了一个可爱的小姑娘。她长得像天使一样漂亮，父母爱不释手。可是，家里真的太穷了，父母希望孩子可以得到更好的生活，于是，小姑娘满月后不久，他们就把孩子放在了武汉市区宗关街街道办事处门前。"

年幼的珍娜捂住嘴巴，惊叹地说："天呐！她那么小，怎么办？"

"你别忘了，她是小天使啊！在她来到这个人世之前，上帝特意给了她一项任务，因为她聪明可爱，所以，要让她给更多的爸爸妈妈带去欢乐。这是一项非常伟大的使命，小姑娘欣然接受了。"

"然后呢？"

"然后，她被路人发现，送到了武汉市的福利院。福利院把她寄养在武汉市一户人家家里。虽然那户人家已经有了一个 7 岁的小姑娘，但他们对这个来自福利院的小女孩非常非常好。这时，一位美国妇女来到中国。早在一年前，她就向中国方面提交了收养申请。这次她接到通知，这个可爱的小女孩将成为她的女儿。她欣喜若狂，对那个粉嘟嘟的小生命说：我一定要给你全部的爱。最后，这个小天使终于来到了第三个妈妈身边，她给妈妈带来了许许多多的快乐。"

故事讲完了，珍娜沉默了一会儿，她问玛格丽特："那你

为什么说要告诉我一个好消息呢？"

"妈妈想告诉你，这个小天使就是你——我亲爱的珍娜。你知道吗？只有天使才会有三对爸妈。我真羡慕你！"

那天晚上，珍娜很开心。哪个小姑娘不希望自己是天使？就这样，她在天使的故事里知道了自己的身世。在这个故事里，没有遗弃，没有怨恨，只有爱。

后来，珍娜一天天长大，一次次地要玛格丽特把这个故事讲给她听。每一次，玛格丽特都会说："真希望能见到你的生父母，跟他们说声'谢谢'，谢谢他们把你送到我身边，赶走了我的寂寞和孤独。"

教会女儿"天涯共此时"

玛格丽特结过一次婚，两人因性格不合而分手。前夫丹尼斯后来再婚，并有了自己的孩子。丹尼斯非常喜欢珍娜，每年休假时，他都会带着自己的女儿和珍娜一起去度假。为了庆祝珍娜小学毕业，丹尼斯带着珍娜第一次去了中国武汉，并找到了当初珍娜被遗弃的地方——宗关街街道办事处。那次为期 5 天的行程，丹尼斯和珍娜住在一个中国家庭里，他刻意让珍娜跟着当地人学习包饺子、使筷子，学习武汉方言。这是临走前玛格丽特的请求——玛格丽特要最大限度地保留珍娜身上的中国文化基因。

作为小学教师，玛格丽特的收入并不高，可她却拿出不菲的钱为珍娜请中文家教。对于在美国长大的珍娜来说，中文既难懂又难学。可是，玛格丽特总是在她打退堂鼓时这样鼓励她：

"如果有一天，见到了你的养父母和生父母，可是你连中文都不会说，就更谈不上和他们交流，这多让他们伤心。"

一年365天，除了西方传统节日，母女俩对中国的每个节日都不含糊。在所有节日当中，玛格丽特最喜欢的便是中秋节，因为这个节日代表着团圆，她喜欢这美好的寓意，她希望珍娜的人生虽从残缺开始，但永远不会破碎。

每到这一天，玛格丽特都会去中国超市买月饼，带着珍娜一起赏月，并对她说："宝贝，希望你可以早日找到你的生父母，他们肯定也像你思念着他们一样地思念着你。"珍娜会背诵那首著名的《望月怀远》："海上生明月，天涯共此时……"这是珍娜的中文老师最早教她的一首诗。学这首诗时，老师逐句解释，身旁的玛格丽特哭了，她说："别人听这首诗，都会想念家乡。可是我觉得这首诗更像感恩诗，感谢珍娜的爸爸妈妈把这么优秀的孩子赐给了我，希望有生之年，可以看到孩子跟他们团聚一次。"

珍娜上中学了。有一次，同学发现了她与玛格丽特的特殊关系，有个男同学取笑她。晚上回到家，珍娜哭了。玛格丽特发现后对她说："多一些人爱你，难道不好吗？"珍娜说："我希望我是你亲生的，我希望我跟你长得一样。"玛格丽特温柔地把珍娜抱在怀里，问："那么，你会因为妈妈跟你长得不一样而不爱妈妈吗？"珍娜拼命地摇头。玛格丽特："所以啊，爱是最重要的，就像妈妈爱你，妈妈觉得很幸福。同样，你爱妈妈，爱你的生父母，爱当年养过你的那对养父母，你应该为

有如此多的人可以爱而感到幸福才对。难道你忘记了，只有天使才会有三对父母？"

接着，玛格丽特对珍娜说下次再有人拿你的身世来嘲笑你，你就骄傲地对他说，"好孩子有很多父母，好孩子人人爱"。然后，你就用你漂亮的黑眼睛一直看着他，直到他惭愧为止。

在玛格丽特的细心关爱下，珍娜成长得阳光而优秀。2009年，珍娜考入美国著名的耶鲁大学。之所以选择这所大学，是因为该校有中文课程。

作为奖励，玛格丽特送给珍娜的礼物很特别，是一段长达两小时的视频——里面详细地记录了一个母亲从十月怀胎到分娩的全过程。看完视频，玛格丽特搂着女儿的肩膀说："告诉妈妈你的想法。"珍娜说："每个孩子来到世界上，都凝聚了妈妈历尽艰难的过程。如果有机会，我一定要跟我的生父母说我爱他们。真的！"

有三对父母的天使

2011年寒假，珍娜到哈尔滨工业大学研修汉语。这是她第5次来到中国。从美国出发的前一天，玛格丽特的心脏不舒服，珍娜很想推迟出发日期。玛格丽特却对她说："宝贝，妈妈不再年轻，他们也一样。我希望有生之年还可以见他们一面，能够当面跟他们说谢谢，能够看着你拥有很多很多的爱，看着你好好地爱他们。"

可是，那一次，珍娜并没有找到自己的生父母，连那对养父母也杳无音信。

2012年，珍娜将寻亲计划作为课题向学校申报，先后申请到了12项奖学金，加上平时打工的积蓄，终于凑够了回武汉的费用。

2012年5月25日，珍娜和62岁的玛格丽特飞抵武汉。她们计划用一个月的时间，全力寻找珍娜的生父母和养父母。这已经是珍娜第6次来中国寻亲了。

这一次，珍娜准备得无比充分，先是找到了武汉当地的媒体，然后又开通了自己的微博。她在微博中说："大家好！我是一个被外国人领养的中国女孩儿，我的英文名字是珍娜。武汉儿童福利院给我起的名字是夏华斯。我现在回到中国来想寻找我的生父母，希望大家能帮助我！谢谢！"

珍娜的微博迅速地被无数网友转发，她的微博上有上亿条留言，大家不仅感动于珍娜的阳光开朗，更为玛格丽特无私而博大的母爱所打动。同时，网友们也热心地加入了同珍娜一起寻亲的队伍。

2012年5月30日，好消息传来，当初暂时收养珍娜的养母找到了。在网友的帮助下，珍娜终于和张妈妈进行了视频通话。当接通电话，养母轻唤"斯斯……"时，电话两端皆是激动的哭泣。20年光阴荏苒，可是，张妈妈依然记得珍娜的中文名字，也一直惦记着她们的斯斯的生活。

"妈妈，我很好。你好吗？"过了很久，珍娜终于说出了一句话，那句妈妈，她从小便在心里温习。因为玛格丽特总是告诉她："爸爸妈妈是这个世界上最动听的字眼，好孩子才有

三对父母。"

"斯斯，当初把你抱回家时，只有两个月零两天，可是你特别爱笑。妈妈干活，便把你放在摇篮里。时不时地逗你一下，你就会咯咯地笑出声来。"

"你刚走的那些天，姐姐天天哭着找你，她一哭，我和你张爸爸也会跟着哭……"珍娜在张妈妈的讲述里填补自己小时候的记忆，那段空白终于被亲情填满。

一个小时的视频通话竟然那么快，仿佛只过了几分钟，母女俩相约在武汉见面。放下电话，珍娜回过头去，眼睛湿湿地对玛格丽特说："我终于理解你为什么那么执著地支持我寻亲。你总是说，不要因为别人爱你，才想着去爱别人。当你爱着别人的时候，你就是幸福的，也会收到源源不断的爱。妈妈，你不知道你有多么伟大！"

珍娜的寻亲之旅还在继续。她相信中国那句有名的古语："精诚所至，金石为开。"玛格丽特坚定地表示，不管寻亲的路有多长，她都会陪着珍娜一直走下去。

母亲把孩子人生中的缺憾化作感恩，让伤口处开出鲜花——这是一个叫玛格丽特的美国母亲带给大家的感动。

# 她已把最贵重的给了我

玲珑

那一年，她60多岁，头发花白，皱纹遍布，直不起腰身。

她已经独自在那条古老的街上生活了好几年，住在街道中间的一所小房子里。房子是陈年的旧房，墙壁斑驳。房屋内，简单的床几，唯一算作值钱的用品，是一台老式的电风扇。

她似乎没有子女和其他亲戚，这些年，从来没有人来看过她，她靠着政府的救济金生活。生活很拮据，每天要赶早市去买便宜的菜，饭是自己做，蒸馒头或者擀面条，很多天吃不上一顿肉——也正是这样的生活让她变得格外苍老。

但是活着，日子就要这样过，沉默地等待生命尽头的那一天。

那一年，他24岁，来到这个城市，来到这条古老的街中，在街头搭了个简易的棚子修理自行车，也兼做配钥匙的小生意。

他也是一个人，从出生就是一个人，孤儿院里长大，读了几年书，十几岁便开始一个人四处流浪，为生存奔波。这年春天，他在这个小城安顿了下来。

那棚子，白天用来讨生活，晚上便是住所。也只有这样陈

旧的街道管理得稍微宽松些，容许他有这方寸的立足之地。

每天早上，他也会起很早做生意。这样的小生意，靠不得别的，全靠勤奋。于是常常会见到她，那个每天天微微亮就蹒跚着脚步去街尽头早市买菜的老人。

有时候他会和老人打声招呼，说，阿婆，路不平，慢着点啊。

老人不怎么爱说话，有时候应一声，有时候不应，只低头走她的路。那条街上的人都知道，她性格有点怪，见了谁都不怎么说话。

他便笑笑，做自己的活，但是也会下意识抬头，看着老人的脚步渐渐走远。

以后每一天，他都会叮嘱老人一声，要是刚刚下过雨，老人路过时，他会一直将老人送到早市那里。

老人一直不怎么说话，可是对他的帮助，却并不拒绝。然后有一天早上，老人挎着一个篮子蹒跚着来到了他的棚子前，一句话没说，将篮子放下就走了。

他敞开篮子上面盖的布，里面是一碗热腾腾的鸡蛋面和一盘绿油油的菠菜。

他的心里一暖。这些年，他从来没有吃过这样简单却可口温暖的家常饭菜。这些年，日子都是混着过，饥一顿饱一顿，他早已经习惯了。而那天早上，那碗热腾腾的鸡蛋面让他忽然感觉到了自打出生以来就缺失的家庭温暖。

吃过饭，他把碗筷洗了，想了想，买了几斤苹果装进篮子给老人送了回去。

之后，他偶尔会吃到老人做的热饭菜，也经常给老人送些东西过去。他知道了老人的生活处境，除了多间房子，比他好不到哪里。也许是同病相怜，他觉得老人很亲。而老人对他，也有一种母亲般的疼爱，虽然她始终不怎么说话。

那天早上，他照例早早起来，敞开棚子，吃惊地发现老人正倒在他的棚子前呻吟着。前一天晚上下了大雨，这条街本来就不平，只要有雨就会积水。老人的眼神早已不太好了，所以没有留意到积了水的坑，跌倒了。

他赶忙把老人扶起来，扶到自己的棚子里，询问她跌伤了哪里，老人也说不出来，只是不停呻吟。他再也不敢耽搁，骑上自己的三轮车将老人送到医院。

很不幸，老人腿部骨折了。打上夹板以后，医生说，还要休息几个月，暂时不能站起来走路了。

几天后，他用自己微薄的积蓄为老人付了住院费，然后把老人送回家，他对老人说，阿婆，你就安心养着，我来照顾你。

老人想说什么，却没有说出口，看着他，浑浊的双眼蓄满了泪水。

他说到做到，白天一边忙自己的活儿一边忙着照顾老人。一天三顿饭，向来节俭的他都会从一个小饭店买了送过去，伺候老人吃完，收拾收拾，晚上，安置老人睡下才走……

这样过了 3 个月，老人康复了。从那以后，老人开始照顾他的生活，每天三顿饭，变着花样做得可口，虽然不是大鱼大肉，白菜豆腐却让他吃得按时也舒心。再也没穿过脏兮兮布满

油污的衣服。所有的衣服，老人都帮他清洗得干干净净，连干活的手套也是两天给他洗一次。

终于，老人 66 岁生日那天，穿着他买的光鲜的新衣说，孩子，要是不嫌弃，以后你就叫我妈吧。

他顿了许久，声音颤抖着喊了一声妈，一米八高的汉子竟然流了眼泪。

那之后，他们成了一对相依为命的母子。老人疼爱他，细腻温暖；他孝敬老人，仔细周到。

3 年后，他娶了一个腿脚不太好的姑娘为妻，一年后生了个健康可爱的男孩。妻子很善良，和他一样孝敬老人。一家四口，三世同堂，清贫的生活让他们过得有滋有味。

他们就这样一起生活了 16 年。16 年后，82 岁的老人依然身体健康。却出了一场意外，一天晚上，老人在街中乘凉被一辆车撞倒，司机喝了很多酒。他将老人送到医院，抢救无效，老人去了。悲痛中的他为老人办了葬礼，以儿子的名义。

交通事故处理完毕，肇事司机除了要承担刑事责任，还要承担 18 万元的民事赔偿。很自然地，钱交到了他的手里。

只是，这笔钱他还没有想好如何处理就接到了法院传票。起诉他的是老人的两个儿子，他们要求继承包括这 18 万元和房子在内的老人所有的遗产。

他极度吃惊，一起生活了 16 年，老人从来没有说过她有儿子，并且是两个儿子。她一直对他说，她是孤寡之人。

可是那两个他从来没有见过的男人，的确是老人的儿子。

很多年前，他们将没有任何收入、身体不太好的母亲抛弃了。直到老人去世，知道了这笔赔偿金的存在后，他们才又出现，以继承人的名义来索取。

法庭上，那两个男人振振有词。他却始终沉默，直到他们讲完后，他才站起来慢慢说，我什么都不要，钱和房子，全都给他们吧。

在场所有人包括法官在内都愣住了，满条街的人几乎都来为他争取。他们看着他，他的神情格外平静，看了那两个同样有些目瞪口呆的男人一眼，说，因为，妈已经把最贵重的给了我。那就是母爱，是 16 年有母亲疼爱的生活。

她已把最贵重的给了我。

# 我教你背 π 吧

魏东侠

海天哥命苦，3岁上爹娘都没了，好在他还有一个年迈的奶奶。后来，在11岁上奶奶也去了，他就被我好心的爹收养了。

娘是极不乐意的，她说："别人的儿子，养了能给你送终？都不如养条狗。"怎奈当村长的爹执意这么做，娘也只好认了。

我心里倒很高兴，因为我和海天哥在学校同桌，他学习特好，这样，考试时，因我们成了一家人，他总得让我抄抄。

依着娘，是绝对不会再让海天哥上学的，可爹说，孩子命够苦了，学习又棒，咱要不供，孩子一辈子就完了。

从此，我结束了一考试就挨揍的日子。

爹还真是挺疼海天哥，总想着让他在我们家过得更舒坦一些。不过，爹向着海天哥也没用，日常生活总是娘在操持。在吃上，都是我吃头一口，到海天哥那儿，往往就剩下汤了。在穿上，都是我穿新的，即使爹给海天哥买了新衣服，在娘的高压下，他也只得乖乖地让给我先穿……这样的事儿多了，爹除了摇头叹气，也没有更好的办法，总不能天天为这些鸡毛蒜皮的事吵架。

海天哥真是什么都做得比我好，渐渐地，我就变成了海天哥的影子。

暑假，我和海天哥一起割草累了，就躺在了草地上，他说："小光，我教你背 π 吧。"我说："谁不知道是 3.14 呀。"海天哥就骄傲地说："那是课本上的，我教你背课外的，小数点后 35 位。"我说："算了吧，课本上的我还不愿学呢。"海天哥就压低声音说："以后，这算咱们的暗号，岂不是有趣？"

我觉得还怪有意思的，就和他一起小声背："3.1415926/53589793232/384626433/83279/50288。"

这以后，我们两个形成一种默契，只要单独在一起，就会不约而同地"唱"上几遍 π。在那个颠倒乾坤的年代，这成了两个少年最大的享受。

那年夏天，我和海天哥成天在大野地里疯跑。那天，我正倒着跑，跟海天哥追逐打闹，突然一脚踏空，掉进了一口掩在蒿草中的井里，幸而井不深，井底还有一汪水，我只是扭了脚。海天哥疯了一样呼喊着我："小光，小光……你别怕，我救你……"直到天黑海天哥才把我从井底弄上来，背着我回家后，惊惧和身上的伤让他沉沉病倒了，发了几天的烧。烧退后海天哥的脑子明显不如以前灵光了，似乎落下了什么后遗症。再后来，海天哥不得不辍学。然而，即使这样，海天哥还是会追着我一起背 π，那串数字似乎牢牢长在了他的脑袋里。

自从海天哥救了我之后，娘再也没有说过她以前经常挂在嘴边的那句话——"养你还不如养条狗。"

1979 年，一纸大学录取通知书寄到了我们家，我上了大学。也许是我上大学的事情刺激了海天哥，那个优秀的教我背 π 的海天哥，情形一日不如一日，痴傻得更厉害了。

这时的海天哥什么也做不了了，整天对一些背着书包的孩子问："你知道 π 吗？"然后转身用粉笔向墙上写去，边写边流利地背出那个长长的 π。

娘阴沉着脸骂："光知道吃饭，不知道干活，连个家都看不了。"

爹就怒喝一声："行啦！你还有点人味没有？"

娘准是觉得总和一个疯子较劲太没劲，就赌气扛上锄头下地去了。

爹耐心地哄着海天哥，教他挑水，带他割草，领他到河里洗澡，哄着他和残疾姑娘见面。最终海天哥什么也做不来：扁担和桶被他扔进了井里，筐和镰刀被他丢在了地里，刚洗完澡他就在泥里滚，残疾姑娘被他的 π 吓得落荒而逃。

聪明的海天哥什么都不记得了，只是一天天守着他的 π 过日子。

假日里，我和海天哥又来到那片青草地，我们俩再次一起大声背 π。只是，他很兴奋，我很心酸。

离别时，我抱着海天哥，轻轻抚摸着他的头，说："哥，等我毕了业挣了钱，一定好好疼你。"

海天哥就嘿嘿一笑说："你知道 π 吗？"

我点了点头，泪就下来了。

　　大学毕业后，我参加工作了，没多久，爹突然来电报说：速归，海天逝。

　　我的心就像被人拿刀子捅了似的，血流不止。葬礼上，娘竟然念叨起了多年不提的那句话："养你倒不如养条狗……早早就这么走了！"说完就哭了，哭得昏天暗地。

　　爹更是一夜之间苍老了许多。

　　娘边哭边说："这个疯子呀！小光掉到井里是多少年前的事了？你都不省事了，怎么就又想着去救他……"

　　我跪在坟前拨弄着烧纸："海天哥，今生注定是我欠你的了，下辈子还吧……下辈子，大学录取通知书上注定是你的名字，因为你那么优秀，因为你还能背出那么长的 π……"

　　狂风大作，天边传来海天哥的声音："小光，我教你背 π 吧……"

　　我的泪滚滚而下。

# 眼泪这么近，背影那么远

包利民

第一次在众人面前痛哭失声，是在多年以后，我作为一名实习教师在听别的老师讲课的时候。当时那个老教师讲的是朱自清的《背影》，听着听着，我竟失控地哭出声来，惹得全班四十多个学生都惊愕地看着我。

我想起的是娘，是记事时就知道有着一头白发的娘。娘不是我的亲生母亲，我的父母生了我，却没有养育我。娘是村里出了名的傻女人，那是真正的傻，整天胡言乱语，连生活甚至都无法自理。据说，是她给母亲接的生，她抱着我的那一刻，竟是出奇地平静。她的脸上流露出一种母性的光晕，却是大颗大颗地掉着眼泪。母亲生下我一个多月后，便被公安人员从那个山村带走，从此和父亲开始了漫长的刑期。而我，从此就成了娘的孩子，那一年，娘43岁。

当时村里人都认为娘是养不活我的，那么傻的一个女人，连自己都照顾不了，更别说伺候一个刚满月的孩子了。可是，村里人终于从震惊中明白，有我在身边的日子，娘是正常而清醒的。她能熟练地把小米粥煮得稀烂，慢慢地喂进我的嘴里；

她能像所有母亲那样，把最细腻的情怀和爱倾注在我的身上。人们有时会惊叹，说我也许就是上天赐给她的良药。

　　娘来到这个村子的时候就是现在的精神状态，从此便在这里停留下来，为人们提供茶余饭后百聊不厌的话题。就是在这样的环境之中，我竟也顺风顺水地长大起来，而且比别人家的孩子都结实。从记事起，最常见的就是娘的白发和泪眼。听别人说，娘以前从没掉过眼泪，自从有了我，便整天地抹泪。我也是很早就知道娘和别人家孩子的妈妈不一样，她不能和我说话，更多的时候，她都是一个人自言自语，也听不懂说些什么。她没有最慈祥的笑容，有的只是无穷无尽的泪水。我甚至感受不到她的关爱，除了一日三餐，别的什么都不管我，任我像放羊一样在野甸子里疯玩儿。正因为如此，我变得越来越不羁和放纵。

　　上学以后，我并没有受到什么白眼冷遇。这里的民风淳朴，没人嘲笑我，就连那些最淘气的孩子也会主动来找我玩儿，不在乎我有一个傻傻的娘。事实上，自从有了我之后，除了每日的自说自话和流泪，娘几乎没有不正常的地方了。印象中娘只打过我两次，打得都极狠极重。第一次是我下河游泳，村西有一条清清亮亮的小河，村里的孩子夏天时都去水里扑腾，我当然也去。从不管我的娘突然跳入水里，把我揪了上来，折了一根柳条就没命地抽在我身上，打出了一道道的血痕。我那时一点儿也不记恨她，只是不明白，我爬上高高的树顶去摘野果她不管我，我攀上西山最陡峭的悬崖她不管我，我拿着石头和邻

村的小孩打得头破血流她不管我，只在那么浅的河里游泳，她却这样狠打。

还有一次，那时我已在镇上读初中了。有一天她到学校给我送粮，正遇见我在校门前和一个女生说笑。当时她扔了肩上的粮袋，疯了一般冲过来打我，我的鼻子都给打出了血。我虽然不明所以，可依然不恨她。那时我已能想懂很多事，也从别人口中知道了自己的身世。这样的一个女人，能把我拉扯大，供我上学，所付出的，比别人要多千百倍。我感激我的娘，虽然我不能和她交流，可是我已经能体会到那份爱了。而且，天下的母亲哪有不打孩子的，况且她只打了我两次！

要说娘有让我反感的地方，就是她的眼泪了。不管什么时候什么地方，只要一见到我就哭，这让我从心里不舒服。别人家的孩子一个月回一次家，当妈的都是乐得合不拢嘴，而我的娘，迎接我的永远只有泪眼。有时我问她："娘，你怎么一见我就哭啊，不如当初你不养我了！"那样的时刻，她依然流泪不止，说不出一句话来。娘对我从没有过亲昵的举动，至少从记事起就不曾有过。她很少抱我，连拉我手的时候都没有。这许多许多，想着想着便也不去想了，娘不是一个正常的人，为什么和她计较这些呢！

在镇上上学，娘每月给我送一次口粮。她把时间拿捏得极准，总是在周六的下午一点钟准时来到学校门口，而那时我正等在那里。她把肩上的粮袋往地上一放，看上我一眼，转身就走。我常常怔怔地看着她的背影发呆，那背影渐行渐远，她间或抬袖抹一下眼睛，轻风吹动她乱蓬蓬的白发。每一次我都看着娘的背影消失在街道的拐角处，不期然间，那背影竟渐渐走进我的梦里。

考进县城一中后，娘来的次数便少了，变成了几个月一次。主要是为了给我送钱，娘自己是很难赚到钱的，那些钱，包括我的学费什么的，都是村里人接济的。那些善良的人们，自从我进入那个家门，他们就没有间断过对我们的帮助。高三上学期的一天，刚经历了一次考试，我和一个住校的女同学一边往宿舍走一边讨论着试题。到宿舍门前时，竟发现娘站在那里，风尘仆仆的，30 里的路，她一定又是徒步走来的。她看到我还有我的女同学，愣了一下，猛地冲过来，高高扬起手，停了一会儿，慢慢地落在我的脸上，轻轻地抚摸了一下，那一刻，我的心底涌起一种巨大的感动。她从怀里掏出一卷钱塞进我的口袋里，又看了我一会儿，眼角渗出泪来，然后便转身走了。我转头对那个女同学说："这是我娘……"

那竟是我和娘最后一次见面，她在一个月后的一天夜里，静静地离开了这个世界，这一年，她 62 岁。我常想起最后一次见到娘时的情形，她用最温暖轻柔的一个抚摸，把她的今生定格在我的生命里。我考上师范的时候，回村里迁户口，乡亲们为我集了不少钱，并在小学校里摆了几桌饭，为我送行。席间，老村长对我讲起了娘的过去，这是我第一次看到娘的来路。老村长说，娘原本是邻乡一个村子的村民，丈夫死于煤井中，她拉扯着一个儿子艰难地生活，就像当初养活我一样。她的儿

子上了中学后，由于早恋，成绩越来越差，任她怎么管教也无济于事。到得最后，她也就不去管了，可是后来，和儿子谈恋爱的那个女生感情转移，儿子也因此退了学，整日精神恍惚。她本来觉得时间一长就好了，可是终于有一天，这个孩子投进了村南的河里，淹死了。从那以后，她就变得疯疯癫癫，家也不要了，开始了走村串屯乞丐一般的生活。直到到了这个村子，她竟在这里安下身来。

那一刻，忽然就记起了娘打我的那两次，心中顿时恍然。就觉得曾被娘打过的地方，又开始疼起来，直疼到心里，我的眼泪落下来。以后的生活中，对娘的思念已成了一种习惯，常常于不觉中满眼泪水。我在每一条路上观望，朦胧的目光中再也寻不见那个蹒跚的背影。娘当初的泪水如今都汇集到我的眼中，而那背影已是远到隔世。我最亲的娘，她的眼泪与背影，竟成了我今生今世永远都化不开的心痛。

# 下辈子你不要再做我的孩子

合欢开了

## 1

生活那么不遂人意，好好的厂子，说散就散了，两人一同失去了工作。也应了"贫贱夫妻百事哀"的话，终于，家说散也就散了。当初信誓旦旦要给我幸福的男人，竟然连孩子都不尝试去要，走出民政局，直接买了去广州的火车票，留下不足60平米的家，800元的积蓄，还有快要读小学的他。当然，我会要他，不管生活如何，我不会放弃他。

终于找了份工作，在一家私人的超市里收款，每天要工作10个小时，晚上9点才下班。

开始上班的那天早上，我多给了他两块钱，跟他说，晚饭你也在外面随便吃点儿吧，我回不来做饭。别在路上贪玩，吃完早点儿回家。

他把钱接过来塞进书包，然后检查是否带好了钥匙，说，没问题。

第一个晚上，终于捱到下班，因为担心着他，疾步朝家里走。在路口的转弯处，他忽然跳了出来，把我吓了一跳。

那么晚了，他一个人跑过来，我心头一紧，劈头冲他就是一顿骂。他也不辩解，手放在背后，低着毛茸茸的小脑袋听我数落完，把手拿到身前说，没事，我有武器。说着把一根不长但很结实的小木棍舞动了两下，我不怕坏人，我是来接你的。

他仰着的小脸脏乎乎的，钥匙还挂在身前晃晃荡荡。我再也说不出话来，牵过他的小手，两个人朝家里走去。

2

他做的第一顿饭是蒸鸡蛋羹。是二年级的暑假，他对我说，老师要求他们学会做一种饭或者一道菜，让我教他。

我想了想，决定教他蒸鸡蛋羹，最简单的一种食品。他很认真地学，拿了小本子记下我说过的，几个鸡蛋，放多少水，多少盐，搅到什么程度……只当他是小孩子的新鲜好奇，却没想到，第二天晚上回来，他红着小脸无比兴奋地对我说，妈，看我做的鸡蛋羹。

放在玻璃碗中的鸡蛋羹，黄澄澄的一片。水放得太多了，也许蒸了很长时间，还是成了一碗鸡蛋汤。他说，妈，这是我独创的，你尝尝。然后把它端到我面前，很期待地看着我。

看着那碗水汪汪的鸡蛋羹，他的鼻翼一扇一扇，左侧有两块小小的灰尘，我笑了。然后，我低头尝了一口。他放了太多的盐，过于咸涩了。

好吃吗？他问我，有点儿紧张。

我看着他，点点头，开始去吃那碗被他命名为"鲁阳式"的鸡蛋羹，眼泪忽然扑簌簌地掉了下来。

从那天起，只要有时间，他就认真地缠着我教他做饭。他有一个小本子，上面记着关于厨房的一切注意事项，包括先关什么开关后关什么开关……那个暑假，不到 10 岁的他学会了煮面条、煮水饺、炒鸡蛋、烧稀饭，渐渐做得有模有样。最让我吃惊的是，在不久后我生日时，他竟然为我做了一份粗糙的手擀面，面很厚，粘连在一起，有些地方没有煮熟……原来他打电话问了几百公里外我的母亲，知道这是我最爱吃的。

那碗依旧被他命名为"鲁阳式"的手擀面带给我的不是感动，而是伤感。我不希望他这样，过早地承担生活里这些琐碎的内容。曾经，我想过我愿意替他承担一辈子，而现在，是他在为我这样做。

那个假期过后，他不再在外面吃晚饭了，而是自己做，然后吃一半给我留一半，让我下了晚班当夜宵。我更加努力，并希望有机会换一份更好的工作，可以有时间照顾他。

五年级的暑假，他一直待在家里，看书，做功课，做一些家务。我一直没有让他学习洗衣服或其他，我不想让他承担得更多。

# 3

我终于换了工作。他读中学了，我希望可以多给他一些照顾，只是收入并不如从前。没有学历和特长，我能付出的，只有勤奋。

他的功课始终没有太让我操心，不是非常好，但过得去。我不想过多地要求他，我不忍心，一直很愧疚不能多给他一些什么。已经是个很英俊的少年了，没有电脑，没有名牌的衣服，也不能奢侈地喊上同学庆祝自己的生日……他始终走在同龄人的边缘，因为我给不起他这些。虽然他从不抱怨，这却是一个母亲不能释怀的亏欠。

过了 40 岁，我的身体渐不如从前，工作带来的副作用也开始出现，一年前的冬天，腰部开始出现疼痛的症状。在他的催促下去做了检查，结果是严重的腰肌劳损，不是急症，但治疗起来很麻烦，不能劳累，需要辅助的按摩或牵引治疗，医生建议适当做运动。

他开始在每天早上更早地起来，喊了我去散步。问清楚家里经济状况后，他让我把工作辞了休息一年，他向我保证考上大学后自食其力。

我如何不相信他呢？他早早地就已经自食其力了。

他也不再让我做饭，每天早上上学前把中午的饭也做好。读到高中的他，已经是个熟练的厨房操作工了，会做多种饭菜。然后等他下午放学，回来给我们做晚饭。他像我的家长，将我照顾得无微不至。

我常常不知道应该对他说些什么。他是我的孩子，有什么可以说呢？

转眼，他参加了高考，没有要我陪同，一切自己应对得从从容容。考试完毕，跟我聊起作文试题，说，我在作文里写了这样一句话：下辈子，希望我还能遇见她，做她的孩子。

好半天，我抬起头来认真地看着他，慢慢地说，儿子，下辈子，希望你不再遇见我，不要再做我的孩子。下辈子，我想你出生在另外一个幸福富有的家庭，被他们爱和照顾，应有尽有，过真正美好的生活。

他哭了，我也哭了。也许他不知道，我说的是真的。

# 原来我们都有泪流满面的秘密

伊朵

## 1.

我的人生又走到了一个十字路口：我不知道，我将来的生活是该选择我的新男友周家生，还是选择我9岁的女儿妞妞。

妞妞显然并不知道她的妈妈正在经历着如此困苦的抉择。深夜，我刚把客厅的门推开，她就跑出来了，和往常一样，讨好地问我："妈，这么晚还不睡，你哪里不舒服？"

看到她那关切的眼神，我的鼻子不由自主地酸了起来，我不明白，为什么老天爷要这样惩罚我们两个，我们都是那样深爱着对方，但似乎只要我们在一起便会都得不到幸福。

我坐在沙发上，从前的往事一幕幕地浮现在我眼前。

几年前的那个下午，一场突如其来的车祸带走了我的丈夫，妞妞的爸爸，从此我们的生活陷入困境。我还能感觉到那天在太平间里，当我抚着他那冰凉的脸庞时，心里的那种痛和无助。我完全是歇斯底里地对着妞妞喊："你爸爸走了，从此以后只有我们俩了，只有我们俩了！"

从那天开始，妞妞突然长大了，家里的事总是和我抢着做，有时我颈椎病犯了，她便会像个小兔子一样跳到我身后，用小手捏呀捏，然后无比体贴地问："妈，这样舒服吗？"

一次，因为不能抛下妞妞去外地工作，我在单位里失去了升职的机会，心里很委屈，回家后脸色不好，妞妞像她父亲一样央求我："你笑一下，笑一下呀！"我哪里笑得出来，一言不发地把自己关在屋里生着闷气。妞妞小心地坐在我身边，一声不吭，眼里却隐隐含着泪水。

其实周家生第一次来我家时，我就知道妞妞不喜欢他，就像他不喜欢妞妞一样。可妞妞为了讨好我，假装喜欢他。可惜的是，她的讨好并没有换来周家生的容纳，他明确地告诉我，他想要一个单纯的二人世界。

母亲打来电话，要我把妞妞送到她那里，毕竟我还年轻，总得为将来考虑……其实我也知道，像周家生这么好的男人，这次错过了，下次就不会再有，但妞妞也是我的心头肉呀，我确实不知道该如何抉择。最后，在母亲的劝说下，我痛苦地接受了她的建议：今年这学期读完后，就把妞妞送到她那里去。

对不起，亲爱的妞妞，请你别怪我是铁石心肠，我真的已经仁至义尽了。毕竟，我还年轻，还有自己的生活。毕竟，你身体里流的是另一个女人的血。

## 2.

其实，妞妞并不是我的亲生女儿，我和丈夫结婚时，他已经带着妞妞生活了几年，我是以一个后母的身份出现在妞妞面前的。

那时，几乎所有的人都反对我选择的这段婚姻。他们不解，我年轻、模样清秀，有一份好的职业，为什么要选择一个拖着女儿的离异男人。我还能记得那段时间，因为妞妞，我身上背负了多大的压力。好在婚后的日子过得很好，丈夫的呵护，妞妞的聪明可爱，让我一度沉溺于幸福中不能自拔。

没想到，一场车祸改变了这一切，丈夫死了，肇事者也跑了，只剩下我带着妞妞艰难地相依为命。

丈夫走后，妞妞对我更好了，哪怕我冲她发了脾气，她第二天还是照样笑嘻嘻地缠着我说："妈妈，妈妈，你原谅我吧！"

我的本意是想带着妞妞过一辈子的，所以一直以来，别人为我介绍男友时，我的附加条件都是要带着妞妞一起生活。但我没想到，我和初恋男友周家生会再度重逢，而我再一次深深爱上了他。

也许人都是自私的吧！我安慰自己，其实，我对妞妞也已是仁至义尽，为了她，我放弃了很多工作上的机会；为了她，我放弃了一个又一个优秀的男人；为了她，我努力学着做一个母亲……而现在，也许是我该放手的时候了。

我得承认自己的虚伪，下定决心后，我心里开始忐忑不安，不知道如何告诉妞妞，既怕伤了她小小的自尊心，又怕在她心里留下阴影，只是试探着说："你姥姥身体越来越不好，可我工作又忙，要不你帮我去陪姥姥一段时间……"

四月的深夜，我淋雨后发起高烧，打算去看病。因为身体太虚弱，出门一抬脚，鞋子就从六楼的楼梯缝隙间掉了下去。"妈，你别动，我去捡！"妞妞"咚咚"地跑下去。楼道里的灯很暗，她小小的身影转下去时让我生出心疼的感觉。这样安静的夜，这样漆黑的楼道，她勇敢地跑了下去，又很快跑上来。我好像听到了她害怕的心跳声，可耳朵里分明听到她急促地喊："妈，快穿上鞋，我们去医院……"

一层又一层，一个台阶又一个台阶，我的胳膊被她小小的身子搀扶着。到了医院后，医生说我的病已经转化成肺炎，要住两天院。

在医院里，妞妞像一个小大人一样给我削苹果，给我倒尿盆，甚至还会用小梳子给我梳头。午后的阳光穿过窗口，妞妞拿着口红轻轻地涂着我的双唇："妈，过会儿周叔叔来时，看到你很精神，就会放心了。"

刚刚还是春光明媚的我，听到这句话，心里突然一暗，这个学期就要结束了，可我还是说不出口。

周家生进来时妞妞正在给我讲故事——《谁动了我的奶酪》，正念着，进门的周家生不小心撞掉了妞妞手上的书，掉在了痰盂里。周家生回头看了一眼，脸上没有任何表情，扭过头来继续问我的病情。

阳光那么明媚，透过窗口洒在病房里，周家生脸上的笑容却开始让我局促不安。在他高大的身影后，是姐姐悄悄从痰盂里捡起书来，小心翼翼地甩了甩水痕，晒到窗台上。

周家生对我说了什么，我没在意，我的眼睛一直盯着姐姐，那是她的父亲为她买的最后一个生日礼物，她那么珍爱，此时竟然没有发火。我说："你看，你把孩子的书弄脏了。"周家生不屑一顾，说："不就一本书吗！"然后话题一转："明天出了院我们去看看钻戒吧？"

钻戒买好了，学期结束的日子也一天天逼近，就在我处心积虑地考虑该怎么对姐姐开口送她走时，姐姐突然对我说了一句让我大惊失色的话。

## 3.

姐姐坐在我对面，很认真地说："妈，我想好了，姥姥一个人在家挺闷的，我去看看她吧！"我的心狂跳起来，先是惊慌，再是欣喜，最后竟是愧疚："姐姐，我，我……"我想说对不起，声音却卡在那里。

姐姐的嘴角弯起来，笑了："妈，我可喜欢乡下的那条小河了，可以捉小鱼小虾，听说夏天还有知了？不过我就玩几个月，然后我就回来陪你。"我点头，再点头，我知道眼泪流出眼眶了，却不能说出一句挽留孩子的话，这不正是我想要的结果吗？！

　　那段日子，我开始为姐姐收拾行李：她最喜欢的书，最喜欢的裙子，还有那本晒干了的书，全部小心翼翼地装入行李箱。好在姐姐一再对我说，喜欢乡下的那些山山水水，不然，我真是太愧疚了。

　　可就在我准备送姐姐走的前几天，一个意外的访客再次打乱了我的生活，她告诉了我一个让我震惊的真相：原来，姐姐和我一样，心里也藏着一个很大的秘密。

　　这位访客就是姐姐的亲生母亲。她静静地坐在我对面，低着头，手里拿着纸巾不停地擦着眼泪。她似乎在乞求我，甚至带着谦卑。我是第一次见到她，没想到，当年抛弃丈夫和姐姐的，竟会是这样一个看似文弱的女人。

　　听了她的话，我有些不知所措了，事情怎么会是这样的？我大脑一片空白，伸手去拿手边的水杯，水洒了，打湿了我的裙子。

　　她还在说："其实，她爸爸去世后，我就去学校找过她，但她拒绝了，好像永远不原谅我的过错。这次我听她的老师说，你要把她送回乡下。所以，无奈之下我来找你，求你劝劝她，让她跟我走吧，我和我先生一定会好好照顾她的，我可以送她去美国读书，让她以后生活得像个小公主。"

　　她走的时候一再对我说着感谢的话，从她眼里我读出了期待与渴望，而没人知道我突然陷入一个什么样的深渊里，我不敢相信姐姐每天的笑容里到底有多少隐忍，不知道她什么时候学会了伪装，不知道她为什么要这样一直卑微地守在我身边，

不知道她为什么宁愿被我嫌弃也不愿意和生母在一起，更不知道她为什么要放弃锦衣玉食的将来。

晚上，妞妞像个犯了错的孩子一样，默默地坐在我身边。

我试图将这种关系解释清楚："妞妞，你不要恨你的母亲，大人的事你长大后就会明白。"

妞妞小声地答道："妈，我不去，我不恨她，我都不记得她长什么样子。"

我捧起孩子的脸，看到她流出来的泪，我心底最后的坚强终于瓦解，心酸又心疼地望着这个9岁的孩子："那你为什么不跟你妈妈走呀？"

"爸爸以前说过，你是好不容易才成为我妈妈的，要我以后长大了一定要好好照顾你。而且你不是说过吗，爸爸走了，就剩下我们两个人了。"妞妞小声说，声音细细的，像在撒娇。

我的泪再也忍不住了，"哇"地哭出了声，原以为自己付出了青春年华，失去了升职加薪的机会，带着一个与自己没有血缘关系的女儿生活着，是那样的委屈与不甘。却原来，和我一样委屈的人还有妞妞，她因为对爸爸的承诺，对我的爱，所以隐忍着，讨好着我这个继母。

什么钻石戒指，什么乡下的山水，什么美国的公主生活，统统见鬼去吧，我只一个劲儿地说："是的，就剩下我们两个人了。"

我拥着自己的女儿痛哭流涕，有愧疚有自责有感激还有幸福，她是我的女儿，此生此世，来生来世，永无悔……

# 被身居暗处的傅敏点亮

李斐然

　　小时候去书店，在"教育典范"的大招牌底下，我捧着一本《傅雷家书》翻来翻去。当时年龄小，看不懂里面讲的肖邦和贝多芬，只看出一个问题——这本书是大翻译家父亲傅雷写给大钢琴家儿子傅聪的家书，那序言里的这个傅敏，是干嘛的？

　　又过去很多年，我终于在傅雷的传记里寻到了答案。让我意外却又冥冥中觉得合理的是，傅敏是傅雷的次子。

　　我读过无数次《傅雷家书》。随着年岁的增长，每一次读都有新的感悟。可唯一不变的是，从开头到结尾，每一个字都是傅雷对傅聪深深的爱：他有一个才华横溢的天才儿子，他关心他的一切，他的爱情，他的音乐，他最近看的书，他在海外吃的粮食，他走路的时候有没有将衣领折好……

　　囫囵读下去，无数人会为这样细致的父爱落泪，但是萦绕我心头的却是另一件事：在往来繁复的通信里，只有寥寥数笔提到这个家里唯一的弟弟，翻页快的人大概都不会留意到他的存在，这让我顿时觉得喉咙里像堵了一样东西，硌得难受。

　　在另一本传记里，我看到了更为完整的傅雷家事。傅聪出

生后，全家人的爱都倾注到这个长得粉嘟嘟的小男孩身上，找最好的老师教他弹琴，送他去最好的地方，在最好的环境里，实现最广阔的发展。

对这家人来说，当时一切都好到了极致，直到另一个儿子出生。生于斯，长于斯，这个叫傅敏的孩子也想跟哥哥那样，学习音乐。他跟父亲的好友偷偷学过一小阵子小提琴，他的音准之好，让这位老友也来游说，他说傅敏很有天赋。

可是，父亲没同意。这位父亲当时的曲折心思，如今已无从考证，大体意思是，我们家已经有了一个傅聪，我们不需要，也无力再去培养另一个傅聪了。你，去当个老师吧。

后来的种种人生经历让我明白，对爱子心切的傅雷来说，在那样的时代背景下，要背负多少爱与痛，才能在一个孩子11岁的时候，就给他下判语：你不适合这个，你适合那个。

旁观者可以惋惜，可这就是当局者傅敏的人生，他如是接受了它。后人常常补充说，傅敏其实在教育方面也是很有天赋的嘛！我看到了一张傅敏跟学生一起看书的照片，师生相处其乐融融，可那时候他还不知道，接下来迎接他的，是连绵数十年的坎坷不平，风云突变，亲人离世，家庭破裂，伤痛如一根刺，扎在他心头。

故事的结局是，傅敏在1979年去伦敦探望哥哥傅聪，所有人都以为他会去投奔安逸的生活，但是他没有。1980年，傅敏回国，继续做一名中学教师，并向学校提出要求，终生不升"长"，要做一辈子的中学教师。他了断了自己的婚姻，也断了自己升职的道路，把自己关在小小房间里，整理编辑《傅雷家书》。

我无从想象，坐在房间里整理家书并将其出版成书的傅敏，是抱着怎样的决心和情怀，以他一己之力促成了一本传世经典的流传，而在整整一本书里，只有序言里出现了他的名字，仅此而已。

但是当我经历了一些人生，我也开始明白，在傅敏做成这件事的时候，他大概是喜悦且舒畅的。这个在命运眼中不合时宜的人，依然坚持做着旁人看来不合时宜的事情，因为他知道，什么才是真正合时宜的。直到今天，《傅雷家书》依然影响着无数人的生命，包括我。

故事本来讲到这里就要结束了，可我还想补充一件事。傅聪举办80岁音乐会，在中山音乐堂，我看着他穿着素色的唐装，弯着背走出来，埋着头沉醉地弹奏莫扎特时，突然想起他在自传中说的一件事。他说有次回国，无意中跟弟弟比手，发现自己的手其实并不适合弹琴，他的手非常硬，但弟弟的手能够张得很开，非常柔软，这些都是优秀演奏者的必备条件，这是天生的好胚子。

我在看到傅聪闭着眼睛沉醉于黑白键的那一刻，突然想起了弹琴先天条件极好的傅敏，父亲的好友没有骗他，他的确适合学琴。

然后，在我眼前又浮现出另一幅画面。这些年傅聪回国演出，都暂住在弟弟家。来自全国各地的记者挤在傅敏家小小的

客厅里，眼巴巴等着坐在沙发上的傅聪同意接受他们的采访，而同在角落里挤着的，是这个家的主人傅敏，被人群挤在一边，被历史遗忘在角落。可那却是傅敏啊，那个微笑地看着哥哥、坦然接受周遭一切的傅敏，平静而泰然，却留下一本经久传世的《傅雷家书》。

不知道是为了这两个命运迥异的兄弟中的哪一个，在黑漆漆的观众席，我突然觉得非常难过，咬着牙不想哭出声。最终还是忍不住，为这两个在书里陪我长大的兄弟，掉下了眼泪。

# 白菜玫瑰

陈麒凌

## 一

莹下班的时候，太阳总是快要落尽了。

"阿嬷，我买菜回来啰！"莹一边轻快地呼唤，一边推开门。

"乖孙回来啰，乖孙！"阿嬷含糊不清地应着。莹打开门，见她在藤椅上前倾着身子，脸上透着喜悦。

"阿嬷，你猜我买了什么菜？"莹放下大包小包，系上了碎花围裙。

"白菜，嗯，猪肉、白菜。"阿嬷反反复复地答。

"阿嬷好乖，帮忙择白菜。"莹把一扎小白菜放进菜篮，突然记起什么，回身从提包里擎出一枝红玫瑰。

她笑了一声，问："阿嬷，靓不靓？"

"好靓啊。"

"还好香呢，不信闻闻。"

"你摘公园的花呀。"

"别人送我的，阿嬷。"莹微微润红了脸，找了一个空瓶子把花插上，左右看了几遍，又笑着摸摸阿嬷的脸。

阿嬷专心地择菜，她用剪子去掉菜根，择去黄的有虫洞的叶，把白底青头的菜摆齐整，头是头尾是尾，动作虽然迟缓，但还算稳妥周到。

莹把餐桌摆在阿嬷面前，盛好饭，想想又把那枝花拿过来摆好。

"阿嬷，你知道送人玫瑰花是什么意思吗？"莹仍不拿筷，出了会儿神，两只黑眼亮晶晶。

她等不及阿嬷吞下那口饭，自己先笑着答了："就是说人家中意你啰。"

阿嬷也随莹笑，莹不好意思，吐吐舌头："好不知羞哦，是吧，阿嬷。"

送她玫瑰花的那个人，叫阿峰，读过大学，看起来很有涵养。他在楼上的计算机城上班，常常会来店里复印，有时他复印好大一沓资料，要等很久。莹心肠好，会给他倒一杯茶，让他坐，有时他也会帮莹，装订啊、换墨啊，还给她下载好听的音乐。资料印好了他也不急着走，一点点小事都能聊好久。然后，他就带来一枝玫瑰花，轻轻地插进她的笔筒，她问哪里来的，他就有点害羞地说是捡的。

当然知道他瞎说，因为第二天他又带来一枝，再下一天还有，天天都有。

# 二

连阿嬷也懂得逗趣，下次莹回家问："阿嬷，你猜我买什么菜？"她就会应，虽然有点含糊不清："白菜，嗯，猪肉、白菜，还有玫瑰花。"

日子就是这样，她每天追着太阳回家，带回新鲜的白菜、鱼、猪肉，还有玫瑰花，她笑盈盈地如常煮菜、和阿嬷聊天，却难免分心，忽然会想起阿峰。

这晚阿嬷洗干净，舒舒服服躺在床上，莹举着电蚊拍在帐子里巡视一遍，刚要放下帐子，阿嬷伸手拦了一下。

"怎么了，阿嬷？"

"我好老了，时刻想自己为什么还没死，拖累你。"阿嬷牵着莹的手，"又好怕人死了，再也看不到我乖孙。"

"阿嬷，又乱想，知道吗，你要活到120岁，直到你乖孙也做阿嬷！"莹捏捏她的手，"好好睡哦，明天早早起，我们去公园散步。"

带上门出来，莹松了一口气，差点以为阿嬷知道了什么，她不会知道了什么吧。看看手机，没有阿峰的短信，莹这才坐下发呆。

阿峰要去珠海了，想让她一起去，他说："跟我去珠海吧，供一套房，咱们结婚。"

"可是阿嬷……"

"阿嬷是你一个人的吗？你有权利过自己的生活，不是吗？"

那些阿嬷睡得很熟的夜里，她就这样坐着发呆，呆上好久好久。

她曾打电话给大伯，大伯是个急性子，一听是她，马上就嚷："阿嬷出了什么事？"

"阿嬷很好啊。"

"吓得我，你就辛苦些好好照顾阿嬷，也不枉她把你带大，需要钱就说，你伯母身体不是很好，我又忙，辛苦你啦。"

"哦。"

三姑脾气好，好说话，莹愿意去跟她聊。还没坐下，三姑已经收拾好许多包包，有吃的，有衣服，要她带回去给阿嬷。

"你成哥要结婚了，现在房子这么贵，只好先回家住，大家挤一挤算了。"三姑唠叨着，"你也该找男朋友了吧，对哦，你有没有男朋友啊？"

"我啊……"她不知该怎么说好。

## 三

颐和康乐院是她最后考虑的地方，她去看过两次，院子很大，有花有树有鸟，看护小姐很温柔，老人们坐在一起看电视，都是很开心的样子。

她不是真的要送阿嬷去那里，莹这样打算着，半年，最多一年，阿嬷先住在那里，等她在珠海安定下来，就接阿嬷过去。

她对阿嬷说："阿嬷，我要出差了，要去好长时间。"阿嬷会懂吗，她接着说下，"我送你去一个好玩儿的地方，等我回来再去接你，好不好？"

"好呀。"阿嬷应得很清楚。

有时阿嬷好像什么都明白，收拾行李的时候，她记得要带哪双鞋、哪个杯子。

"福寿衣放进去哦。"阿嬷交代。早几年她就准备了整套的福寿衣，用红布包着，放在衣柜顶层。

"不用带那些。"莹有些不自在。

谁知临出门那天，阿嬷又问一遍："我的福寿衣有没有放进去？"

那天早晨阿嬷穿好衣服，梳好头发，把随身小花布包挂在颈上，一会儿又不放心地取下，把里面的东西清点一次，包里有一点钱、电话本，还有一本小相册。"你放心去做事，你不用心急记挂我，我也不心急。"她忽地抬头笑笑，莹摸摸她皱皱的脸，轻轻地。

看得出来，阿嬷紧张，一路上手紧紧抓住布包。到了康乐院，要她在大堂长椅上等，莹去办手续，她忙举起手说："拜拜，拜拜。"

莹笑道："阿嬷，我还没走呢。"

关于白菜的问题，莹和司务主任有了争吵。

"可是我阿嬷只吃白菜，其他的瓜菜她不吃的。"

"那她可以尝试一下其他品种，或者选择不吃。"

"不吃白菜，她很容易便血。"

"那你想怎样？"

"能不能给她开小灶，每天煮一点白菜？"

"这么金贵，干吗要送她来这里呢？"

莹生气，心想要不要找院长投诉，还没来态度就这样恶劣，怎么放心把人托付给他。走出前廊，远远看见阿嬷，孤零零地在椅子上打盹儿，佝偻着肩，下颌瘪瘪地垂在胸口，抓着布袋的枯手缀着暗斑。从没试过这样的距离看阿嬷，她好小好弱。原来阿嬷已经那么老了。

别骗自己了，她还能活几年呢？把她放在这里，这半年里她没了怎么办？下次来，见不到她怎么办？什么能够弥补？想起幼时，父母早亡，阿嬷就如同亲生爹娘，台风夜步行十几公里为她找牛奶；她感冒，鼻塞喘不过气，是阿嬷用口吸出她的鼻涕；晚上睡觉她爱把脸贴在阿嬷胸前，寻找那干瘪的乳房；走到哪里她都牵着阿嬷的手，一直牵着，从很小长到很大，世界上只有一个这样的阿嬷。

她擦眼睛，躲在屋角擦了一遍又一遍。

"阿嬷。"莹扶住老人的肩。

阿嬷醒来，以为她要走，连忙举起手说："拜拜。"

莹牵着她的手说："这里不好玩，我们一同回家。"

# 四

阿峰还是走了。莹也知道，总有一场伤心的，也许不止一场。无所谓啦，世界上又不是没男人，但阿嬷只有一个。

可回家的时候，莹在车上却不禁一路掉泪，止不住地，纸巾湿了一张又一张。

在阿嬷面前还是装出笑来。"阿嬷，我买菜回来啰！"

"乖孙回来啰，乖孙！"

"猜猜我买了什么菜？"

"白菜，嗯，猪肉、白菜、玫瑰花。"

"嘻嘻，对了一半。"她一副调皮轻松的样子，"没有玫瑰花啰！"

忍得好辛苦啊，炒菜的时候，抽油烟机隆隆地响，她忍很久才抽一下鼻子，装作擦汗去擦眼泪，一直不敢回头。

吃饭的时候，阿嬷从身边捧出一只碟子，用小时候哄她的语气说："乖孙，有好东西给你看哦。"她含糊不清却又无比温柔，"不用流眼泪哦，阿嬷给好多个'中意你'，好多好多。"

莹低头看去，白色的瓷碟里，盛满一朵朵头脸上仰的小白菜根，那些齐齐切剪的白菜根，你一定从未发现，从正面看，一层层晶莹洁白的苞，瓣瓣曲折婉转，簇拥着一点翠绿的芯，看上去，竟像是一朵朵小小的玫瑰花。

她叫一声"阿嬷"，大声地哭了出来。

# 你是上天给我最好的馈赠

一路开花

　　她第一次去孤儿院，看到宁小邪的照片时，就莫名地喜欢上了他。她向院长再三恳求，希望能领养宁小邪。院长起初并不同意，耐心地劝她与其他更为优秀的孩子交谈，但不论院长如何劝说，她固执地要收养宁小邪。

　　她说，宁小邪给了她从未有过的亲切。她是一个被丈夫抛弃的女人，没有孩子，没有工作，甚至没有房子。当她主动要求见宁小邪，并听听他的意见时，领导们为难了。她不知道，宁小邪是个多么孤僻捣蛋的孩子，他不但不和院里的同学说话，还经常翻墙出去偷东西。

　　一个小时后，她在城南派出所见到了一脸倔犟的宁小邪。他坐在黄色的木椅上，高傲地抱着双手，一动不动，那眼神里透出不屑。

　　她明白，小邪是这里的常客。

　　但她仍然没有放弃宁小邪，她微笑着在他旁边坐下，刚伸手抚摸他的脑袋，就被他一掌拍开了。这个孤独而又不领情的宁小邪，在顷刻间给了她一种同病相怜的安慰。低头时，她看

90

见宁小邪蓝布短裤上的补丁，心疼不已。在这座车水马龙的城市里，还有多少孩子穿着打补丁的短裤？

　　她向警方出示了领养证明，并在保单上签了字。出门后，她温和地对宁小邪说："孩子，你以后就和我一起生活吧，我会好好照顾你的！"岂料，这句朴质的话，竟把宁小邪吓得掉头就跑。她拖着臃肿的身体，一直拼命跟在宁小邪身后。最后，路旁的一位巡警把宁小邪拦下了。宁小邪抬头看看她汗水濡湿且微笑着的脸，忽然有了妥协的冲动。

　　宁小邪从不叫她阿姨，更不会叫她妈妈。他每次有所需求的时候，总是漫不经心地朝她喊一声"喂"。

　　"喂，明天要交学费。""喂，我的那条短裤哪儿去了？""喂，你翻我的书包有没有经过我同意？"

　　宁小邪上学没多久，就开始厌学了。他说班里的同学都不喜欢他，说他是小偷。她耐心地劝慰他，拉着他的小手，苦口婆心地告诉他诸多人生道理。宁小邪静静地看着她微白的头发、粗糙的手，忽然想哭，因为从来没有一个人，像她这样对他不厌其烦、不离不弃。

　　清晨，宁小邪坐在她的三轮车上，心里溢满了欢喜。不知何时，她开始了这样的生活，每天骑着三轮车把宁小邪送到学校门口，而后又急急赶往农贸市场批发一些新鲜的蔬菜水果，沿途叫卖。

　　她喜欢这样的生活，有事可做，有饭可吃，有人可等。

　　宁小邪喜欢吃糖醋排骨。他只在无意间说了一次。她就记

住了。后来，不论刮风下雨，桌上总有一小碟鲜美的糖醋排骨。宁小邪从不问缘由，更不会往她的碗里夹一筷子，但她仍旧开心，因为每次宁小邪都会太快朵颐地将她亲手做的小菜吃得一干二净。

一个蒙蒙细雨的下午，宁小邪逃了体育课，打着花伞提早回家。半路上，遇上了浑身湿透的她，站在绸缪的雨中，和一位年纪相仿的中年妇女讨价还价。因为一毛钱，她和那人争执了很长时间。

宁小邪忽然想起她清早说过的话："没事儿，这伞你拿着，我在市场里还有好几把，过去就能取。待会儿放学肯定也在下雨，别淋坏了，记得早点回家。"

宁小邪顿时明白，家里其实只有一把伞。他换了另外一条路回家，绕很大的圈子。路上，他一直在盘算，一碟糖醋排骨究竟需要多少个一毛钱。

临睡的时候，宁小邪说："喂，以后别做糖醋排骨了，换点青菜吧，我都吃腻了。"她笑笑："行，你想吃什么，我都给你做。"

当她掖好被角转身出门后，宁小邪到底忍不住，嘤嘤地哭开了。她一个箭步飞奔过来，一把抱着宁小邪，又是摸头又是抚胸，一遍又一遍地问："孩子，是这里疼吗，还是这里？"

宁小邪说不出话来，偎在她温热的怀里，一直哭到沉沉睡去。

宁小邪从她的身份证上知道她快过生日了，于是整天谋算着上哪儿弄一笔钱给她买点礼物。

宁小邪见隔壁邻居条件不错，看似很有钱，于是动了入室的念头。

当天，宁小邪没去上课，他悄悄爬上墙头，准备伺机而动。当他从枝叶里站起身子，准备沿树滑下去时，一个威武的男人从里屋跳了出来。他的一声威吓，让心虚的宁小邪从爬满青苔的墙头上摔了下来。

宁小邪被抓的时候，她正在烈日下蹬车叫卖。

当她看到宁小邪的样子，并得知宁小邪骨折时，一向温和明理的她，忽然面目狰狞，暴跳如雷。

她忘了，宁小邪是因为偷东西才变成这样的。

她急匆匆地把宁小邪送进了医院。宁小邪一次次哭着问她："我是不是会变成瘸子？我是不是以后都不能走路了？"她一次次坚定地告诉他："不会的，只是轻微骨折，打了钢钉之后就会好起来的。"

为了凑够宁小邪所需的费用，她每天早出晚归，蹬几十公里的路，喊哑了嗓子，只为将那车满满的蔬果卖出去。

恢复期间的宁小邪脾气很坏，他经常说："与其这样没用地躺在床上，不如死了算了！"

她生怕宁小邪憋出毛病，背着他，去了附近的足球场。宁小邪看着那些一路狂奔的孩子，沮丧地说："带我来这里做什么，我又玩不了。"

她把宁小邪送到了守门员的位置，朝他做了一个胜利的手

势。

"砰!"宁小邪稳稳地抱住了飞来的足球。她在旁边又蹦又跳,欢呼不已。宁小邪终于笑了。他不知道,这些孩子之所以愿意和他玩耍,是因为事先收到了她送的一大篮水果。

回家的路上,宁小邪一路笑个不停,她又一次告诉他:"其实每一个人都有价值。不管他是瘸子、聋子,还是哑子,只要他不放弃,就有活着的价值。"

宁小邪伏在她宽阔的背上,第一次向她许诺,以后再不偷东西。

宁小邪第一次拿了奖状。他想为她做一顿饭,给她一个惊喜,但买菜需要钱,而他曾答应过她,以后再不偷盗。

经过深思熟虑,宁小邪最终还是决定,从她的衣柜里拿15元钱出来,买一点新鲜的排骨。他从未见她好好吃过一顿肉。

宁小邪学着她的样子,把新鲜的排骨洗净,丢到滚烫的油锅炸一炸,而后泼上事先准备好的糖醋调料。虽然程序是对的,但掌握不好火候,结果,一锅脆生生排骨硬是让宁小邪弄成了面目全非的焦炭。

宁小邪守着那盘焦炭等了许久。当她蹬着三轮车回来的时候,宁小邪早已趴在床上沉沉睡去。

她把今天赚到的钱尽数放在衣柜里,然后细算一遍,看到底还需要存多少钱才够宁小邪以后念中学。

15元钱不翼而飞,让她心疼不已,她断定是宁小邪旧病复发,倘若家里遭了贼的话,绝对不可能只拿走那么点钱。

　　那是她第一次打宁小邪。细长的皮条在宁小邪的身上抽出了一条又一条红线。她一面狠狠地打，一面哽咽着说："你说，你答应过我什么？你说，你到底答应过我什么？我供你念书，教你做人，看来，全是白费了！"

　　小邪在狭窄的卧室里哭着说："你听我说，我不是偷钱，我真的不是偷钱。"

　　后来，宁小邪的一句话，使她再也使不出半点气力。宁小邪捂着通红的双手说："妈，今天是您生日！"

　　她忍住热泪，悄悄地走出房间，终于看到了木桌上的糖醋排骨。宁小邪缩着身体，跟在她的身后，喃喃地说："妈，我没有偷钱，我真的没有偷钱，我只是想在你生日的时候给你做一盘糖醋排骨，让你也好好吃一回肉。"

　　顷刻，在她内心积压的情感和生活的委屈，如同山洪一般喷薄而出。她紧紧地抱住宁小邪，禁不住泪流满面。

　　那盘面目全非的糖醋排骨是她生平吃过的最好吃的菜。从来没有一盘菜，可以让她吃到泪流满面。

　　期末考试如期而至。语文试卷的作文题是——"我的母亲"。

　　她笑问宁小邪："你把我写成什么样子呢？"

　　宁小邪说："妈妈，我写你是上天给我最好的馈赠。"

第二辑

# 亲情是棵盘根错节的树

# 最怕妈妈突然对我好

孙道荣

新学期，她给孩子们布置了第一篇作文——《最幸福的时刻》，她是一名支教老师，在这个偏远山区，方圆几十里，只有这一所学校，学生很多是留守孩子，他们的父母，大部分都远赴外地打工，一年中难得相聚几次。其时，春节刚过，孩子们刚刚与久别的父母重聚，她希望孩子们用手中的笔，记录下这一温暖的时刻。

作文交上来了，她认真地批阅。不出所料，几乎所有的孩子，写的都是春节期间与从外地赶回来的父母团聚的时刻。

一个男孩，写了妈妈带回来好多好吃的，成为了他难忘的"年夜饭"。他感觉坐在父母中间，吃着好吃的，那一刻好幸福……

一个女孩子写的是，爸爸给她新买了书包，当爸爸帮她将新书包背好的那一刻，她觉得好幸福。

又一个男孩子写道，他已经两年多没见到爸爸了，爸爸刚走进家门的时候，他一下子没有认出来，但是爸爸突然一把将他抱了起来。那一刻，他感觉有点陌生，但是，爸爸的怀抱很

温暖，那一刻，或许可以称之为幸福吧……

一篇篇看下去，孩子们的幸福那么微小，得到了就那么单纯地满足，这让她的鼻子微微发酸。

接着，她的目光，久久地停在了一个女孩子的作文本上。

女孩子写道："以前，是爸爸一个人出去打工，后来，妈妈也出去了，留下我和弟弟，跟着爷爷一起生活。每年，他们都只在春节的时候才能回来，年一过完，他们就又出去打工了。今年，直到年初二他们才回到家，因为他们没买到年前的火车票。这一次，因为没赶回来吃年夜饭，爸爸妈妈答应我和弟弟，会在家里多呆几天，可把我俩乐坏了。"

"爸爸妈妈回来之后很忙，除了走亲戚外，他们还要将庄稼地重新翻整一遍，这样，上了年纪的爷爷春耕的时候，才好播种。虽然爸爸妈妈回来之后，忙得根本没时间陪我们，甚至顾不上我们，但我却觉得很满足，很幸福。"

"这天，妈妈没有下地干活，而是一整天都陪着我和弟弟，给我们做饭，做了好几个好吃的菜，帮我们把所有的衣服都洗干净叠整齐了，爸爸还检查了我和弟弟的作业……总之，一整天，妈妈和爸爸都对我们姐弟俩特别好，特别温柔……"

读到这儿，她以为女孩子接下来会写，那就是她最幸福的时刻。可是，没有。

女孩写的是："那一刻，我哭了。我知道，爸爸妈妈明天肯定又要离开家，出去打工了。"

泪水瞬时漫出了她的眼睛。

最后，女孩子在作文结尾这样写道："我最幸福、也是最难过的时刻是，妈妈突然对我特别好的时候。那意味着，他们第二天又要离开家了，又要一年之后，才能回来。"

在这行文字下面，她依稀看到字迹被泪水洇湿的痕迹。

她拿出手绢，擦着不断涌出的泪水。她已经来这里支教3年了。在城里，她有一个温暖的家，有一个调皮可爱的儿子。每次离开城里的家之前，她也恋恋不舍，她觉得自己亏欠这个家太多，尤其是对儿子。所以，每次，离开家之前的那一天，一向粗线条的她，也会对儿子特别温柔，特别细致，特别有耐心，恨不得把对他所有的爱和牵挂，都留下来。是不是自己的儿子也默默将妈妈即将离去的忧伤与害怕这样藏在心底？

她突然无比想家。她打电话回家，夜已深，儿子已经睡着了，她让老公将手机放在儿子的面前，她听到了细微的鼾声。那一刻，她泪流满面，为儿子，也为作文中那个忧伤的女孩。

# 送你一只喵

大冰

## 一

有个小孩儿很可怜。

太丢人了，所有人都在看着他被妈妈拎着耳朵，踉踉跄跄往学校大门外拖。小孩儿低着头，小小声地喊："妈妈……疼。"妈妈一脚侧踹，"闭嘴！"

终于拖到学校大门外了。妈妈放慢脚步，喘了口粗气……自行车铃铛在身旁丁零零地响，公共汽车稀里呼隆开过，白花花的天津夏日午后，纷乱嘈杂的成人世界。小孩儿忽然央求："妈妈，给我买只小喵吧。"妈妈低吼道："你个倒霉孩子！还有脸跟我要东西！"

小孩儿说："我不是故意的……他们都不跟我玩儿。"妈妈重新揪紧他的耳朵，一根手指杵在他脑门儿上，"不跟你玩儿你就揍人家吗？土匪吗你！"

小孩儿轻轻嘟嚷着："给我只小喵陪我玩儿吧。"毛茸茸的，软软的，小小的。小小的小喵，一只就够了。

……

掉了漆的绿板凳，小孩儿已经木木呆呆地坐了大半个钟头了。满地的玻璃碴儿。爸爸撅着屁股蹲在一地亮晶晶里，忙着撕照片。一张又一张。

妈妈不知去哪儿了，妈妈摔门的动静好像点炸了一个炮仗，小孩儿被炸起了一身的汗毛，良久才渗出一脊梁冰凉的汗。

天已经黑了，他不敢开灯，摸着黑找到自己房间的门把手。邻居家的饭香隔着纱窗飘过来……他咽咽口水，背后只有刺啦刺啦撕照片的声音。他试探着喊："爸……"

砰的一声巨响，爸爸摔的是手风琴吧？噢……那以后我可以不用再练琴了吧？心怦怦跳得厉害，门被轻轻打开，慢慢关严，他使劲地抵在门背后，大口大口地喘气。

孩子眼里的世界就那么点儿大，不外乎老师同学、爸爸妈妈。孩子不是成人，一疼，就是整个世界。

关于 9 岁的记忆，大多数人大都淡忘了吧？对于那个孩子而言，9 岁却是永生难忘的。9 岁生日的早晨，当他饿着肚子醒来时，他得到了一份特殊的生日礼物。不是一只软软的小喵，是一个坚硬的消息：爸爸妈妈要离婚了。

## 二

新家，新卧室，新床。每天放学，小孩儿把自己搁在床上，

不肯出门。卧室门外是个难以理解的次元，为什么别人都有爸妈，而自己只剩妈妈了呢？他开始失眠，不停地胡思乱想。同时控制不住自己的拳头，学校干架的次数愈发多。

没人喜欢和他说话，除了妈妈。妈妈和他说话也总没好气儿。每天只有一个时间她是和蔼的，凌晨之后、清晨之前，将醒未醒时最温柔。小孩儿熬夜等着凌晨来临，抱着枕头跑到妈妈的房间，贴着妈妈的脊梁躺下。"妈妈……"他抱着妈妈的后背小声说："给我买只小喵吧。"声音太小，她翻一个身，搂紧他，沉沉睡去。

有一天，妈妈出奇地和蔼，平静地说，她要出差几天，让小孩儿先搬到奶奶家住。小孩儿自己收拾好行李，出门前却被妈妈喊住，说："走之前，妈妈带你出去玩儿一天吧。"

妈妈拽下他的行李扔到一边，带他去吃麦当劳，去公园玩儿，还带他去买了春夏秋冬各季的很多衣服。买完童装又买少年装，甚至买了一身西装……妈妈发疯一样地花钱，从百货大楼到劝业场，她拖着他跑，好像在和什么东西赛跑。

小孩儿跑着跑着，忽然间号啕大哭起来。"妈妈……我要死了。"他哭着喊："我高兴得要死了……妈妈你是喜欢我的！"

他抽泣着说："妈妈我知道你要走很久，护照我都看见了。我本来想烧了护照不让你走的。可是，我知道了妈妈是喜欢我的……我也喜欢妈妈，所以妈妈走吧，不管走多久我都喜欢你。"

妈妈改签了几次机票，终究还是走了。安检口外，妈妈抱着他的脑袋痛哭。小孩儿挣脱，远远地跑开，站在熙攘的人流中大声喊："等我长大了，我找你去啊！"

妈妈消失在安检口。小孩儿又慌慌张张往回跑，亲戚拦住他，他哇哇大哭，冲着安检口里喊："可是，我想你了怎么办？"

回到奶奶家时，小孩儿几乎已经哭崩溃了。他迷迷糊糊摸回自己的卧室，伏在熟悉的床单上。身下好像压住了一个陌生而柔软的东西……他翻身起来，只看了一眼，泪水便再次噼里啪啦往下落。

小喵！

他紧紧地抱住它。它睡眼惺忪地打了一个哈欠，之后温柔地看着他。毛茸茸的，软软的，小小的小喵。小喵，小喵，我的小喵……他抱着它在屋子里打转，又哭又笑，满脸冒泡。


# 三


小喵陪了小孩儿许多年。两条小生命夜里搂着睡觉，再冷的冬天也熬得过去。他再没失眠过。

有段时间他饥一顿饱一顿，小喵溜出门去半天，拖着长长一条死蛇到他面前。小孩儿吓得嗷嗷叫。这么大的一条长虫，它怎么搞定的？

都说猫傲，但小孩儿喊它，一召唤就到。有时夜里小孩儿想妈妈，哭着惊醒，怀里总不是空的，小喵的脑袋正毛茸茸地蹭在脸上。

小孩儿 16 岁时，爷爷奶奶要卖房子，他搬了出来，拖着

一床被子一箱子衣服，带着小喵。床单是从小睡惯的，衣服是妈妈买的。小喵是他的，他也是小喵的。偌大的天津，一个小孩儿一只小喵，相依为命。

他借了张 18 岁朋友的身份证，跑去天津滨江道上班。小孩儿每天的工作就是在门口鼓掌。边鼓掌边喊："您老看一看，您老瞧一瞧，新款打折，优惠少不了……"后来他学聪明了，抱着小喵在店门口摆 Pose，路人被小喵的憨态吸引，他再把客人引到店里去。每月 1100 元钱，算是他和小喵一起赚的。

同事中下了班喜欢扎堆一起玩儿，喊他他不去。小喵在家等着和他一起看电视剧。他们都爱看古装剧，他歪在破沙发里，小喵歪在他腿上，面前一个盘子，半盘子老虎豆，半盘子小鱼。看完电视剧，一起下楼练滑板，他摔得龇牙咧嘴，小喵蹲在一旁叫得幸灾乐祸。

后来，小孩儿决定拓展自己的事业，进军零售业市场。滨江道有很多老头老太太摆地摊儿，他加入他们的行列。冬天卖袜子，夏天卖槟榔。夏天热成狗，冬天冻成球。城管来了跑，东西没收就哭。

小喵乖得很，天天陪着他摆摊儿，袜子堆里睡大觉，经常把伸手翻袜子的客人吓一大跳。

袜子用床单铺在地上，城管来了，他卷起来抱着就跑。让城管可恨的是，每回他逃跑时，床单包裹里都伸出个猫脑袋，高一声低一声地冲他们叫，像挑衅，又像骂街，人跑远了，骂街的余音袅袅。

　　小孩儿那时候认识了一个教吉他的老师，他那时的人生目标只有两个：能吃饱和学吉他。

　　天津冬天冷死狗，他手坏了，全是冻疮，练琴时速度跟不上。老师骂他不专业，让他平日里带手套。但寒冬腊月也要出摊儿，不然吃什么？要摆摊儿就不能戴手套，戴手套怎么找钱？手不摸钱的话容易收到假钞。

　　半个冬天过去，他的手烂掉了。狗会舔人手，没想到猫也一样。摆摊儿时，小喵凑过来，脑袋搁在他手上。小喵的舌头是粉红色的，麻酥酥的，它一口一口舔着他手上冻伤的地方。

　　有人影挡住了路灯的光，他以为是客人，赶忙抬头招揽，话却卡在嗓子眼里。吉他老师领着孩子路过。老师傻了一样看了他半天，他怎么也没想到自己的这个小徒弟是个摆地摊儿的。半晌，老师被自己的孩子拉走了。

　　小猫还在舔他的手，他看着老师的背影，先是尴尬，后是羡慕。老师的孩子揽着爸爸，戴着漂亮的毛线手套。应该是他妈妈给他织的吧？厚厚的，一看就很暖和……

　　一周后，老师问他，愿意不愿意来自己的琴行上班，这样既可以练琴，又能挣工资。他搓着手，高兴得不知如何是好。老师又指着他怀里，说："上班时，可以带着你的小喵。"

## 四

　　几年后，小孩儿艺成，他当过婚庆歌手，也当过夜总会歌

手。不论去哪儿上班，他都带着小喵。后来他写歌，出专辑，开始了全国巡演，不论去哪儿，他都带着小喵。又过了几年，小孩儿独自游荡到云南丽江，留在了大冰的小屋当歌手。

小孩儿叫王继阳，1989 年生人。王继阳笑起来像只猫，津门市井中长大，方言像煎饼果子一样，一套一套的，总能逗得人哈哈大笑。

他的主打曲是《小猫》，客人们很喜欢，几乎每天都点这首歌，高潮处和他一起合唱："喵喵喵喵，喵，喵，喵，喵喵……"南腔北调，像一屋子猫组团叫春一样。

春末的一天夜里，王继阳唱完《小猫》，毫无征兆地向我辞行，说他要去厦门了。我说："你要走我不留，但我很舍不得。"他想了一会儿，说："那就留给你一个关于小喵的故事吧，算是送你个念想。"

故事讲到一半，他停下来抽烟。手是抖的，打火机几次都没打着火。他却依旧笑嘻嘻地说："唉……小喵后来死了。"

他自言自语道："我以为谁都可以离开我，只有它不会……可它终究变成了一只老猫，我把它抱起来，它看着我，慢慢地闭上了眼睛，死在了我怀里。它最后一次看我的眼神，和第一次见我时一样，很温柔。我拿出一件最心爱的衣服把它包了起来，爬上一棵最高的树，把它放到了树杈上。那件衣服是妈妈很多年前给我买的，是件西装。那棵树种在我家门前院子里，每天出门一抬头就能看见它。"

"那一刻，我发现自己居然长大了！有意思！我居然好好地长大了！谢谢小喵，从当年它来到我身旁的那一天起，我再没和任何人打过架……如果没有它的陪伴，或许我早已蹲在监狱里啃窝窝头了，或许我不会去自力更生努力挣钱，也不会有心思弹琴唱歌搞音乐。"

他继续自言自语地嘟囔着："对于我们这种孩子来说，自暴自弃不过是一念之间，而挽救我们的办法其实很简单——一点点温情就足够了，不是吗？"

## 五

小喵死后，他曾伤心过数年，曾一度背着吉他天涯浪荡。浪荡到西北时，在甘肃天水市白驼镇下车，发心动愿，帮扶了一所岌岌可危的山区小学。他刚开始在我的小屋里当歌手时，专辑卖得很卖力，当时我并不知卖碟的钱中的一大部分，是攒来给他的孩子们买面粉的。

后来白驼镇化岭村小学非要让他当名誉校长。他开玩笑说："我算个什么校长，我才读过几天书啊……我只是我孩子们的小喵而已。"停了停，又说："他们也是我的小喵。"

"那么，你为什么要去厦门？"我问。

整整一根烟抽完，他才开口说话，"我已经很多年没有见过妈妈了。听说，妈妈回国后住在厦门。"

是的，当年妈妈走后，他想过她，想完之后是恨。恨完了是忘，既然你不要我了，那我就忘了你吧，我自己一个人长大。

说忘就忘，很多年来，他强迫自己忘记了许多事情……他几乎忘了自己是个有妈妈的人。

但不知为何，今天唱《小猫》时，忽然回想起了许多事情。潮水一样的往事，汹涌得让人无法喘息。

"我早已经长大了，妈妈也快变成个老人了吧？也不知道她现在过得好不好……留给我们的时间不多了……或许，妈妈现在需要一只小喵。"

当你读到这篇文章的时候，王继阳已定居在了妈妈身旁。若有一天你路过厦门，或许你们会偶遇在曾厝垵街头，或许你们会擦肩而过在环岛路上。

很好认，他微胖，咪咪眼，笑起来像猫。听说黄昏散步时，他总爱挽起妈妈的胳膊。听说厦门是个盛产海风的地方。海风拂平所有难过的往昔，也许此刻正轻轻拂在他们身上。

一个久违的妈妈。

一只久违的小喵。

# 14 年后的相互理解

刘同

## 决 裂

当我鼓起勇气报考中文系时，我早预料到父母的反对，只是没想到会那么激烈，激烈到我爸的眼神在我身上失去了焦点，我妈每天唉声叹气，仿佛我考上了大学并不是出路，唯有选择了他们能看到我未来生活的专业——医学，才是我唯一的出路。

那时并不能理解他们，只一味地觉得凭什么你们要干涉我的生活？！如果你们管我生管我活管我死的话，为什么还要把我生下来？！

现在回想起来，觉得自己的脾气被青春的糙面磨得光滑又锐利，以为所有事物都只有两面。所以执拗，不管不顾，对我爸说："如果你不让我读中文系，我们就断绝父子关系。"

断绝关系，这句话说起来是那么的轻而易举。我没有做过父亲，不知道做父亲要经过怎样的磨砺，我也记不清楚父亲对小时候的我投入过多少的凝视，我所有的怒气只来源于他想控

制我的生活。

不吃饭，不说话，关在房间里不出来，这样的表现似乎在每一个即将 20 岁的年轻人身上都出现过。父亲如钢铁，决定了就不妥协，哪怕后悔也不会表露。子女如磁石，将同性磁极对准目标，无论如何都不会再有交集。最后妥协的都是母亲，担心父亲气坏身体，担心子女憋出毛病，比如我妈，那段日子只能以泪洗面，最后只能瞒着我爸对我说："儿子，我问了很多人，其实学中文也没什么不好，你如果一定要学就学吧，努力就行了。"

我点点头。

那时我并不能理解我爸的心情。他从 16 岁开始，与医学结缘一生。而我从未对医学产生过兴趣，所以没有任何想了解的欲望。我的一句"我要学中文"将自己和我爸一辈子的理想一刀两段。

事已至此，我爸也只能选择接受。之后便是长期的零交流，大学放假回家，即使两个人坐在同一个沙发上，谁也不说话。不说话并不是不想说话，而是不知道该说什么。我想跟他汇报自己的学习情况，而他担心的是我找不到工作。我想跟他发誓我一定会努力，而所有的言语跟真正的未来相比都很无力，除了安慰他和自己，起不到任何作用。他不说话的原因，我大概也预料得到，当我当着全家人的面拒绝了他的建议，然后一意孤行选择了另一条路，他那么多年的父亲形象被一个 18 岁的孩子在外人面前砸的粉碎。他一定觉得在我面前已然失去了威严，无论他再说什么，我都不会往心里去了吧。他不说话，也许只是不想再被我伤害吧。

# 远 行

大二，他看见我发表了自己的第一篇文章，写的是他。

大三，他知道我陆续发表文章，还在尝试写小说，厚厚的几百页信纸，全是干干净净的梦想。

大四，我考入湖南电视台，出版了第一本小说，因为节目主持人请假的原因，制作人让我出镜播报新闻，家乡的父老乡亲突然能从电视上看到我的样子，他似乎松了一口气。

工作一年，我辞去工作，选择北漂。他什么都没说，我临走时，他在火车站塞给我一些钱。我鼻头酸酸的，但却突然笑了起来，我问他："你这些钱是私房钱吧？钱都在妈妈那儿，你给我了，你就没钱打牌了啊。"他的表情变得很古怪，尴尬的爸爸一直都是那种古怪的表情。

再后来，我离家越来越远，每天只能电话联系，一年见面的机会也不过两三次。

刚到北京的时候，我不太适应干燥的气候，夜里睡觉鼻血会流得枕头上到处都是。我吓坏了，不管凌晨几点都给家里打电话，问爸爸怎么回事。他安慰我说："没事没事，只是空气干燥，鼻腔的血管破裂，多喝水，多注意休息就好。"没过几天，就收到了爸爸给我寄的一箱熬好的真空包装的中药，附了一张纸

条：一天一袋，加温。

离开家，离开他之后，站在一个局外人的角度再看待学医这个问题，我觉得自己的抗拒确实过激了些。但好在，我是一个脸皮特厚的人，读大学时只要同学们身体稍微有一些症状，我就会打电话问爸爸怎么解决，以至于班上的同学们去医院之前都会来我这儿问问情况。而我无论是毕业了，还是工作了，无论是在长沙还是在北京，身体稍微不舒服，就会打电话给他。他总能第一时间给我一个明确的方向，然后告诉我去药店买什么药。很多人羡慕我有这样一个爸爸，省去了很多去医院看门诊的时间，我也就很得意的样子，持续至今。

随着我年纪越来越大，18 岁的我，25 岁的我，30 岁的我……和爸爸的关系随着时间的推移渐渐软化。谁也没有再提过当初的决裂，一切都埋在心底，过去了就过去了。

## 理　解

2013 年，我和父母去参加了一档名为《青春万岁》的节目录制，说到我选择专业那一段，我说着说着，突然发现爸爸半低着头什么也不说，似乎是在沉思。等我再仔细看时，发现爸爸眼睛里全是泪水。主持人徐平姐问原因，我爸低着头，什么也不说，眼泪一直流。那是 32 年以来，我第一次看爸爸哭得那么伤心，爷爷走的时候，爸爸也未这样失态过。

徐平姐问："是不是当时不能理解儿子的做法？"

爸爸点了点低着的头。

徐平姐问："是不是觉得自己辛苦了一辈子的事业儿子不能继承，您觉得惋惜？"

爸爸仍旧点了点低着的头。

徐平姐继续问："你是不是怕儿子选择了别的专业，未来的生活会过得很辛苦？"

爸爸豆大的泪珠滴落在他用力撑住膝盖的手背上，开始抽泣，像个低头认错的孩子。妈妈眼眶瞬间变得通红，她的左手紧紧握住爸爸的右手，深深的呼吸，像两根叠加才能漂浮的稻草，像两个一直相依为命的人。

我从来不知道这么多年以来，爸爸的心里一直压抑着莫大的委屈，这些委屈从未得到释放和体谅，也从未有人关心过他委屈的是什么，我甚至不关心他是否委屈。

因为不愿意多一些理解，我在自己和爸爸之间深深的砌了一堵心墙。

妈妈说，因为我高三之前的成绩都不算好，性格也不突出，唯一能让我生活不那么辛苦的方式就是读一个医科院校，然后进父母工作的单位顶个职位。也许赚不了很多钱，见不了太多世面，但我能不为人际关系发愁，能不为找工作而四处低头。

因为我从未考出让他们安心的成绩，所以他们的安排全是因为担心，并非包办。

妈妈继续说："他第一次从湖南电视台离职是因为工作压力太大，头发和眉毛不停的掉，他给他爸爸打完电话说完辞职

的决定，他爸爸心里特别难受，一直觉得儿子受苦是因为自己没本事。后来他去了北京，一开始每天夜里流鼻血，后来春节晚上赶节目还被人抢劫，这些我和他爸爸都一直担心，我们只有一个孩子，谁不希望自己的小孩能生活的好一些，我们不希望他在外面那么危险、那么辛苦。"

我想起18岁的自己站在客厅里，对我爸大吼："如果你不同意我读中文系，我就和你断绝父子关系！"

再对比今天爸爸妈妈说的这些话，我看着他们，眼泪也止不住的流。懊恼、悔恨，想大嘴巴抽自己，想回到过去制止撂狠话的自己，想开口对父母道歉……但这些终究是一点意义都没有的。

一晃14年过去了，爸爸终于崩不住了，在我面前放肆的流泪，这14年他去大学看过我，我工作后他去长沙看过我，也来北京看过我，但从未提起过心中的这个疙瘩。

我握住他的手，好想对他说："爸，我错了。"

但我握住他的手，侧低着头，说出来的话却是："爸，别哭了，我现在不是很好吗？"

父母和孩子对事物的看法千差万别是因为骨子里都有一根折也折不断的钢筋立在那儿。

后来，我再去学校和大学生们交流，每当有同学不能理解父母对他们的教育时，我都会想起自己的故事。

你不好了，他们会失落，他们会用尽全力保护你。

你好了，他们也会失落，他们觉得自己的能力已经保护不了你了。

无论我们好不好，他们都会失落，我们从孩子变成了自己掌握命运的人。不再如当年一样任何事都会依附于他们。这种失落，也许只有我们成为父母的那一天才会理解。

## 靠 近

2013 年春节，爸爸说过完年就要去新疆做援疆的医学志愿者。我一听极力反对，他从 16 岁开始在药房抓药，一直工作到 63 岁才退休，我是希望他能好好的享受退休后的生活，不必那么紧张和辛苦。他说多年前他曾被单位外派过去支援，他答应过他们，一旦退休就会回去帮忙。我看着妈妈，妈妈却说："你爸爸也闲不下来，让他去吧，趁还能动多帮助一些人。我也会没事就过去陪他的，你放心好了。"

我前脚回到北京工作，爸爸后脚就到了吐鲁番地区的县城医院。他换了手机号，给我发信息：我这里天气很好，不用担心，你自己注意身体。

我不知道是不是我不学医的原因，所以他一定要趁自己还能折腾的时候，尽量多折腾，也不枉他做了一辈子的医生吧。

我为有他这样的爸爸骄傲，就像多年前那么多人羡慕我有一个随时可以看病问诊的爸爸。我也要做一个让他骄傲而不担心的儿子才行。

# 紫色蒲公英

何畅

浮升在半空中的一盏盏孔明灯，就像是渐行渐远越来越暗的星星。零散的火烛在风中摇摇晃晃，早就看不出来它们被摆成的那一颗桃心的形状。

那一天，我表白了，她同意了。

大家都祝福我们，身边的兄弟都说你小子行啊，拥着她的闺蜜也说好羡慕你的幸福。

其实那天，我根本就不知道什么是爱。

何沽曦。之所以得了这么个难写的名字，据说是因为爸爸的名字里有阳光，而妈妈的名字里有水。彼时，19 岁的我正在一所工科大学里担任艺术社社长，擅长油画。

很多人都说我的画能获奖，是因为我眼里的世界与众不同。

只有我自己知道我有多努力地画画，而原因只有一个：我母亲是个画家。只有画画，我才能想起我也曾经是有妈妈的孩子。

喀拉，门开了，父亲回来了。他松了松领带，瘫坐在了沙发上。一股浓郁的酒气立刻在屋里散发开来。

又去应酬了。

妈妈走的那天，我第一次见到他喝酒，眼睛喝得血红血红的，非常吓人。6岁的我举着画笔问他妈妈怎么还不回家呢？妈妈说好给我带新彩料回家的。

他立刻扔掉酒瓶抱着我说：对不起，妈妈把彩料给了爸爸，爸爸忘在单位里了，是爸爸不好，明天给你带回来。

我不知道那一天以怎样的形式烙在了父亲的心上。只知道他很疼。

有一次父亲喝多了，和他的哥们打电话——她走的时候是怀了孕的，我还怎么留得住她……

爸爸依然在外面拼命地工作，但无论多忙，都不忘定时接送我去专业老师那里学画。

后来，我用画画得的奖金给他买了双ECCO休闲皮鞋。

他从来不穿，只是擦得锃亮，放在鞋盒里，偶尔拿出来看看，看得时候两眼放光。有回他不在家，我看到了藏在鞋盒里的一张照片，全家福——爸爸妈妈以及小小的我——和乐融融的幸福景象。

天！眼前的这个女孩几乎令我瞬间石化，那面孔，差点就让站在校门口拿着一叠表格迎接新生的我失声叫了出来。

我递过去一张表，机械地说，填完去3号门口，把表和学

生证给舍管老师看，然后拿宿舍钥匙。

女孩的眼睛绕过我看向旁边，欢快的叫了声：哥。

接着，我更加吃惊地听到了身旁同宿舍住了一年的哥们儿发出了自然的应和。

来，介绍下，我亲妹妹。哥们儿笑笑，拍着我的肩转向女孩：我基友。

你好学长，我叫孙渝。面前的女孩笑容灿烂，头上一枚紫色的发卡在阳光下闪着可爱的光亮。

哦哦，你好，我叫何沽曦。

哥，爸妈说一会儿咱们一起在外面吃饭。学长再见。女孩转身离开。我的眼睛却像长在了她身上，竟盯着她一步步远去。

嘿，干嘛呢小子？得先过我这关啊！我收回目光，看着边上的哥们儿，叹了口气：哦，你妹啊。


你都快毕业了，又有一幅大画获奖了，不如带我回去见见你爸，咱们庆祝下？手机里孙渝有些撒娇的声音让我心里一阵翻腾。

从孙渝进校起整整 3 年了，我用所谓的才华和步步紧逼的关爱征服了她，让这个单纯的女孩对我始终言听是从。

我们分手吧。我没爱过你。

我按下发送键，然后关机，拔卡，掰断，插入新的 sim 卡。然后，我把手机扔到了一边。是的，要庆祝一下，但更该庆祝的是，我刚刚接到法国一所令我心仪的艺术院校的全奖硕士

OFFER。而今天，恰巧又是父亲的生日。我要尽快把喜事告诉父亲，这世上只有他能够与我分享这份快乐。

然而很晚，父亲都没有回来。

我看着一桌子凉了的饭菜，用手指轻轻碰了一下奶油蛋糕上的生日蜡烛，心里默默地说：爸，祝你生日快乐。

不知道父亲几点钟进的家门，那时我已经睡下了。惊醒时看到床前红着眼睛瞪着我看的父亲，心中突然涌起一阵慌乱。爸，我去给你热饭。

父亲定定地看着我，那样子好像从来就不认识我似的。

你，你，你……父亲结结巴巴，语无伦次。你的女朋友叫什么名字？

我和她已经分手了，爸……

我问你她的名字？

……

你知道她是谁，对吗？

是，我知道。我声音嗫嗫的，脸像被谁狠抽了一巴掌，烧得厉害。

你……父亲的手臂在空中划了一下，突然扑通一声，在我眼前倒了下去。

我办妥了住院手续，又用父亲的手机给他的公司打电话请了假。

爸，对不起。我用温水沾湿毛巾，帮他擦脸，不经意间却

看到了他头上数不清的白发。是什么时候长出来的呢？

咚咚咚，敲门声。

门口站着4个人：一个完全陌生的男人，和3个完全不该陌生的人。

对不起，请让我爸安静，他病了，很严重，请别在这儿打扰他。

我想，我是唯一知道发生了什么事情以及前因后果的人。

对不起，孙渝。对不起，哥们儿。因为眼前这个抛弃了我和父亲的女人，曾伤透了父亲的心，所以我想要让你们伤心，让你们全家都伤心……可是，我错了，真的错了，对不起。

突然，我被抱住了。陌生的温暖让我窒息，我立刻挣脱了这久违的怀抱。

我看见母亲的泪水纵横交错在脸上。她说，我一直没有见你，是因为你爸爸说，如果我见了你，你可能就不会坚持学习画画……我已经毁了你一个梦，不忍再毁掉你的另一个梦。

父亲说的没错，如果见了她，我也许真的不会一路画下来——因为我不会那么想念她。

陌生男人为我的母亲擦着泪，一边轻轻地对我说着：对不起孩子，是我让你成长的路上没有了妈妈的陪伴，对不起。我们是来看你的父亲。

男人背后的孙渝怯怯地看着我，眼神暗暗的。

我看到有泪珠划过她的脸颊，她小声地吸了吸鼻子。

原来，我们真的是兄弟啊！宿舍里，哥们举着整瓶的啤酒，和我对饮。

我撑着脑袋，晕晕乎乎地说，哥们儿，真的对不起。我想站起来和他狠狠地撞一下手里的酒瓶，眼前却轰地一黑，什么也不知道了。

父亲出院那晚，我住了进去。鞍结节脑膜瘤——因为一根细小的瘤体血管爆裂，淤血压迫了视神经，我失明了！

醒来的时候，手被紧紧地握着，柔软而温暖。一丝异样舒服的感觉轻轻划过心头。

是母亲。

身上暖洋洋的，应该有灿烂的太阳照进病房吧？可惜，我看不见了。

什么艺术殿堂，什么全奖硕士……一切，都没了。

我自嘲似地扬了下嘴角。

你笑起来，还是很好看呢。

小声小气的声音，似在讨好我。

是你吗，孙渝？

是我啊，哥，一直都在哦。

……

哥……我心里软软地动了一下，险些掉泪。

怎么了，哥，大男人哦，笑一下吧，我还是那么喜欢看你笑。

对不起。

嗯？

对不起，孙渝。对不起，妹妹。对不起，对不起……我还能对你说什么，还有资格对你说什么吗？

哥，我还爱你，像爱哥哥一样爱你。

又被抱住了，熟悉的香味。我好像看见了大一新生时的孙渝——她站在阳光下，灿烂地笑着，头上一枚紫色的发卡闪着可爱的光亮。

可以把画板给我吗，再帮我调一下彩料，嗯……应该是一枚发卡的颜色吧。

嗯，你等等。


画笔不时地扫过我自己的手，凭着想象，我画了一朵蒲公英。

3 年里，我曾多次有意识地对孙渝说过：有时候，很多东西都像蒲公英一样，一吹就散。

我也非常清楚地记得，孙渝最爱的花语，是蒲公英的花语——无休止的爱。

我摸索着习惯性地签上了自己的名字：何沽曦。然后递给孙渝：送你。

随着门被推开，我听到了一个最熟悉的声音，是父亲——

这紫色的蒲公英是你画的吗，孩子？太奇妙了，简直无与伦比！

# 不再让你受委屈

*海宁*

父亲去世一个月后，我接到她的电话，让我回去看看还有些什么是我需要带走的，她说，你要是同意，我就把房子租出去，去立冬家住两年。立冬是她的儿子。

她是父亲的后妻，在法律上，是我的继母，这些年，我和姐姐一直叫她辛姨。

走在路上，我恍然计算，这个家，她竟然已经来了整整14年。她嫁给父亲时，50岁，还是个气质端庄、眉目清秀的妇人。她早年丧夫，儿子在小企业上班，还没有结婚。她自己一直在一家不太正规的医院做护士，收入不太多，现在到了退休年龄，也只有低保金。但，人是好人。

那时，母亲已经去世6年。母亲走后，父亲的身体每况愈下。父亲比她年长13岁，很明显，她有她的意图，父亲是部队的高干，退休后，收入也极高。

她来到我们家，把当初她住的那套小房子留给儿子。而父亲，也把工资卡交到她的手里——父亲是中意她的，也许是他孤单太久了。

一

　　她刚过来那段时间，我和姐常常回去，说是看望父亲，其实是不太放心她，不知道她能否将父亲照顾好。

　　后来，我们渐渐放下心来。她很勤快，干净利落，家里收拾得井井有条，并且做得一手好饭菜，父亲的精神和气色明显比以前好了许多，开始说说笑笑。

　　为此，有时对她，我心底会存小小的感激。只是同她的关系，始终客气而疏远。

　　唯一亲近的一段光阴是我生了女儿妞妞以后。我婆婆在乡下不能过来照顾我。父亲打电话说，辛姨让我回去坐月子——她做了多年护士，有经验。

　　那两个月，她一边照顾父亲一边照顾我和女儿。每天，我会吃到不同口味的营养餐，但我和她之间始终是客气，总是要说谢谢。明显地，她喜欢孩子，总是盯着妞妞的小脸儿看。那时，她的儿子刚刚结了婚，我便问她："快当奶奶了吧？"

　　她有些不好意思，说："快了，媳妇也怀孕了。"

　　那一段时间，空闲的时候，她就坐在阳台上给女儿做棉衣和虎头鞋。她的眼睛已经花了，那天纫针的时候，她拿过来找我帮忙。恍然地，我在那一刻想起去世的母亲，从我很小时候开始，母亲就要我帮忙纫针。

　　心里有些莫名的酸软，把穿好线的针递过去，我说："辛姨，别太累了。"

她笑笑："没事儿的。"又回到阳台坐下来。我心底动荡的模糊的亲近便在她的背影中渐渐消失。

## 二

日子这样过下来，转眼，父亲过了古稀之年，身体的各种病症开始频繁出现。那时，姐姐跟着姐夫调去了上海，我也忙着家里的生活，回去的时间很少。

她也会打电话给我，只是在父亲身体出现问题的时候。我和她之间，又恢复到了最初的那种客气和疏远。有次我开会，刚好离父亲家不远，结束后，我顺路回去看看，却见父亲一个人在家，躺在床上，正在发烧。而她，出去看戏了。

父亲说不碍事，已经吃过药了。分明是怕我责备她。但是她回来，我还是忍不住发了脾气："你怎么能把我爸自己丢在家去看戏？他还病着！"

她怔了一下，没有辩解，走到父亲身边去探他的额头，又去拿了体温计，然后进了厨房。

父亲责备我乱发脾气，说她是戏迷，这些年，离戏院那么近，从来也没好好看过，这次是她最喜欢的一个老演员的戏，父亲托人买了票硬劝她去看的。父亲说，她虽然不是你亲妈，但是，你也别把她当保姆。

我才意识到，在父亲心里，她已是很重要的人，而刚才我的口气的确有些过了。我去厨房帮她洗菜，她笑了笑，什么都

没有说。

三

父亲常常在夜晚发病，好在她总是很冷静地处理，如果不是非常严重，她也总会在天亮以后才通知我，怕半夜打电话吓到我。

有次，父亲心脏病复发，状况很严重，她果断地先给父亲打了强心针才叫了救护车。那次，她当即通知了我，凌晨三点半，我赶到医院时，父亲已经醒了过来。

我执意要在医院照顾父亲，但最后，她还是坚持让我离开了，她说："你还是回去吧，你伺候不了你爸的。"

"伺候"两个字让我忽然有些难过，想来，这些年，她不当真一直在伺候父亲吗？不管当初为了什么目的，对父亲，她是有情意的。

那次父亲出院后，果断地做了一件事，把家里那套近200平方米的复式楼房通过法律程序过到了她的名下。之后才告诉我。那套房子处在中心地段，价格昂贵。

我诧异，甚至是震惊。我想，父亲当真老了，还是她有所要求？

没想到，这一次，她不等父亲说话，主动站出来面对我的不满，口气冷静而从容："小萍，我知道你心里想什么，但是我告诉你，这是你爸自己的决定。如果他不做，我不会要求。

作为妻子，我对你爸尽心尽力。而作为丈夫，他疼我照顾我，想给我一份生活的保障。虽然我们只是半路夫妻，只要他自认给得着，我也自认受得起！"

她的话，竟让我无言以对。同是女人，我忽然想如果是我，在这样的婚姻里，该得的，恐怕早早就索取了。那么，她有什么错？

可是……还是觉得她得到的太多，虽然之后再没有提，可是和她之间，明显是更远了一些。

父亲生命的最后几年，大多时间是在医院度过的，后来，已经完全要在床上躺着了。已过六十岁的她，也明显笨拙许多，替父亲翻身都显得吃力。

尽管吃力，父亲卧床的一年多，她从来没有让父亲委屈过。有次，看她帮睡着的父亲擦身，我下意识地说："辛姨，谢谢你。"

她愣了一下，低下头来："这孩子，有什么好谢的？"

## 四

到了家——父亲已不在的家。抬手轻轻敲门，没有回音。我找出钥匙开了门，却发现她是在家的，正站在客厅，背对着我，看墙壁上父亲的遗像。听到她喃喃自语："我说过让你活过 80 岁的，但是这次，你没有听话……"

她的声音很轻很静，像在和父亲聊天，我的眼泪一下冲出了眼眶，喊她："辛姨……"

　　她的身体微微一颤，好半天，缓缓回过身来。那一刹那，我吃惊地发现她在短短几天迅速苍老了，眼睛浮肿，头发花白凌乱，脸上的皱纹一下清晰起来，身体也微微佝偻。

　　我在忽然之间抚摩到了因为父亲的离去根植在眼前这个年迈妇人生命深处的疼痛，它在瞬间穿透了我这些年和她的疏远。原来，她同我都深深地爱着同一个人——我们的亲人。我们因他活着而幸福，因他离去而痛苦——所以，我和她，也本该是这个世上的亲人，这些年，是我做错了，一直把她放在我的亲人之外。

　　靠近她，我扶她坐在沙发上："辛姨，房子不租，你把立冬接过来住吧，这里宽敞。立冬那套，想租就租、想卖就卖了吧。"

　　她吃惊地抬起头："小萍，这，这不合适。这是你……"

　　"这是你的房子，"我打断她，"这里就是你的家，你安心地在这里住着，以后，我和姐姐会常回来看你的。"

　　原本，我是想把该带的东西带走，让她把房子租出去的。但是我改变主意了，我忽然明白这些年她所承受的委屈，明白父亲弥留之际对我的叮嘱，要我以后不要委屈她。父亲不说要我照顾她，只是要我别委屈了她。

　　是的，我不能再委屈她——这个善良而坚强的老人。握住她苍老的手，轻轻地坚定地，我喊了一声："妈。"

　　她伏在我怀中，哭出了声。

# 幸好还来得及

海　宁

## 一

家奇的到来是个意外。我怎么都没有想到，怀孕三个月做检查的时候，得知腹中竟然是

两个宝宝，一对双胞胎。

家正的名字是早已取好的，而我没有为另一个孩子的到来做任何准备。确定了消息，我的心里充满惊喜，也有一丝丝的茫然，我没有一下做两个孩子的母亲的心理准备。

但家奇还是来了。出生的时候家奇比家正瘦许多，为此，我有一点偏着他，每次喂奶，会先让家奇吃饱再喂家正。可是却没想到家奇是个霸道的孩子，每次吃很长时间也不肯停下，抱开就会大声地哭。由着他的结果，是他把属于家正的也一同吃掉了。

家奇的小霸道，是从襁褓中就开始显现出来的。迅速地，家奇开始长胖，而家正却瘦了下来。不用想，我自然地偏着弱者，

开始刻意地缩短给家奇喂奶的时间，但这个小家伙非常难对付，总用大哭大闹来抗议，嗓门大得出奇，哭起来，楼上住的邻居都能听到。

不消说，妥协的是我。我气他，但绝不会让他挨饿。心里却对他有"成见"了，这么小的孩子就这样不省事，有时候看他撅着嘴睡熟的样子，恨不能照他屁股给两巴掌。

## 二

十个月大时，家正还坐在婴儿车上，家奇竟然会走了，而且不是小心翼翼试探着走，确切地说，是会跑了。先是扶着什么东西，忽然就撒开手朝另外一个物体跌撞着跑过去，然后再扶住，停下来，咧着嘴笑。

家正会走路的时候，家奇已经能到处跑了，家也就此乱了起来。家奇比哥哥高了两三公分的样子，个子大，自然力气也大。不到一岁半的孩子，可以一手拎着一袋奶粉扔到马桶中。只要能伸手探到的物品，能打碎的打碎，不能打碎的，丢得到处都是。每天弄出的声响，常常会吓得家正愣好半天。为此，我们不得不把家里所有物品摆放到高的位置，结果是，有天晚上，一眼没看到家奇，找到的时候，发现他正往一个高高的凳子上爬，目标，是电视机上面的杯子……

好在有家正，他实在是乖，像个天生的小绅士，稳妥地走路，说大人教过的话，也好奇，但不去破坏。而且家正聪明，教他数数字、背唐诗，很快就会，不像家奇，根本不学，即使勉强学了，转头就忘。他热衷的，是如何搞破坏。

## 三

终于到了上幼儿园的年纪，把两个孩子打扮得一副模样送过去，松了口气。三年了，家里终于第一次有了安宁。

但心里到底还是牵挂，不到时间，就早早地去接他们。结果，老师也正扎好了架势等着找我。那个年轻女孩满脸委屈地看着我。说，家奇也太淘了。比一个班的孩子还淘。然后我就听到了他在那一天的恶作剧：先是把啃了一口的苹果当黑板擦擦墙壁；然后排队时踩别的小孩的鞋子，把人家绊倒；午休的时候去蒙小朋友的眼睛……

更生气的日子在后头。家奇频频在幼儿园闯祸，同小朋友打架是平常事，而且每次他都有充分理由。因为小朋友嘲笑他调皮，他跟人打架；因为抢画笔，他跟人打架……还总是他先动手。

除此，家奇还老是生出危险的状况。有次老师告状时，眼泪都下来了。原来家奇去洗手间，竟然号召小朋友用手指捅电源，说接上电就可以变成机器人……老师说，真出了事，我怎么跟你们这些孩子家长交代？

那天下午，我终于第一次打了他。在他跟我顶嘴的时候，我照着他的屁股给了一巴掌。家奇登时愣住，瞪大眼睛看着我，

没有哭。问，干吗打我？

我需要跟他解释理由吗？我讲了那么多道理他都不听，所以，我不搭理他，伸手拉着家正朝前走去。家正乖乖跟着我，手里，拿着奖励的一个苹果。他的小红花和家奇的红叉叉一样多。

## 四

那天家里来了客人，我一边忙着招呼，一边还要留神光着脚到处乱跑的家奇，我有恨不能将他冷冻起来的愿望。因为曾有一次，他将果汁倒在了客人的鞋子里。

家正是不用操心的，他已换了新衣服待在客厅，正给客人背诵唐诗。实在是可爱极了的小家伙，他是我的骄傲。总是想，好在，还有个家正。

洗水果的时候，看到家奇正蹲在冰箱前观察冰箱的门。我一边干活一边没好气地警告他，记住，不许乱碰东西，否则今天我就让你爸把你从楼上丢下去。听到没？

结果一转眼的工夫，蹲在地上的小人儿还是不见了。我心一乱，跑出厨房去。客人说，家奇好像去洗手间了。

我朝洗手间跑，还没跑到，就听到洗衣机轰隆隆的声音。心里更是一惊，快步跑去，正看到惊险的一幕：家奇站在凳子上，努力地把身子探向洗衣机的滚筒，小身体已经快倾斜进去了。

我一把就将他揪下来摔到了地上。我还不解气，弯下身想继续教训他，却忽然被一口气呛到，只好弯下身咳嗽起来。眼前的小家奇在这个时候做出了一个让我愤怒到极点的举动，他忽然一骨碌爬起来，抬起他的手照着我的背就是两拳，两拳打得我几乎岔气。

再顾不得有客人在，照着他的小脑袋就是噼啪两巴掌，让你打我，造反啊你。我大声训斥他。

家奇转头，怔怔地看着我气势汹汹的脸，说，妈妈咳嗽，捶一捶就好了。妈妈，捶捶。说着，又伸出他的小手。

在呆呆地愣了片刻后，看着他握成拳的小手，当着客人的面，我就那么抱着我淘气的儿子李家奇哭得稀里哗啦……

那天晚上，第一次，我和我年仅四岁的儿子认真对话。第一次，我知道了他内心对某种事物的热爱，比如他想变成机器人帮我打扫卫生，他想有很多力气保护自己和哥哥，他想卸开电视机看看那些人都藏在哪里，他想把自己也藏进去，在电视上唱歌给我听……这是一个四岁孩子的心灵，却因为我的偏心和偏见，一直被刻意地忽视。

因为他天生的淘气，因为他性格里存在的那点小缺陷，因为家正的比较……我便认定他是个不听话的坏孩子。我不去引导，不去了解，只是指责和制止，甚至用那么粗暴的方式委屈他，可他还是一门心思地对我好，用他的方式。虽然我有两个孩子，可是他们都只有我这一个妈。而我，他的母亲，仅仅因为有另外一个优秀的孩子，就不能允许他，一个四岁的小孩，犯些天真的错误。想想多么可怕，如果连我——他的母亲的心都是偏

的，都不能公正地对待他，那么在这个世界上，谁又会给这个过于顽劣但同样善良有爱心的孩子一份公正呢？幸好，一切还都来得及。我开始明白我有两个孩子，两个完全不一样的孩子，他们都是我的骄傲。

# 舍弃

澜 涛

我和哥哥是双胞胎，从记事起，母亲就这样告诉我和哥哥，可我和哥哥都觉得我们长得一点都不像。

家里除了我和哥哥，还有妹妹，母亲一个人拉扯着三个孩子，日子一直过得紧紧巴巴的。零食是我们三兄妹都不敢奢望的。还好，母亲的肚子里有很多的传说和故事。我和哥哥，还有妹妹就在母亲的一个又一个故事中快乐地长大着，成为小山村里人们的艳羡对象。

一次，母亲去给一户新结婚的人家帮忙，人家给了她两块喜糖。母亲纸包纸裹地将糖拿回家，给了妹妹一块，剩下的一块，母亲看看我，又看看哥哥，说道："就一块了，你们抓阄，谁抓到了给谁，抓不到的不可以生气。"母亲说完，就找来两张纸条，分别写上了"吃"和"不许生气"，放到家里那个瓷罐子里，盖上盖，晃了晃，将盖打开，我抢先抓起了一个纸条，迫不及待地打开，一下就泄气了，纸条上写着："不许生气。"

这以后，母亲再遇到无法定夺的事情时，就采取抓阄的方法。尽管我总是输，但我从来没有过怨气，因为我认为这是公

平的结果，怨只能怨自己的运气不好。

上学了，第一个学期考试，我考了一班第一，哥哥考了二班第一。母亲买了一个新的文具盒做礼物，我又和哥哥进行抓阄来决定文具盒的归属，母亲写好两个纸条放进那个瓷罐，经常先抓、经常输给哥哥的我，动了一个心眼，让哥哥先抓，结果，文具盒还是被哥哥抓去了。

初中毕业的时候，我和哥哥一起考上了县城的重点高中，可家里却只能供一个人上高中。那天晚饭后，母亲又拿出了家中那个屡次被派上用场的瓷罐，将写好的两个纸条团好，放了进去，晃了晃，拿起盖子，对我和哥哥说道："一个纸条上写着上学，一个纸条上写着上班。抓住哪个就是哪个，妈只能供你们兄弟中的一个，不要怪妈……"空气变得异常压抑，几乎让人窒息。哥哥走到母亲面前，伸手要去抓纸条，母亲犹豫了一下，拦住了哥哥，说道："让你弟弟先来吧，他是弟弟。"母亲将瓷罐递到我面前，我的手颤抖着伸进瓷罐，迟迟不敢决定抓哪一个纸条，这可是决定我和哥哥一生命运的纸条啊！

我终于抓起一个纸条，打开一看："上班"！我疯了般跑出家门，身后追来母亲和哥哥的呼唤……

第二天，我就到5公里外的一家小煤窑做起了挖煤工。小煤窑距离地面五六十米的深处，温度高达40多摄氏度，人像在蒸笼里一样。早7点下井，晚7点半上井。出来的时候，整个人只有牙齿还是白的，其他地方全都是黑色的，谁都不认识谁了。最初的几天晚上，因为劳累过度，总是睡不着觉，好不容易睡着了，就会做同一个梦，梦见自己的肺变成了蜂窝煤，就常常从梦里惊醒，我就想，要是能够继续上学该多好啊！

可我并不嫉妒哥哥，我疯狂地工作、加班，我要让哥哥和妹妹都能够上大学。哥哥和妹妹的光荣也是我的光荣。

很快，哥哥高考取得优异成绩，并被一所名牌大学录取，妹妹也考上了一所重点高中。家里的钱却越发地紧巴了。我决定外出到省城去打工。到省城后，一个星期过去了，我还没有找到工作，我摆起了地摊。一年后，我的地摊变成了一个摊床，终于可以勉强供哥哥和妹妹的学费了。

一次，我路过哥哥上学的大学，就走了进去，推开哥哥的寝室，我愣怔住了，哥哥正在啃一个干馒头，连咸菜都没有。我的眼睛一热，心里暗暗对哥哥说：哥哥，弟弟一定要让你吃得好一些。

通过朋友介绍，我开始走私。利润大了许多，却总是提心吊胆。哥哥知道后，劝我不要再做走私生意，那是犯法的。我笑笑，说："我小心些，不会有事儿的。"

我还是被发现了破绽，丢下摊床躲了起来。一天，哥哥来电话，说母亲病了，让我赶回家。我风风火火地赶回家，结果被等在家里的警察抓住了。警察带我走的时候，母亲哭得像个泪人，不停地叮嘱我注意照顾自己。我瞪着母亲，一句话也没有说。

我被判了 6 年刑。

妹妹来看我，劝我要好好改造，争取早日出去，出去了还

可以另有一番人生。我苦笑，说那次上学还是上班的抓阄就已经决定了我的命运，我认命了。妹妹急了，说道："那次抓阄，你跑出去后，妈妈和哥哥都去追你，我把瓷罐里的另一个纸条也打开看了，那个纸条上写着的也是'上班'，是妈妈作弊了，不是你命不好，你不能向命低头啊……"

多年前，母亲就已经将我舍弃了啊！我僵愣着，不再有泪落下来，我已经成了一个被抽空血液的躯壳。

母亲来看我，带给我一对护膝，说我有关节炎，特意为我缝制的。我把护膝推还给母亲，说道："我没有母亲，你以后不用来看我了。"

母亲流着泪走开的样子让我有一种快感。

我心里从此割掉了母亲这个词，我不再有母亲。

哥哥还是常来看我，每次来都带着那对护膝，我发现，每次那对护膝都会变厚一些。哥哥告诉我，每次护膝被退回去后，母亲都要再缝上去一层。我暗想，多少层也暖不了我的心了。

6年后，我出狱了，心里却已经结满了坚冰。已经是一家电子公司副总经理的哥哥表示要帮助我，我拒绝了。已经是一所学校老师的妹妹说母亲想我，我让妹妹转告母亲，说我早就没有了母亲。

我选择了都市，和朋友开了一家小吃店，一年后，我自己的饭店开张了。有了钱，温饱不愁了，心里没有上大学的疼痛却越来越剧烈，记忆便常常回到那个决定命运的抓阄的日子……

哥哥和妹妹仍会不断地来找我，告诉我的无非都是母亲很想念我，盼望能见上我一面。我依然冰冷地拒绝着，但每次拒绝后，心底都好像有刀划过，那刀口总是让我想起儿时母亲为我盖被子，抱着生病的我气喘吁吁送乡医院的身影。

最应该记住的最容易忘记，谁记得母乳的甜美滋味？母亲成为我夜不能寐的想念和疼痛。

一天，妹妹再次找到我，脸色抑郁。我不耐烦地说道："有什么事快说，我还有事。"

"妈病了，快不行了，她说她想见见你。"我心里咯噔一下，嘴上却坚硬地说着："我没有妈。"妹妹却自顾自地说着："我不久前回老家去的时候，邻居的老人告诉我，哥哥是爸和妈收养的……"

我刚刚出生的时候，哥哥也正好出生在小村的另一个家庭。当时，那个家庭的女人生哥哥时大出血而亡，那家的男人抱着哭叫不停的哥哥找到母亲时，母亲就把哥哥收留了下来。我和哥哥两岁多那年，那个家庭的男人和我的父亲在一场大火中，因为抢救公物双双而亡，母亲就带着我和哥哥，还有小妹一起生活。

时光和思维骤然停止，我如被电击般怔呆，世界在我身边空茫着、膨胀着……母亲从未舍弃掉我啊！当选择被逼上割舍，当割舍的是心的一部分，那舍弃的是狭隘，留下的是浩荡的爱啊！而我却用自己的无知、浅薄、狭隘伤害着自己，也伤害着母亲。

　　我疯了似地奔向火车站，第一次感觉到，再快的火车都赶不上心的速度。我在心底不停地祷告，祷告上天能给我和母亲多一点的时间。可还是晚了，当我赶回家乡的小村时，母亲已经埋在了黄土下面。我扑跪在母亲的坟头，一抔一抔给母亲的坟添着土，泪也一滴一滴地落着。我不知道这些年来母亲忍受着怎样的疼痛和煎熬，也不知道自己的泪是不是还能够润泽母亲被误解的心灵。捧着母亲为我缝制的那对护膝，我将头一次又一次磕下，心里一声声叫着："妈妈，妈妈……"

# 飞翔的黄豆芽儿

风为裳

8岁那年的一天，母亲把炒好的黄豆芽儿端上桌，就捂着肚子躺在了炕的一边。我叫母亲吃饭，母亲说：你们吃吧，我心跳得厉害。那是母亲留在这世界上的最后一句话。

我们全家吃完饭，父亲抽了一支烟，问母亲要5元钱，矿上有人结婚，要随个礼份子。叫了两声，炕上没人答应，父亲有些火了，往起拉母亲，母亲软软地倒了下去，全无知觉。

母亲烧过百天后，奶奶把她领进了家门。她的脸很像房前的向日葵，很圆很大，眼睛也大。穿着绿色的呢子衣服，上面用金线绣着俗艳的牡丹花。有些虚胖，没有腰身。奶奶脸上的皱纹笑到了一处：我找人算了，红霞有福气，她能给咱齐家带来好运气。

她很不拿自己当外人，三下五除二扒掉我身上的衣服，我害羞地往后躲，她"嘎嘎"地笑：躲啥躲，小屁孩，从今天起我就是你妈了。她把我抱到大盆里，给我洗澡。给我洗完，她又把弟和妹放进盆里洗了一遍。姐姐站在一旁冷冷地看。她去倒水时，姐姐说：不许你管她叫妈！我点点头。我们有事时叫

143

她赵姨。

## 1

没儿天，我就挨了她的打。她炒了黄豆芽儿，我不吃。她给我夹到碗里，我不知哪来的勇气，端起碗，把整碗饭倒进了泔水桶里。她伸手给了我一巴掌，骂，你这败家孩子，你爸天天人不人鬼不鬼地挣那点儿钱，哪扛你这么败坏的？

打那一下并不疼，但我很大声地哭。后娘的心就是狠。姐姐站在她面前，大声说，你少在这装大尾巴狼，别以为谁不知道你是"嫁死"的，我们老齐家的事，你少管。我看到她的脸"刷"地一下子，白成了一张纸。

我问姐什么是嫁死？姐没说。没儿天，我在邻居的嘴里知道了嫁死就是嫁过来时给买了一张保险，然后就盼着矿上出事，人一死，这些新娘就可以拿钱走人了。也就是说，她嫁过来，就盼着父亲死的那一天了。我听了，脊背发凉，抖得像筛糠。

怪不得她那样年轻就给4个孩子当了后妈，怪不得她在父亲面前低眉顺眼呢。我开始像姐姐一样敌视她，跟她作对，把她那件唯一体面的绿呢子上衣的牡丹花剪出窟窿来。在奶奶面前告她黑状，有的没有的乱说。

终于还是出事了。那个黄昏，矿上的警报尖锐地打断了各家各户刚刚升起的炊烟。她踉踉跄跄地跑出去。回来时，脚步扭了麻花劲儿，不过，她没有像矿上那些女人那样哭天抢地，她的眼里没有泪。我不知怎么冒出来那句话：你的命真好！她瞪了我一会儿，从我身边飘过去，"砰"地关上门。院子里，奶奶和姐姐的哭声惊起了一群群乌鸦。

她三天三夜水米没打牙，也没人去管她。第四天，她打开门，洗了整整一杆衣服。晚上，她包了很大很大的白菜包子，她说，他走了，咱们的日子还得过，一家人都愣了一下，她用的是"咱们"。

## 2

放学回家，我看到院子里摆了两麻袋黄豆。她坐在桌子前挑豆子。我睡觉时，她"哗啦哗啦"地用水淘豆子。早晨起来，看到家里的大盆里都是豆子，上面盖了纱布。问她这是干什么，她说：生豆芽儿。又补充一句：卖了，挣点儿钱花。我沉默了。

父亲活着时，矿上挣的那点儿钱将够吃用，父亲死了，一天三顿饭还得吃。她说，家里的事你别管，好好念你的书就行了。

她伺候那些豆芽儿比伺候孩子还精心，一天不知要看上多少回。好多个晚上，我都被搬动盆子的声音惊醒。灯光下，她搬动大铝盆，给豆芽儿换水。白天，她摆弄那些豆芽儿时，我偷偷掀开盖看一眼，那些豆芽儿像可爱的胖宝宝一样很富态。而她，如银盘一样的脸却瘦了下去。

豆芽儿不知不觉就长长了。她用自行车驮出去，回来时，筐的大肚子就空了。没几日，豆芽儿筐不再空肚子了。满满地

出去，满满地回来。她坐在院里长吁短叹，一遍又一遍让我帮着算再降多少钱合适。嘴里还叨咕着，人家咋能卖那么低的价钱呢？我说，该不是从秤上找了吧？我也给你的秤琢磨琢磨。她说，咱挣的是光明正大的辛苦钱，那样的缺德事咱不干。

豆芽儿被她送给左邻右舍，人家给钱，她死活不肯要，说，权当做个广告了。那些天，我看到她的眼睛总是红红的，嘴角起了很大很大的水疱，像挂了两滴水。

没几日，豆芽儿筐又空了。她说，老二，你猜咋的？那些人生的豆芽用尿素，怪不得又长又压秤呢，今天全叫工商给查了。她说，这人到啥时候都不能坏了良心。

日子飞快地溜走了。姐姐、弟、妹、我和她成了真正的一家人。她卖的豆芽儿在矿区很受欢迎，她的吆喝也很有意思，她不像别人光喊豆芽儿，而是喊，老齐家豆芽儿！没想到一个大字不识的女人，居然有那么一点点品牌意识。

我上高中了，成绩忽高忽低。回家时，我常常碰上一个老实的男人在帮她搬麻袋，她让我叫蒋叔。我想，守了这些年，她对这个家也算够意思了。我跟姐姐说，赵姨要走，你别拦着。姐瞅了瞅她，没吭声。话是这样说，可每次回家时，我的心还是悬着。她没走，风雨不误地生豆芽儿卖豆芽儿。有时遇到雨，她差不多就是拖着车子回来。遇上集，三十几里的路，她一个集一个集跟着赶着卖。矿上的人几乎家家的餐桌上隔三差五地就要摆上一盘老齐家豆芽儿。

她有了白头发，她的手变得又红又粗，她的脸居然成了一

条条，再不像院子里的向日葵了。回到学校，我把每天的生活
费压缩到最低限度。买两毛钱的馒头就着她做的黄酱吃。想到
她吃的苦，我就不觉得自己苦了。我又高又细，像极了黄豆芽
儿，我告诉自己说我是有梦想的黄豆芽儿。

　　都说寒门出才子，我却不是那样聪明优秀的孩子。连着考
了 3 年，我也不好意思再念了，这样的家，能把高中读下来，
已经不容易了，何况下面还有弟和妹。我要像姐姐一样出去打
工，我想给她买一件好一点儿的衣服。

　　晚上，昏黄的灯光下，她站在了我面前。她说，老二，你
给姨说，你到底想不想念，如果你想，姨就是砸锅卖铁也供你！
我不吭声。半晌哭了出来，我说，姨，我梦里都是考大学。

# 3

　　我第四次迈进了高中的门。除了吃饭、睡觉，我全部的精
力都放在了学习上。她来看我，给我带来满满一瓶子鸡蛋酱，
还带来一件新织的毛衣。她说，别省着，身体也要紧。她走时，
我注意到，她的鞋后面张了嘴，像一只滑稽的青蛙，每迈一步，
它就张一下嘴，她穿的还是那件绿色的呢子衣服。衣服褪了色，
剪烂的牡丹花被她用针细细密密地补上了。她到我们齐家十几
年了，这件衣服还是她最好的衣服。低头看手里的毛衣，灰色
的，很简单的针法，却有好几处都掉了套子。我想，可能这是
她第一次织毛衣。

高考结束了，我背着行李卷儿回到矿区。家里空空荡荡，大大小小的盆里是长短不一的豆芽儿。邻居说，老二，考完啦？你赵姨去医院了。我的头"轰"地一声响，急忙往镇卫生院跑。一路上，我的泪不停地流。她贫血，眼睛也不好，躺了两天，挂了几瓶药，就说什么也不住了。她说，那些豆芽儿捂红了，烂根儿，就卖不出去了。

我跟她急眼，我让她坐着，我说，你指挥，我来弄。我以为不就是生豆芽儿卖豆芽吗？挑豆子，淘豆子，试温度，豆芽儿长长了，在卖之前，还要挑一次，把豆芽儿上的皮全都弄出去。挑豆芽儿皮很累眼睛，挑一会儿，眼睛就又酸又涩。我恍然间明白了为什么她的眼睛总是流泪，为什么她才四十出头，就花了眼睛。为什么我的新毛衣，会织漏那么多套子。我低下头，泪一滴滴落到豆芽儿上。

我干活儿，她就在一旁说陈年旧事。她说，老二啊，当年你姐说得没错，我是嫁死的。那时候家里真是穷，连饭都吃不饱，我爹听人家说有这样给矿上做媳妇的，就托人给我介绍。他说，赌一把吧，命好，早点儿拿了钱，你弟能娶上媳妇，你也能再走个好人家。可是，你爸没了，回到这个院子，看到你们，我怎么也下不了那个狠心……我偷偷擦了把泪，接着挑豆芽儿。我去找当初买保险那人，心想拿到钱，也够咱娘儿几个花的，日子就这样过吧。可是，那人根本就是个骗子。我想，这也是老天给我的报应。好在，老天爷给了我你们几个……她咳个不停，我停下手里的活儿，给她捶背，泪流进我的嘴里，淡淡的苦涩里，却有一点儿温暖幸福流进了心里。

师范录取通知书来的那天，我去了蒋叔家。那年夏天，矿区里的两大新闻，一是齐家二小子成了矿上第一个大学生。二是齐家的四姐弟给继母找了老伴儿。喝喜酒的时候，矿长说，不容易啊，红霞愣是用黄豆芽儿让咱矿上飞出了凤凰。

我给她敬了杯酒，叫了声妈。我说，是我妈手里那一根根豆芽儿让我有了飞翔的翅膀。是的，没有那些带着爱飞翔的黄豆芽儿，没人知道我的人生会是什么样子的。酒宴上，我夹了一筷子黄豆芽儿，吃进嘴里，泪流满面。

# 有些错，要用一生的努力去弥补

刘同

## 妈妈的味道

自从嫁给我爸之后，我妈便很少有外出的机会，我爸是医生，工作非常忙碌，几乎每天都有一两台手术要做，所以我妈便从护士的岗位退了下来，换了一份工作，以便有更多的时间来照顾家里。

年轻时我妈并不擅长持家，嫁给我爸那会儿也不会做家务，更不用提做饭了。不过她长得清秀，气质出众，嫁给我爸之前，不乏追求者，平时一副娇生惯养的小姐样子。每天中午她去食堂吃饭都会打很多菜，吃几口就不吃了，剩下的全倒进垃圾桶。出身穷苦的我爸那时正好是团委书记，一看我妈这副德行，气不打一处来，把我妈当成了重点教育的对象，从抗战的艰苦说起，再到农民对粮食的尊重，一来二去，我妈就和我爸结婚了。

结婚之后，所有的家务活都是我爸做。我妈当时最常做的事情就是吃完晚饭出去跳一会儿交谊舞，然后回来给我和我爸织毛衣。由于我爸工作出色，有一年就被派往上海瑞金医院进修。脱离我爸之后，家里伙食一日不如一日，我就这样一直熬到了大年三十。

我记得那天我在小伙伴家玩，他的父母、亲戚热热闹闹地忙活了一整天，然后非常礼貌地问我是不是要留在他们家吃团圆饭，这时我才想起来应该回家了。

回到家，我妈正坐在厨房里对着一大堆猪肉、猪蹄默默流泪。她看着我说："你爸今天可能回不来了，所以我们两个人随便吃一吃好吗？"

我眼眶一红，觉得自己特别可怜，然后对我妈说："那你可以去给家里买一点儿瓜子吗？"

我妈哭哭啼啼地收拾好东西准备出门，门铃突然响了，我妈打开门，见我爸背个大军用包兴奋地站在门口，我妈抱住我爸就哭了起来，我看我妈哭，也过去抱住我爸大哭起来。

我爸抱了抱我们，看了看家里的惨状，大概明白怎么回事了。他把包往地上一放，换了件旧外套，生火、架锅，开始做年夜饭。

因为爸爸是医生，每天我上学了他也许还没醒，我睡觉了，他还没有下班，所以，我对他的了解很少。就是那年的大年三十，我第一次觉得他是家里的顶梁柱。

也就是从那一次之后，我妈开始学习如何做家务，如何做饭。纵使第一次她给我做汤泡饭时，错把洗衣粉当成了盐放进去，她也一直在坚持变着花样给我做好吃的。我问她："第一

次做得那么糟糕，为什么后面还会有信心做得好呢？"她说："你们老说这个是'妈妈的味道'，那个是'妈妈的味道'，我不希望每次提到这个词的时候，你想起的都是洗衣粉的味道。"

有些爱就是错了一次之后，便希望用一生的努力去弥补。

用一生的努力去弥补

大三的夏天，我爸带着我和妈妈一起去大连旅行。那是我3岁以后，全家人第一次一起出门旅行。所以，即便当时我们住的旅馆环境一般，我还是满心激动。

只是没有想到，我爸第二天一大早上就一个人去海边溜达了，我和我妈只能自己行动。于是，我们坐了一个多小时的公交车到了当时大连最繁华的商场。我们一下车，就看到各种热闹的专卖店。进入第一家专卖店，我妈拿起一件99元的T恤，皱了一下眉头后对售货员说："能不能便宜一点儿，30块我就买。"售货员似笑非笑地看着她说："大姐，我们这里不砍价，如果你要买便宜的，可以去批发市场。"说完后，瞟了我一眼。我立刻拖着我妈离开了这家专卖店，然后低声告诉她："妈，专卖店不能讲价的。你不要再讲价了，太丢脸了。"

然后我们又进了第二家专卖店，我妈给我爸看中了一件T恤，还是99元，然后她对售货员说："100块我买3件，卖不卖？"

可想而知，当时的场景有多么尴尬，出来之后我很严肃地对她说："如果你再在专卖店砍价，我就不和你一起逛了。"

没有想到，到了第三家，我妈依旧这么做了。我的脸突然就拉了下来，转身就走，把她抛在了交错的人流之中。

现在回想起来，那天的人真多，我妈身高不到1.6米，我一转身，她就看不见我了。她没有手机，也不知道旅馆的地址，连坐公交车也是跟着我坐的。她将近20年没有出过我们生活的城市，她的脑子里没有专卖店的概念。她曾被外公外婆当掌上明珠对待，从遇见了我爸开始她才学习持家，一切都买最划算的，再也不会浪费，再也不会问外公要生活费。而现在，只因为她在专卖店砍了价，就被她的儿子丢在了陌生的城市。

那天，我心情不好，逛到晚上22点才回到旅馆，我爸问妈妈去哪了，我说不知道。妈妈是22:30回来的，我爸问她去哪儿了，她什么都没说，也没有责备我，好像白天发生的事情根本就不存在一样。

过了好多年，我参加工作了，一天我看旧照片，突然想起这件事。我问我妈，那一次去大连旅行，为什么爸爸每天都一个人去海边。妈妈告诉我，那是爸爸从医以来第一次出医疗事故，医院怕爸爸想不开，给爸爸放了假，希望妈妈和我能陪着他散散心。对于我爸那么要强的人而言，那无疑是他人生当中最大的一次打击。在大连的日子里，我妈不敢劝他，也不敢告诉我，她每天都怕爸爸万一想不通万一在海边出了事可怎么办。

拿着旧照片，听着妈妈的述说，想到我把她扔在大连街头，我的心就像被刀子狠狠地戳了一下。当时妈妈已经到了无依无靠、不知道该如何是好的地步，而唯可以依赖的儿子却那样对待她。

胸口戳的那一刀，拔出来必死，不拔出来也有止不住的血

在流。我看着妈妈，她仍在回忆爸爸当时的状况，似乎对我把她丢在闹市区的事情完全遗忘了

我欲言又止，心里憋得难受。我装作很无所谓的样子问她："那天晚上你怎么回旅馆的啊？"她想了想，云淡风轻地说："忘记了，反正转了几趟车就回去了。"

我笑着说："你真厉害。"心里却特别想对我妈说一万句抱歉，但这句抱歉却怎么也说不出口。

那天之后，我开始喜欢陪我妈逛街，而且不管自己的信用卡还有多少余额，只要她看中的衣服，我都会立刻让店员包起来，然后告诉她："我赚钱很容易，简直是一小时赚 1000 块的节奏。"其实每次给她头完东西，我都要辛苦地还好几个月的信用卡。而我这么做的唯一目的，就是去弥补大三那年对她造成的伤害。

她说过："我不希望每次提到'妈妈的味道'时，你想起的永远都是带着洗衣粉味儿的泡饭。"

其实我这么做的目的也是一样的，我不希望她每次走进专卖店的时候，想起的都是我把她抛下的那一幕。

越是亲近的人，有些话越是说不出口，也许我们都知道，很多事情都已经过去了，再大的伤害都不能妨碍我们现在的感情如何深厚。只是，如果你真的爱一个人的话，你总是希望能用自己的方式去弥补过去的时光里造成的伤害——无论对方现在是否还需要。

# 沉重的土豆丝

乔叶

朋友曾经对我讲述这样一个关于她自己的故事：

我是一个独生女，父母从小就对我十分严厉。虽然在生活上从不亏待我一点儿，但是在思想上却很少和我交流，在学习上更是高压管制，从不放松。

我十分孤独。所以从开始学习写作文起，我就养成了写日记的习惯。

在这种状况下，我考上了我们市的重点高中。我每天早上都带着午餐去上学，带午餐的同学挺多，大家免不了会在一起"交流"，要是觉得哪个同学带的什么菜好，我就会在日记里提上一笔。

开始还没留意，后来我慢慢发现，凡是我在日记里记过的那些味道不错的好菜，隔上一两天妈妈就会让它们出现在我的饭盒里。莫非他们偷看了我的日记？我不愿意相信。他们一个是工程师，一个是编辑，那么温文尔雅，风度翩翩，他们怎么会这么做呢？

但是，我不愿意看到的事情还是发生了——我发现日记里

的书签好几次被动了地方。

可是我还是没有贸然出击，我想了一个花招儿。晚上，我在日记里写道："中午，大家在教室里吃各自带的盒饭，张伟丽带的是土豆丝，是用青椒丝和肉丝拌着炒的，脆脆的，麻麻的，真香！张伟丽的妈妈真好！张伟丽真幸福！"

第二天早上，我打开饭盒，扑入眼帘的便是青椒丝和肉丝拌着炒出来的香喷喷的土豆丝！

我愤怒极了，当即就把饭盒扣到了地上。妈妈吓愣了，呆呆地看着我。我冷冷地说："你们是不是看了我的日记？"我叫道："你们知不知道你们这种行为有多么不道德！多么卑鄙！"

说完我就冲出了门，在大街上逛了一天。那是我第一次逃学。我忽然发现这个世界实在是令我失望：连父母都不值得信任，生命还有什么意义？往后的事情愈发不可收拾：我成了那个时候少有的"问题少女"，被学校建议休学一年。

我就那么守在家里，和父母几乎不搭腔。他们想和我说话，我也不理他们，只是把自己关在房里胡思乱想，有几次甚至差点儿割腕自杀，只是因为勇气不足而临阵退却了。过了一段时间，爸爸给我办了一张图书馆的借书证，我就开始去外面看书。就这样，我熬过了漫长的一年。

这之后，我又到一所普通高中复读，高中毕业又上大学，大学毕业后顺理成章地参加了工作。不知不觉间，我的生活又步入正轨。

　　我 24 岁生日那天，妈妈做了很多菜，其中一道菜就是土豆丝。看到土豆丝，我一下子又想起了旧事，便以开玩笑的口气对他们回忆起我当时的糟糕状况，没想到父母当时就哭了。妈妈说："你知道这些年来我是怎么过来的吗？看到一盒土豆丝把你弄成了那样，给你承认错误，聊聊天，谈谈心什么的，你都不让。我真是连死的心思都有啊！"我震惊极了。我从没有想到那盒土豆丝居然在父母的心上也压了这么多年，并且膨胀成了沉重的千斤担。他们虽然是父母，可也并不是圣人。他们也有犯错误的权利，也有在人生中学习的权利。他们也像我一样，是个会受委屈的"孩子"，需要在犯错误和学习的过程中得到理解和宽容。

　　朋友最后说："如果父母的爱能够理解我们，我们的爱也能够理解父母，那么这两种爱便可以融汇成我们生命中最重要、最宝贵也最美好最恒久的财富。"

# 梦里有爱也有痛

安宁

那时，他还是个年轻力壮的男人，希望能够在繁华的北京混上几年，攒下一笔钱，而后衣着光鲜地回老家，盖一所像模像样的房子。终于在一个春天，他收拾了简单的行李，带上我和母亲坐火车来到北京。

他在陌生的车站买张地图，又凭借着少得可怜的地理知识，很快在一个名字奇怪的胡同里安顿下来。我和母亲都不知道他具体干些什么，他有时会拿一把小葱回来，有时会带回一个让我不知如何下口的棉花糖，有时还会给母亲捎一小块布，让她攒多了给我缝书包用；晚上，他便去租一辆三轮，到处转悠着拉客。

6岁的我待在人生地不熟的北京胡同里，憋得难受，便常常闹着要与他一起出车。他起初不同意，但最终答应下来。初春的北京，风很大，也很冷。我瑟缩在车里，披上他的棉大衣，戴上破了两个洞的帽子，看路上的行人。不知过了多久，我迷迷糊糊地听见他在说话。他说："儿子，等着吧，过不了多长时间，老爸也会给你们娘俩买上一套楼房，还买辆轿车，风光地开回老家去。"我在塑料布围起来的车厢里，感觉他的话被风撕碎。那一晚，他骑了几个小时，也没有拉到一个客人。而我，在他的"专车"里，冻得大病一场，将他好不容易攒下的钱全都花光。

我自此知道，他在外面并没有自己吹嘘的那样英勇，而且，那些捎回家来的零碎东西，也不像是劳动的报酬。

有一次，我站在胡同口的马路上，等他回家吃饭。远远地看到他飞快地跑过来，后边还跟着几个男人。他拉着我一起朝七弯八拐的胡同里冲去，很快将那帮人甩开了。他在一根电线杆下蹲了许久，气平了，惨白的脸色转为昔日的黑红，这才笑着将一把五颜六色的糖豆掏出来，朝我晃晃说："看，这是今天老爸跟他们赛跑赢来的奖品。"

我小心翼翼地接过来，塞一颗糖豆到嘴里，笑着说："爸爸真厉害，我要告诉妈妈。"他蹲下身道："如果你向妈妈保密，我以后还会给你赢来更多更甜的糖豆，好不好？"我毫不犹豫地伸出手来，拉住了他粗糙的手指。

这个秘密，像是老家山坡上茂密的花草，在我心底，疯长了很长的时间，直到夏天来临。

那年的夏天，热得出奇，他拉我去街上吹风，我舔了舔嘴唇，说想吃雪糕。他为难地说："等爸爸拉到了客人再买。"可是绕城逛了一个多小时，毫无所获。我蔫蔫地在车厢里趴着。他终于将车停在一个偏僻的小道上，怜爱地摸摸我发烫的额头，小声说："爸爸去买雪糕。"

我眼巴巴地等着，却听见不远处有人争吵。我跳下车，连

忙飞奔过去。还没有走到跟前，便看见他被几个男人拉来扯去，卖雪糕的男人恶狠狠给了他几拳，嚷道："再看见你偷东西，小心这双手。"

他的衣服被人扔到地上，汗水和着泥土，肮脏不堪；而一块雪糕，则安静地躺在他的脚下，不理会这人世间的喧嚣，兀自融化着；不知谁家的小狗蹭过来，叼起雪糕飞快地跑远了。

我鼓足了勇气，跑到他的面前。他瞬间变得面无血色。我与他，就在那样一个夏日傍晚的路灯下，默默对望。没有任何语言能够描述那一刻我们彼此的忧伤和怨恨：他是多么恨我看到了他的难堪；而我，又是多么恨他丢尽了一个父亲的尊严。

我已经忘了，究竟是谁，在四散的人群里，先扭头离去的。但记住了那条回家的路，记住了那个晚上，他像个做错了事的孩子，低头推着车，在渐歇的蝉声里，跟我走回家去。

此后，我再没有对他心存幻想，记忆中伟岸的背影，就这样一个转身，了无踪迹。

许多年后，我在北京完成了他的梦想，有了房子和车子，也有了温暖的家。在渐长的岁月里，我日益明白他的艰辛和屈辱，明白他深深的无奈。我去他与母亲租住的小房子，请了他许多次，他始终不肯跟我同住。原来，他一直不肯原谅自己，曾经在爱子面前丧失尊严。

父亲病重时，我握着他那双枯瘦的手，低语道："爸爸，您在我心中，永远是一位伟大的男人。"他微笑着缓缓流下泪来，永远地闭上了双眼。我伏下头去，抱着他泣不成声。

# 东京小酒吧

蔡澜

上次在东京影展，区丁平导演的影片得了几个奖，日本合作公司的老板大宴客，吃完还带我们去了一间小酒吧。

进门，妈妈生笑脸欢迎，她身后是两位样子蛮漂亮的姑娘，20 年华，奇怪的是，长得一模一样。

"这是妈妈生的一对双生女儿。"合作公司的老板解释。

一家人，由母亲带两个亲生女儿开酒吧，这倒是中国家庭罕见的。

妈妈生一杯杯地倒酒，两个女儿忙得团团转。食物一盘盘奉上，并非普通的鱿鱼丝或草饼之类，而是做得精美的正式下酒小菜，非常难得。

酒吧分柜台、客座和小舞池 3 个部分。舞池后有一个吉他手，双鬓华发。有了他的伴奏，这酒吧与一般的卡拉 OK 有别，再不是干瘪瘪的电子音乐。起初大家还是正经地坐着喝酒和谈论电影，妈妈生和两个女儿的知识面很广，什么话题都搭得上，便从电影岔开，渐进诗歌、小说、音乐。老酒下肚，气氛更佳，再扯至男女灵欲上去，无所不谈。两个女儿轮流消失到柜台后。

啊，又出现一碟热腾腾的清酒蒸鱼头。过了一会儿，再捧出一小碗一小碗的拉面。一人一口的分量，让客人暖胃。"来呀，唱歌去。"妈妈生拉了梁家辉上台。下一个是庾宗华，是个职业歌手。他来了一首西班牙舞曲，大家拍掌伴奏。已是专业水准。在大家兴高采烈时，妈妈生忙里偷闲，坐在角落的沙发上。"你是怎么想到开这间酒吧的？"我问。她开始讲动人的故事：

"我们一家四口，过着平静的生活。我丈夫在银行里做事，很少应酬，回家后便给女儿辅导功课。吃完饭，大家看电视。就那么一天一天地，日子过得好快。忽然，有一晚他没回家，第二天也不见影子。我们3人到处打听，也找不到他的下落。接到警方通知，才知道他去过一次酒吧，爱上了一个酒吧女，为了讨好她，最后连公款也亏空了，那女人当然不再见他，于是他人间蒸发。丑闻一见报，亲戚都不来往了，连他的同事和朋友，本来常来家里坐的，也从此不上门。整整一年，我们家没有一个客人。直到一天，门铃响了，打开门，是邮差送挂号信来。我们母女3人兴奋到极点，拉他到餐桌上，把家里的酒都拿出来给他喝，我那两个乖女儿拼命做菜。那晚邮差酒醉饭饱地回去，我们3人才松懈了下来，度过了比新年更欢乐的时光。邮差后来和我们成了好朋友，他又把他的朋友带来，他的朋友再把他们的朋友带来，我们想尽办法，也要让他们高高兴兴地回家。没有老公和父亲的日子，原来不是那么辛苦的。朋友之中，也有些是做水生意的。你知道的，我们日本人叫经营酒吧的人是做水生意的人。一天，我的两个女儿对我说：'妈妈，做水生意的女子，也不是个个都坏的。'我听了也点点头。女儿说：'妈妈，靠储蓄会坐吃山空呀。我们这么会招呼客人，为什么不去开家酒吧？'就这么做了决定，把剩下的老本统统扔下去。"

我很感动，问道："那你这两个千金不念大学，不觉得可惜吗？"

"她们喜欢的是文科，理科才要念大学，文科嘛，来这里的客人都有些水准，他们传授的，比教授多，比教授有趣。"妈妈生笑着说。此话没错。"那么她们的爸爸呢？有没有再见到？"妈妈生说："他回来求我原谅，我用开酒吧赚到的钱替他还了债。但我向他提出一个条件，就是他一定要拥有一技之长，能自己维生，再来找我。""他做到了吗？""做到了。"妈妈生说。"那么现在他人在哪里？"我追问。"那不就是他。"妈妈生指着伴奏的吉他手说。

# 请成全我的尊严

玄圭

## 一

1999 年夏天，我还是懵懂青涩的年纪，18 岁。我们居民楼里突然来了那么干净澄澈的一个女孩儿，穿着散发淡淡香皂味儿的长裙子，总是红着脸蛋笑着讨人亲近，陡然之间让我眼前一亮，她叫森泊。

森泊的妈妈，也有着她们那个年龄的女人少有的亲和力及美丽，她和女儿住在森泊外公留下的一居室里，那么欢喜着我每一次的光临。而我的妈妈，她不喜欢森泊，亦不喜欢森泊的妈妈。因为森泊是没有爸爸的孩子，她的妈妈没有结婚就生下她了，那个不曾得见的爸爸，其实在很远的地方有着自己的妻儿。

可是我喜欢她们，没有缘由地喜欢。于是就倔强地坚持着和森泊来往。

森泊和我一个年级，几乎没有什么朋友，但学习很优秀，勤奋、听话、乖巧，而且歌也唱得很棒。但不知为何，没有几个人喜欢她，连老师也是。有多事的女生，跟我老妈似的，悄悄地嚼舌根子，说森泊是私生女，说森泊的妈妈，专门破坏别人家庭。

我依旧抓住森泊的手一起上学放学，看到她们母女艰难，还常常把自己家的腊肉悄悄割一条，以妈妈的名义给她们送过去；还会把刚穿了一回的衣服，用很亲切而随意的方式送给森泊。妈妈总是很愤怒地教训我。那样的架势分明是要将森泊和她的妈妈诋毁到地狱里去。

可妈妈顶多也只是旁敲侧击而已，我左耳进右耳出便是。但是当某一天我刚回到家，却看到妈妈哭得伤心，她边哭还边咒骂我："你和你老子合谋欺负我，他跟那个狐狸精鬼混，你和那个小狐狸精打得火热。"妈妈的话让我一下子懵了，她的意思分明是我爸爸和森泊的妈妈，关系不正当。

那个时代的女人就是那样，妈妈几乎歇斯底里地说其实森泊的妈妈还是姑娘时就喜欢我的爸爸；甚至说也许森泊就是我同父异母的妹妹；她说丫头你知道吗，森泊是插班生，要不是你爸爸接济，她能读书吗？

在我极力为森泊辩白时，挨到了母亲响亮的耳光，她说你不信去看看你老子那本《康熙字典》里压的旧照片，那个女的是不是森泊的妈？再或者你马上去她家问问，你爸爸是不是给森泊送明天报名的学费了！

我真的去了，气鼓鼓地闯进去。爸爸正窝在她们家沙发上

与森泊有说有笑，厨房里传来温馨和谐的切菜声……

我出门时已经泪流满面，爸爸以及森泊妈妈惊慌的眼神，已经说明一切。回到家，翻出爸爸的大字典，将那张暗黄底色上娇巧美丽如森泊的女子，撕得粉碎。

爸爸那天回家很晚，我在关了灯的房间里，听见妈妈尖厉的哭闹和爸爸摔东西的声音，恍惚间觉得那是森泊和她的妈妈在联手打击我们原本完好的家庭。

## 二

第二天学校报名，却没见到森泊。想想也在情理之中，她怎么好意思拿着我爸爸给的钱，和我一样坦然地去读书？回家的路上却碰见她，我不理她，她啜泣着跟在我后头，像一只小老鼠一般："九九，要我怎样你才能理我？"我不说话，她突然抓住我的衣角："我就你一个朋友，如果可以，我愿意放弃一切。"我想也没想就答："有能耐就放弃出现在我身边，放弃我爸爸的接济！"

我没想到森泊会答应我的要求，她顿了顿从书包里拿出一沓钱，不多不少，1250 元，高三下学期的全部学费。她说这是你爸爸给我的，请代我还他。我没想到森泊会这样做，我接过钱仍冷冷地问："那你拿什么交学费？"森泊说她去找自己的父亲。

我从未在金钱上受到过任何挫折，对我来说，1250 元的突然缺失，还不至于改变一个人一生的命运。可是它改变了森泊，她硬是在当天晚上就坐上了去江苏的火车，她如此坚决地要去找自己的生身父亲讨要决定终生的一笔学费。

但森泊去了很久都没回来。可能是瞒了自己的母亲，她的妈妈开始是红着眼圈问："九九，森泊就你一个朋友，你知道她去哪里了吗？"我当然说不知道。过了些时日，她得到了森泊的消息，森泊却不告诉她到底在哪，她就坐在小区公园的石凳上，托着腮帮默默地等。这个憔悴孤独的母亲，我有几次看见爸爸倚在窗口，默默地眺望着她，这让我的那一点愧疚，隐遁了下去。再后来，森泊的妈妈离开了我们小区，去找森泊。

没有森泊的日子，偶尔会有那么一点落寞感伤，我偶尔还会听她录给我的那首《牧羊曲》。她去了江苏两个月的时候，我听见许多人在叹息："即使森泊现在回来，高考可能也悬了。"这些话轻轻打在我的心脏上，很疼很疼。

转眼间高考就来了，转眼间高考过去，我要去北方上大学。临走前的那天晚上，我跟爸爸说咱们聊聊吧，不是其他，而是关于森泊。爸爸说，九九请相信我这个做父亲的，森泊的母亲是我的初恋，但是我们后来的交往比水都干净。他还说森泊和她妈妈把每一笔别人的接济都工整地记在本子上，为了日后能够偿还……

在我刚满18岁即将独自踏上异乡旅程时，突然那么想念曾经因为我的伤害而离开了的森泊。如果她真能找到自己的爸爸并在他的保护下读书高考的话，那么，我的心自会坦然些。

## 三

大二刚开学不久，我收到一张匿名汇款单，1500 元，来自海南一个叫屯昌的小县城，具体地址也不详。附言里只有一句："九九，我很想你。"陌生的地址，似曾相识的称呼方式，可是我在海南，真的没有任何亲戚朋友。打电话问家里，爸爸沉默半晌，轻轻叹气："看来森泊终是没能上大学。"

我不愿相信爸爸的猜测，可心里分明也知道，一定是森泊。她一定是在偿还爸爸曾接济她的那些学费和生活费。我在学校打听那些从海南来的同学，终于找到一个来自屯昌的，是男生，他告诉我屯昌是个很美丽的地方，但相对整个海南来说还是有些落后。

暑假的时候，我终于跟着海南同学去了屯昌，借住在他的家里，每日都在大街上游荡，希望在抬头之间看见森泊，看见她虽然被海南的太阳晒黑了许多，却依然如两年前那般光彩照人。可那样的愿望终究没有实现。

大学最后两年，我又收到来自同一个地方的几张汇款。附言都是"九九，我很想你"。我把钱存起来，一分也不敢动。到我大学毕业的时候，那些汇款加起来有 1.2 万元，正是爸爸曾接济森泊母女的钱数。

毕业后我随男友到了北京，那 1.2 万元又存进了北京的银行，我小心翼翼地保护着。我期待能在某一天等到森泊，跟她说抱歉，好好地牵着她的手逛街，晚上一起睡觉，好好诉说这么多年来对她的愧疚和想念。

2005年元旦刚过，妈妈突然打来电话，说森泊正在她的身边。原来森泊当年去江苏并没有找到生身父亲，上大学无望，她便四处打工，后来辗转去了海南，一个高中都没有毕业的女孩子，生活艰辛可以想象，后来她嫁给了屯昌的一个做小买卖的商人，如今已经是两个孩子的母亲。妈妈说森泊的儿子先天性心脏发育不全，听说我的男友在北京的医院工作，无奈之下想让我帮忙联系为儿子看病。

我又惊又喜，满口答应，恨不得立刻见到森泊。

与我最坏的预料一样，森泊成了黑黑胖胖有些邋遢的妇人，脸上依稀可见曾经的美丽，她拖儿带女，很谦卑地笑。森泊的丈夫，看着比森泊大不少，不起眼的一个人，待她的样子稀疏冷淡，只说到孩子时，隐隐透出焦急。

小家伙的病，花了3万多终于稳定住了病情。一个月时间，森泊一家4口吃住在我们小小的家里，男友有些牢骚，说宁愿花钱让他们住旅店。我发很大脾气回答，纵使森泊一辈子住在我家里，我也不嫌弃。我是个虚伪的人，我没脸告诉男友，森泊变成今天这个样子，我在其中扮演了怎样的角色。

在他们离开之前，我把森泊曾经汇给我的那1.2万元悄悄塞在她的包里。我给她的孩子买了许多衣服和玩具；我对她矮小的丈夫说，森泊是个好女人，请你一定疼她。我还跟森泊说，孩子长大后就来北京读书，我尽力帮忙。她很谦和地笑，却透着坚定说："自己的孩子，怎么能老给别人添麻烦。"

　　他们走后，我整理床铺，发现塞给森泊的一沓钱静静躺在枕头底下，森泊留了张字条："九九，请你成全我一直在小心珍藏着的这一点尊严，我依然会想你。"

# 野菊花开满河两岸

丁立梅

琪米是在野菊花开满河两岸的时候，嫁到村庄来的。

却不像一般人家办喜事，鼓乐齐鸣，鞭炮轰天。琪米的婚礼，冷冷清清，除了窗户上贴着一幅大红的喜字外，别无办喜事的迹象。琪米没穿大红袄，新郎官孙大年也没笑嘻嘻地给村人们发喜糖，而是沉着脸，"啪"的一下，把门关上了。

看热闹的人们，无趣地正要转身离去，却听到从新房里传出琪米的哭声，嘤嘤，嘤嘤，如深秋虫鸣，凄凄切切。紧接着，"乒乓"一声，是什么东西摔地上了，伴着孙大年的大吼声，住嘴！再号丧你就给我滚回去！

人们愣怔在那里，望着他们家大红喜字的窗户，不明白这大喜的日子里，怎么就摔盘子摔碗的？

天也就黑了，人们摇摇头，各回各的家，关起门来睡大觉。横贯村庄的一条河，这个时候也安静了，清波不泛，河两岸的野菊花们，黄黄白白，兀自渲染。白天可不是这样，白天这条河喧闹得如同集市，一村人的吃喝洗涮，都在这条河里。男人们在河里摸鱼摸虾摸螺蛳。女人们在河里淘米洗菜汰衣裳。孩

子们在河边的野菊花丛中捉蚂蚱，采菊花，在头上东一朵西一朵乱插。每年夏天，河里都要淹死一两个贪水的小孩。即便如此，人们对这条河还是深爱着的，从来不在河里乱丢垃圾，河水便总是清涟涟的，望得见水草在里面招摇。人们的房都傍河而居，河南岸与河北岸，一条木桥连着。琪米嫁过来的孙大年家，就在河南岸住，低门矮户，屋后的槐树，遮天蔽地。

这日深夜，一切都安睡了，只剩下野菊花的香气，在村庄上空浮游，还有琪米嘤嘤的哭泣。那哭声如小蛇蜿蜒，凉凉地，爬上村庄人们的心头。人们被搅得彻底难眠，等天明了一定要去问问孙大年，这究竟是咋回事。

次日一早，新娘子琪米，已伏在屋后的河边洗衣裳，黄菊花白菊花开满她身后。人们收住脚步，站在木桥上打量她，她头发乌黑，身段苗条，面皮白净，竟是少有的标致。人们在心里替她惋惜，这么漂亮一个姑娘，怎么就嫁给了不知好歹的孙大年？

人们是不大喜欢孙大年的。人长得跟瘦猴似的不说，又不正正经经干农活，成天搬弄一堆破蜂箱，说是去放蜂，也没见他赚钱回来。一个人守着祖上留下的三间破屋，不事庄稼，常喝闷酒，像个二流子，门前的空地上长满荒草。

琪米的到来，让一个破破败败的家焕然一新。人们很快发现，孙大年家屋门前的草不见了，被一行行补上绿绿的青菜秧。屋子也变亮堂了，每隔几日，就见琪米拿块抹布，里里外外在擦洗。孙大年的破衣裳也整洁了，补丁上的针脚，整整齐齐。

　　这样一个勤劳贤惠的好媳妇，却三天两头遭孙大年的打。人们起初都同情琪米，跑去相劝。传闻却在这时疯传开来，说琪米在家做姑娘时，有个相好的，大了肚子，好面子的父母急了，赶紧托人相亲，把她嫁给了无父无母的孙大年。

　　众人上当受骗般地"啊"一声，看向琪米的眼神，就有了轻视和不屑，她再挨打，也没人上门去劝了。六七个月后，琪米果真诞下一个足月的男婴，人们窃窃私语。那几日，孙大年的脾气大得惊人，蜂箱也不碰了，成天黑着一张脸。他不许琪米给孩子喂奶，要把孩子活活饿死。琪米哭求，换来的是一顿拳打脚踢。孩子被饿得奄奄一息，最后，邻居老太太看不过去，找了一对无儿无女的夫妻来，抱走了这个孩子。

　　几年后，琪米给孙大年生育了两个男孩，却没有因此改变她的处境，她也还是隔三岔五的，就被孙大年找了由头痛打。村庄偏僻，整日太平，琪米的存在，无疑给安静的村庄增添了一些小浪花。村里的女人们在河边汰洗衣裳，一边隔河笑谈，哎呀，琪米又挨孙大年打了

　　在野菊花丛中玩耍的孩子们，听到这里会怔一怔，眼前光影斑驳，野菊花开得星星点点。风吹着他们的小脸蛋，像吹过嫩嫩的叶片儿，温软轻柔，哪里懂得人世间还有一种东西叫疼痛？他们撒开两腿，就往琪米家跑，跑去看热闹。看到的场景往往是这样的：孙大年手执鞭子，在一旁喘着粗气。琪米则在地上蜷缩成一团，哭声嘤嘤，裸露的胳膊上有崭新的鞭痕。

　　琪米也曾偷偷跑去看过几回被抱走的那个孩子。孩子已长

到七八岁，大概听说过一些事情，看见她，朝她轻蔑地吐唾沫。她哭着回来，被孙大年知道了，又一顿打。疮痍遍布的日子里，琪米就这样早早老了，乌黑的发染上霜花，昔日白净的脸上有了深刻的皱纹。她遇到人总是微低下头，话少，语调轻轻的。

这么囫囵地过了一些年，孙大年得癌症死了，琪米的两个儿子业已长大，各自成了家。却因自小受父亲的影响，对琪米这个母亲，从没正眼瞧过。

琪米剩下了一个人。剩下一个人的琪米，给自己裁剪了一件大红袄，把自己收拾得很鲜亮。她要去找当年自己曾爱过的人，年轻时的爱情，扎根在她心里，枝叶葱茏，从来没有凋零过。

他们相见了。男人仍单身着，但他告诉琪米不是为等她。她落泪了，告诉他，他们有个儿子，早已长大成人。

男人震惊不已，打定主意要认回儿子。原以为要费一番周折，谁料儿子却爽快地认了他这个爹，但无论如何也不认琪米这个娘。因为这么多年来，儿子一直觉得琪米不堪，而且深深记恨着琪米将他"遗弃"的这个事实。等待了那么多年的相见，换来了父子团聚，琪米却还是一个人。

琪米穿着她的大红袄，在一个深夜里投了屋后的河。那会儿，河两岸的野菊花，开得如火如荼，薄凉的香气，浮游在村庄上空。男人得知消息，慌忙赶过来，他跪在琪米的遗体前，号啕大哭，疯了一般叫着她的名字，凄惨的哭声响彻了村庄。

男人亲自给琪米收了殓，送了葬。嘱咐儿子，等他死后，要和她一起葬在这开满野菊花的岸边。

# 最温暖的冬天

赵宏昌

　　爱伦太太是个性格孤僻的人，她没有什么亲人，也从不和别人交往，这半年来，与她相依为命的，一直就是那条叫罗宾的狗。

　　这一天下了大雪，爱伦太太没有带罗宾出去散步，因为天气实在太冷了，虽然她在身上裹了厚厚的棉被，可还是冷得直打哆嗦。中午的时候，爱伦太太的屋门被人拍响了："爱伦，你在家吗？"

　　听到这个声音，爱伦太太的脸上露出了不耐烦的神色，她没有去开门，因为她知道外面的那个女人是谁——那是她的邻居苏珊。爱伦太太一点也不喜欢苏珊，至于不喜欢她的原因嘛，似乎没有，不喜欢一个人，对爱伦太太来说并不需要什么理由。

　　苏珊拍了半天的门，没有人给她开却不离开，爱伦太太清楚地听到她在外面使劲地跺脚——天实在太冷了，过了一会儿，苏珊依旧没有离去，爱伦太太没办法了，只好下床开门让她进了屋。

　　苏珊的两个脸颊冻得紫红，她一进门就大声说道："嗨，爱

伦，看看我给你带来了什么？是面包和火腿，对了，还有一些钱，你可以给罗宾买一些肉骨头。"她一边说着，一边把手中的篮子递了过来。

这样的天气，苏珊为自己送来了面包和火腿，说实话，这时候爱伦太太已经有点"喜欢"她了，可是当她听到要给自己一些钱，爱伦太太却猛地扬起了眉毛，她被激怒了，接过篮子把它扔到地上，高声喊道："你这个愚蠢的女人，拿回你这该死的面包还有火腿，你这是在干什么，是在给我施舍吗？"

在这个国家给亲朋好友送礼物，是有讲究的，比如送鲜花必须是单数，如果是送食物，那么盐和面包是最恰当的，只是绝不能送钱，送钱任何人都不能接受，因为这意味着施舍和侮辱，难道这个可恶的女人她竟不知道这个？她真是太愚蠢太无知了。爱伦太太不停地发泄着她的怒火，而苏珊当然也知道自己错了，期期艾艾地改口说，那些钱不是送她的，而是要请她帮一个忙，所以只能算做酬劳。接着，苏珊吞吞吐吐说出了她的来意，她来是想借罗宾，对，就是爱伦太太的那条狗，她怕爱伦太太不肯，所以这才"兜"了个圈子，她那 5 岁的儿子，小安德烈生病了，他不肯吃药，嘴里一直在念叨着罗宾，他想罗宾能陪他一会儿，哪怕是一小会儿……

爱伦太太的火气不觉小了很多。安德烈是个很讨人喜欢的小家伙，秋天的时候她还抱过他一回呢。嗯，那个小家伙长得跟他爸爸伊万很像，简直就是一个模子里刻出来的，长着一双会说话的褐色的眼睛，卷曲的头发又密又长，可爱极了。爱伦太太答应借罗宾，可是，接下来的事情却要难办得多。苏珊想要牵走罗宾，可罗宾"呜呜"地叫着不肯合作，它把头扭过去望着爱伦太太，使劲地挣扎，拴在脖子上的皮绳都快绷断了……罗宾是一条好狗，自从它被爱伦太太从垃圾箱里捡回来，它就只认爱伦太太一个人，无论是在家，还是出去散步，它从来都不离开爱伦太太半步，现在苏珊想把它带走，这怎么可能呢？

苏珊拿它一点办法也没有，呼哧呼哧地喘着粗气说："爱伦，只能你和罗宾一起去我家了，要不，即使我把它弄回家，它也会一眨眼就跑回来的。"

爱伦太太只能答应，因为这个时候，在她的脑海里，全都是安德烈那期盼的眼神，再说他现在还病着，如果不满足他这个小小的愿望，说不准会出什么乱子。

到了苏珊的家里，当病恹恹的安德烈看到罗宾后，立刻变得兴奋起来，他跳下床牵着罗宾，一会儿给它拿来饼干，一会儿又带着它去找肉骨头，满屋子都是他"咯咯咯"的笑声。苏珊给壁炉里加了足够的木柴，替爱伦太太换下厚厚的大衣，为她端来了热牛奶，接着就到厨房里张罗起饭菜来。因为罗宾的缘故，那个下午，安德烈的欢笑声一直都没有停顿过，他和罗宾互相追逐，打闹，把所有的房间都搞得乱糟糟的。苏珊和爱伦太太坐在壁炉前闲聊，起先爱伦太太还有些不习惯，但慢慢地话多了起来："苏珊，伊万呢？他还在莫斯科修铁路吗？"苏珊低下头，轻声说："嗯，他还在莫斯科修铁路，也不知道什么时候才能回来，也许明年开春的时候，又或者就在这个冬天……"

爱伦太太的脸上一直都挂着久违的笑容。时间过得很快，转眼太阳就下山了，看到窗外的天在慢慢地变黑，爱伦太太的脸色也一点点变得阴沉起来，终于她站起了身："天晚了，我得回去了。"

正和安德烈玩的罗宾，看到爱伦太太站起了身子，马上摇着尾巴走了过来，苏珊似乎有点不知所措，她看着满脸不高兴的安德烈，神色慌张，结结巴巴地说："爱，爱伦，今晚你能不能留下来？我想，安德烈由罗宾陪着，没准过了这一个晚上，他的病会完全好了呢。"

"这怎么可以？"

爱伦太太不禁脱口而出。但是，安德烈抱着罗宾的脖子不放手，眼里还噙满了泪水，看到这一切，她的心软得像刚出炉的面包，爱伦太太的嘴唇动了动，说不出任何拒绝的话来，而这时，苏珊已经飞快地替她收拾晚上要住的房间了。

那个晚上，爱伦太太睡得前所未有地好，等她起床，苏珊又已经为她准备好了早餐……安德烈的病并没有好，罗宾当然是走不了的，而罗宾走不了，那么爱伦太太也一样，第三天，第四天……一直到第七天，安德烈的感冒好了。可是，苏珊早早就把爱伦太太堵在了门口："爱伦，我想求你一件事。"说到这里，苏珊的脸变得红红的，"这段时间我很忙，正在写一本书，已经到了很重要的地方，所以我希望你能帮帮我，照看安德烈，他需要人陪他，我实在抽不出时间来，我愿付钱给你，多少都行。"

爱伦太太愣住了："你说什么，不行，这绝对不行……"

话是这么说，但爱伦太太最终还是留了下来，除了苏珊的请求，除了安德烈和罗宾已经难舍难分，还因为她的家，那间小木屋已经因为几天前的一场暴雪，彻底地倒塌了，西伯利亚的冬天，向来都是冰雪覆盖的世界。

接下来的事，我们一定都知道了，爱伦太太在苏珊家里一住就是好几个月……其实，在很早的时候，爱伦太太就已经知道，苏珊让她帮忙照顾安德烈，不过是一个让她留下来的借口，让她留下来，又只不过是不想让她在那个寒冷的冬天饿死或者冻死，只是，现在严冬已经过去，而天气一天比一天温暖，她不得不离开了，尽管那个小木屋早已不再存在。

"苏珊，我要走了，谢谢你。"

爱伦太太是真的要走了，可是，可是她还是没有能离开苏珊的家。

苏珊拉着她的手坐下，低声地问道："爱伦，你真的要离开这里？难道，你一点也不想再看看伊万？"

爱伦太太差点用手捂住自己的嘴巴："你，你怎么知道我和伊万？"她的神情就像偷了糖果的小孩子，被大人发现一样。

苏珊笑着说："爱伦，就算是我以前不知道，现在也全都知道了，我知道你是伊万的母亲，是小安德烈的奶奶，当然，还是我的婆婆。"

……

许多年前，镇子里最漂亮的女人，被一个来投资的外国商人用甜言蜜语哄走了，那时候，她抛弃了自己的丈夫，还有她

那刚满周岁的儿子，她以为得到了真爱，可是让她没有想到的是，过了一些年，她的情人却像打发叫花子一样打发了她。在她历尽千辛万苦回到故乡后，一切已经全都变了，她老了，被她抛弃的丈夫也死了，而儿子已经长大、结婚、生子，只是她不能和他相认，也不敢相认，她唯一能做的就是藏在那个小木屋里，在他回家的时候，偷偷地看着他的背影。

爱伦太太泪流满面，手指被自己捏得发白："苏珊，你怎么会知道，这是好多年前的事，而且，镇子里没有一个人认得出我。为什么，为什么你会知道？"

苏珊握着她的手说："亲爱的妈妈，这全都是因为你的眼神，每次伊万回家的时候，我都看到你站在门口，呆呆地看着他。那种不舍，那种懊悔，那种悲伤，那种浓烈的爱，只有一个母亲的眼神，才能完全表达，只是我也是在那场大雪后，安德烈生了病才突然明白……妈妈，请你原谅我，如果我能早点知道这些，你就不会在那个小木屋里一个人呆那么久了。"

爱伦太太的泪水，一颗颗从脸颊滑过，她原以为，她已经得到了这世上最珍贵的礼物，现在才知道不是，最珍贵的礼物不是盐和面包，也不是火腿，甚至连这个温暖的冬天也都不是

它是什么，爱伦太太无法用言语来表达，但有一点可以肯定，那就是——她已经得到了它。

# 爷爷没有看见的事

林特特

2000 年的一个夏夜，我家吵翻了天。

两个月前，全家人哭成一团，将爷爷隆重安葬。葬礼罢，围坐在爷爷生前常坐的桌子前，婶婶突然问，遗产怎么处理——她指的是爷爷的房子。爸爸、妈妈、姑姑、姑父和叔叔瞬间交换眼神，却没一个人接茬。过了一会儿，爸爸对我，也对堂妹说："你们先出去下。"

我和堂妹依偎着，不住拭泪。爷爷极爱我们，现在物是人非……忽然，里屋传来争吵声，声音越来越大，我走过去，从门缝中偷窥，我看见妈妈和婶婶已激动地站了起来。

妈妈的话落地有声："我家孙强是长房长孙！"婶婶不依不饶："现在男女平等，何况孩子爷爷到死，都是和我们一起过的！"

那天，妈妈忿忿离去，我和爸爸跟在她后面。一段时间内，爷爷房子的事没有人再提起，直至一日，妈妈突然问起爸爸，爸爸嗫嚅着；妈妈再问，他就沉默了。

沉默良久，拖到不能再拖，爸爸硬着头皮承认，他背着妈

妈签了一份协议。就在我们忿忿离去后的第三天，由姑姑作证，爸爸同意将房子的产权划归给叔叔婶婶一家。妈妈气得直哆嗦，不住地骂爸爸。

那年，我高三，无论年龄还是思想，都介于孩子与成人间。我本能地认为叔叔强占了我们家的财产，他们集体做了一件大事，偏偏瞒住我和妈妈；我恨叔叔，捎带着对爸爸不冷不热。

我家和叔叔家断绝了来往。

我、妈妈和叔叔一家几乎不见面。除了一年一次爷爷的忌日，或春节、清明节集体去扫墓。

几年中，我家和叔叔家同桌吃饭的机会不超过三次，为表示厌恶，只要叔叔夹过哪盘菜，我就直接把那盘菜从我面前拿开，以表示他碰过的一切我都不想再碰。每次吃饭，我和妈妈都急匆匆吃完，嘴一抹就走开。这样说吧，虽然每年都见面，但我从不正视叔叔。

大学毕业后，我读研，离开老家。再接着，我又毕业，在上海找了份工作，朝九晚五，做牛做马。

堂妹读的是成人大专，她的生活和我的完全是两条轨迹。其实，小时候，我和堂妹感情很好。只是，大人间的矛盾，让我们逐渐疏远，我们不通音讯，但彼此透明。

一日，我接到电话，妈妈打来的。她提到叔叔，这让我有些诧异。原来，这一两年，亲戚们大多退休，亲戚们的孩子也大多到了男婚女嫁的年龄，家宴、婚宴、聚会、见面，越来越频繁。"人家都谈笑风生，就我板着脸赌气，倒显得我不大气"，看得出，妈妈对往事有芥蒂，但已比过去想得开。

这几年，我也多了些阅历，不再是非黑即白的少年时代。所以当妈妈在电话中问我，"孙俪结婚你回不回来"时，我思索了一下就满口答应。因为我知道，按照老家的规矩，女孩儿出嫁，要由哥哥背出娘家门，而我是堂妹唯一的哥哥。

堂妹结婚那天，我簇新的西服上沾着星星点点的金粉，堂妹兴奋得一塌糊涂。我背她出门时，她紧紧搂着我的脖子，就像小时候，我带她出去玩。

妹夫梳平头，个子很高，人很结实，他一口一个"大哥"，叫得我颇为受用。有亲戚打趣："妹妹都结婚了，哥哥啥时候结啊？"叔叔也问："对啊，老大啥时候结婚啊？"我不得不笑着接茬儿道："快了，快了。"这是自 2000 年来，我第一次和他说话。

第二年，堂妹的孩子出生。

说来奇怪，这孩子竟然和我一样，在耳朵旁边长着一个小小的肉疙瘩，"这孩子和大舅有缘分。"妈妈在孩子的满月酒上，这样解释。我抱着那孩子，他对我笑，我的心里荡漾出一朵花。

当晚，宴罢，我们一家三口散步回家。爸爸夸妈妈，你现在年纪大了，心态平和了，不像过去……妈妈接过话，主要是经济宽裕了，钱不那么重要，想到那房子，我还是会生气，但有时想，算了，为了那点钱，一家人弄得互不来往不值得。

这是多年后，爸爸第一次解释，他说，爷爷生前一直和叔叔一家生活在一起，作为长子，爸爸总觉得对爷爷的照顾没有

叔叔多，而当时叔叔经济拮据——婶婶下岗，堂妹成绩一般，想考个正式的大学没任何希望，那意味着又要花钱……"我怕和你商量后，就会打乱我的决定。"妈妈沉默不语。

去年夏天，我准备买房，需要动用爸爸妈妈的积蓄，专门回了趟家乡。叔叔、婶婶不知从哪儿得到的消息，他们竟抱着外孙亲自上门来了。

堂妹的孩子可爱至极，正是咕咕说话的时节，他会喊我"舅舅"，我抱着他，一会儿举到头顶，一会儿放到脚下，把他逗得哈哈大笑。

叔叔婶婶，则忙着和爸爸妈妈说话。一道茶过，他们打开包，没有任何前兆，掏出10万元现金摆在桌上，妈妈吃了一惊，不知是什么意思，婶婶解释："知道老大要买房……"叔叔接过话，"是借，但随便孙强什么时候还，"他顿了顿，"不还也行。"

妈妈的脸上闪过一丝意外，爸爸端着茶壶，给每人的茶杯续上水。放下茶壶，我发现他的眉宇间分明有喜色流露，仿佛在妈妈面前长了志气。

今年春节，我带着媳妇回去举行婚礼。叔叔忙前忙后，爬上爬下。堂妹嘟着嘴："我结婚的时候，爸都没这么忙过！"叔叔笑着说："这是孙家娶媳妇儿！孙家的大事，当然我要忙！"

接亲、行礼、拜祖宗，堂妹的孩子在我的婚床上滚来滚去，又留下童子尿，象征"早生贵子"。

一切礼毕，打仗似的一天结束，我们全家从酒店回来，累得歪在客厅沙发上。白天行礼用的桌子中间，摆着爷爷的遗像。大家围坐在桌子前，这一幕多像 10 年前，爷爷刚去世时的情景。

婶婶、妈妈、姑姑哄着堂妹的孩子玩。堂妹用一条干毛巾，轻轻拭着相框，过了一会儿，她放下相框，突然说，时间过得真快，爷爷去世都 10 年了。爸爸接过话，可惜爷爷没看到你们结婚、生孩子。

我和堂妹对视一眼。想到幼时，爷爷常一边喝酒，一边喂我俩花生米；还说要看到我们成家立业……爷爷去世后，我和堂妹，我们一大家人甚至很难坐在一起，团团圆圆；不过现在终于坐在一起，爷爷没看见，我多希望他看见。

我捂着脸，少顷，媳妇卸完妆走出来，她惊讶地问："怎么都在哭啊？"我抬起头，发现爸爸、叔叔、堂妹，几乎全家都在流泪。

媳妇把我偷偷拉到一边："出啥事啦？"我一抹脸，对媳妇说："没事，只是爷爷没有看见。"

第三辑

# 尘世里最美的相守

# 巴甘的蝴蝶

鲍尔吉·原野

## 1

人说巴甘长得像女孩:粉红的脸蛋上有一层黄绒毛,笑起来眼睛像弓一样弯着。

他家在内蒙古东科尔沁的赫热塔拉村,春冬萧瑟,夏天才像草原。大片绿草上,黄花先开,6片小花瓣贴在地皮上,马都踩不死。每到这个时候,巴甘比大人还要忙:他采一朵铃兰花,跑几步蹲下,再采红火苗似的萨日朗花。那时他三四岁,还穿着开裆裤,经常露出两瓣屁股。

巴甘的父亲敏山被火车撞死了,他和妈妈一起生活。庄稼活——比如割玉米,由大舅江其布帮忙。大舅独身,只有一匹3岁的雪青骟马。妈妈死后大舅搬过来和巴甘住。

妈妈不知得的是什么病,她躺在炕上,什么活都不干,额头上蒙一块折叠的蓝色湿毛巾。许多人陆续来看望她,这些人拿来点心和自己种的西红柿,拿来斯琴毕力格的歌唱磁带,妈

妈像看不见。平时别说点心，就是塑料的绿发夹，她也会惊喜地捧在手里。

"巴甘，拿去吃吧！"妈妈指着有嫦娥图案的点心盒子，说罢阖目。不管这些人什么时间进来，什么时间走，也不管他们临走时久久凝视的目光。巴甘坐在红躺柜下面的小板凳上，用草茎编辫子，听大人说话，但他听不懂。有时妈妈和大舅说话，把巴甘撵出屋。他偷听，妈妈哭得一声盖过一声，舅舅无语。这就是"病"？

晚上，巴甘躺在妈妈身边。妈妈摸着他的头顶的两个旋儿，看他的耳朵、鼻子，捏他的小胖手。

"巴甘，妈妈要走了。"

"去哪里？"

"妈妈到了那个地方，就不再回来了。"

巴甘警觉地坐起身。

"巴甘，每个人有一天都要出远门，去一个地方。爸爸不是这样的吗？"

巴甘问："那么，要去哪里？"

"你哪里也不去，和大舅在一起。我走了之后，每年夏天变成蝴蝶来看你。"

变成蝴蝶？妈妈这么神奇，她以前为什么不说呢？

"我可以告诉别人吗？"巴甘问。

妈妈摇头。过一会儿，说："有一天，村里人来咱们家，把我抬走。那时候我不说话，也不睁眼睛了。你不要哭，也不要喊我。我不是能变成蝴蝶吗？"

"变成蝴蝶就说不出话？"

妈妈躺着点头，泪从眼角拉成长条流进耳朵。

她说得真准。有一天，家里来了很多人，邻居桑杰的奶奶带巴甘到西屋，抱着他。几个人把妈妈抬出去，在外面，有人掀开她脸上的纱布，妈妈的脸太白了。人们忙乱着，雨靴踩的到处是泥，江其布舅舅蹲着，用手捏巴甘颤抖的肩头。

从那个时候起，赫热塔拉开始大旱，牧民们觉得今年旱了，明年一定不旱，但年年都旱。草少了，沙子多起来。村里有好几家人搬到了草场好的地方。

巴甘看不到那么多花了，也看不到蝴蝶，以前它们在夏季的早晨飘过去，像纸屑被鼓风机吹得到处飞舞。妈妈变成蝴蝶之后，要用多长时间才能飞回赫热塔拉呢？中途累了，也许要歇一歇，在通辽或郑家屯。也许它见到河里的云彩，以为是真的云彩，想钻进去睡一会儿，结果被水冲走了。

那年敖包过节后，巴甘坐舅舅的马车拉化肥，在来哈河泵站边上看见蝴蝶。他已经10多岁了，跳下马车，追那只紫色的蝴蝶。舅舅喊："巴甘！巴甘！"

喊声越来越远，蝴蝶在沙丘上飞，然后穿过一片蓬蓬柳。它好像在远方，一会儿又出现在眼前。巴甘跑不动了，看着它往远处飞。一闪一闪，像树叶子。

## 2

后来,他们把家搬到奈蔓塔拉,舅舅给一个朝鲜族人种水稻,巴甘读小学三年级。

这里的学校有一位青年志愿者,女的,金发黄皮肤,叫文小山,香港人。文老师领他们班的孩子到野外唱歌,夜晚点着篝火讲故事。大家都喜欢她和她包里无穷无尽的好东西:塑料的扛枪小人、指甲油、米老鼠形状的圆珠笔、口香糖、闪光眼影、藏羚羊画片。每样东西文老师都有很多个,放在一个牛仔包里。她时刻背着这个包,遇到谁表现好——比如敢大声念英语单词,她就拉开包,拿一样东西奖励他。

有一天下午,文老师拿来一卷挂图,用图钉钉在黑板上。

"同学们,"文老师指着图,"这是什么?"

"蝴蝶。"大家说。

图上的蝴蝶张开翅膀,黄翅带黑边儿,两个触须也是黑的。

"这是什么?"

"蛆虫。"

"对。这个呢?"她指着一个像栗子带尖的东西,"这是蛹。同学们,我们看到美丽的蝴蝶其实就是蛹变的,你别看蛆虫和蛹都很丑,但变了蝴蝶之后……"

"你胡说!"巴甘站起来,愤怒地指着老师。

文老师一愣,说:"巴甘,发言请举手。"

巴甘坐下,咬了一下嘴唇。

"蛹在什么时候会变成蝴蝶呢？春天，大地复苏……"

巴甘冲上讲台，一口咬住文老师的胳膊。

"哎呦！"文老师大叫，教室里乱了。巴甘在区嘉布的耳光下松开嘴，文老师捧着胳膊看带血的牙痕，哭了。巴甘把挂图扯下，撕烂，在脚下踩。区嘉布的衣裳扣子被扯掉，几个女生惊恐地抱在一起。

"你疯了吗？"校长来了。用手戳巴甘的额头，巴甘后仰坐地。他把巴甘拎起来，再戳，"疯了！"巴甘再次坐地。

校长向文老师赔笑。向文老师赔笑的还有江其布舅舅，他把一只羊牵来了送给文老师。然而，巴甘被开除了。

一天晚上，文老师来到巴甘家，背着那个包。她让江其布舅舅和黄狗儿出去呆一会儿，她想和巴甘单独谈一谈。

文老师蹲下，伸出打着绷带的手摸巴甘的脸，"告诉老师怎么了？"

"蝴蝶，蝴蝶从很远的地方飞过来，也许是锡林郭勒草原，姥姥家就在那里。"

"蝴蝶让你想起了什么？孩子。"

巴甘摇头。

文老师叹口气，她从包里拿出一双白球鞋——皮的，蓝鞋带儿——给巴甘。

巴甘摇头。他的黄胶鞋已经破了。他没鞋带儿，就用麻绳从脚底系到脚背。文老师把新鞋放在炕上，巴甘抓起来塞进她包里。

文老师走出门，看见江其布淳朴可怜的笑脸，再看巴甘。她说："蝴蝶是美丽的。巴甘，但愿我没有伤害到你，上学去吧。"

巴甘回到了学校。

## 3

巴甘到了初中一年级的时候，成了旗一中的名人。在自治区中学生数学竞赛中，他获得了第三名，成为邵逸夫奖学金获得者。

暑假时，盟里组织了一个优秀学生夏令营活动，去青岛，包括巴甘。

夏令营最后一天的活动是参观生物馆。像一艘船似的鲸鱼骨架、猫头鹰和狐狸的标本，巴甘觉得这里其实是一个动物园，但动物不动。最后，他们来到昆虫标本室。

蝴蝶！大玻璃柜子里粘满了蝴蝶，大的像豆角叶子那样，小的像纽带扣，有的蝴蝶翅膀上长着一对圆溜溜的眼睛。巴甘心里咚咚跳。讲解的女老师拿一根木棍，讲西双版纳的小灰蝶，墨西哥的君主斑蝶，凤眼峡蝶……巴甘走出屋，靠在墙上。

蝴蝶怎么到了这里？是因为青岛有海吗？赫热塔拉和奈曼塔拉已经好多年没有蝴蝶了。蝴蝶迷路了，它们飞到海边，往前飞不过去了，落在礁石上，像海礁开的花。

夏令营的人走出来，没有人发现他。巴甘看见了拿木棍的女老师，他走过去，鞠躬。老师点点头，看着这个戴着"哲里木盟"字样红帽子的孩子。

巴甘把钱掏出来,有纸币和手绢包的硬币,捧给她:"老师,求您一件事,请把它们放了吧!"

"放了吧,放它们飞回草原去。"

"放什么?"

"蝴蝶。"

女老师很意外,笑了,看巴甘脸涨得通红并有泪水,又止住笑,拉住他的手进屋,一言不发地看着他。

巴甘沉默了一阵儿,一股脑儿把话说了出来。妈妈被抬出去,外面下着雨,桑杰的奶奶用手捂着他的眼睛。每个人最终都要去一个地方吗?要变成一样东西吗?

女老师用手绢揩拭泪水。等巴甘说完,她从柜子里拿出一个木盒:"你叫什么名字?"

"巴甘。"

"这个送你。"女老师手里的水晶中有一只美丽的蝴蝶,紫色镶金纹,"是昆山紫凤蝶。"她把水晶放进木盒给巴甘,眼睛红着,鼻尖也有点红。她说:"美好的事物永远不会消失,今生是一样,来生还是一样。我们相信它,还要接受它。这是一只巴甘的蝴蝶。"

窗外有人喊:"巴甘,你在哪儿?车要开了……"

# 花玉

男人经过花鸟市场，被一位年轻人喊住。年轻人友好地看着他，冲他招手，嗨，过来！

男人一怔，喊我？

年轻人咧开嘴，露出两颗调皮的虎牙，过来！

年轻人的面前，摆着几颗石头。大的拇指般大，小的小指般大。买两颗吧！年轻人指着他的石头，说，放在鱼缸里，很漂亮呢。

买两颗？男人愣怔，这是普通的石头啊！

早晨的时候，它们当然还是普通的石头。年轻人的嘴巴咧得更大，眼睛像弯月。可是现在，它们就不再普通了。

为什么呢？男人弯下了腰。

因为是我把它们从几百颗石头里面挑选出来的啊！年轻人说，就是说，这几颗石头，是那几百颗石头里面最漂亮的……你看看，是不是很漂亮？我为这些漂亮的石头付出了劳动，我是要得到报酬的。

可是即便你把它们从一万颗石头里面挑选出来，它们也不过是普通的石头。

不，它们是花玉。

花玉？

或者叫不含玉的石头，花玉是我起的名字……这样的玉，雕不成手镯和坠子，可是可以放在鱼缸里观赏啊。鱼缸里一定得有石头和水草，有石头和水草，才有河的样子……当然你可以自己去河边捡石头，但是买了我的石头，你就不用再去捡了啊！金鱼们围着这些石头做游戏，吐泡泡……多漂亮的花玉啊！

男人笑了，笑年轻人的表情。年轻人的表情认真并且郑重，充满自豪感，似乎他真的守着一堆价值连城的宝石，似乎面前的男人是他最重要的客户。

这么贵重的花玉，我可买不起呀。男人跟年轻人开起了玩笑。

怎么会买不起？年轻人看到将石头卖出去的希望，每颗只卖3块钱。

3块钱？

我当然想卖到5块钱。年轻人摊开手，再一次露出嘴里调皮的虎牙，可是我妈只让我卖3块钱。

男人直起腰，好像明白一些什么了。似乎，面前的年轻人，是一位傻子。他从河边捡来几块石头，然后拿到花鸟市场卖钱。男人数了数，年轻人面前的石头共有5颗。一共15块钱？男人问。

全要的话，12块钱就够了。年轻人说，给你按批发价。

男人再一次笑了——他的客厅里，真的有一个鱼缸。他的

鱼缸里，真的缺几块石头。当然这些只是普通的石头，不值钱的普通石头，可是这些石头给了这个傻子最美好最纯粹的期待。现在，男人想，只需花掉 12 块钱，就可以为傻子送去一份最美好最纯粹的快乐。

难道不划算吗？

男人真的买下了年轻人的 5 颗小石头，在手心里握着，站到马路边等公共汽车。是时，黄昏，太阳挂上远方的树梢，将城市镀上金黄色的迷人轮廓。一位中年妇女快步走到他面前，跟他说了一声谢谢，手里，捧着他的 12 块钱。

我儿子刚才卖给你石头，希望您不要介意。女人说，他的智力有些问题。

女人似乎在努力回避着"傻子"这个词。

男人说，没关系的，我喜欢这些石头。

女人再说一声谢谢。可是这些钱，必须退还给您……否则的话，我们岂不成了骗子？

我不是这个意思……

知道您是个好心人。女人说，我一直看着——我就在不远处卖花盆……不过每一次，当他成功地卖出几颗石头，我都会再把钱退还给买石头的人……我必须这么做……

这些石头难道不是他从河边辛辛苦苦捡来的吗？

当然是。女人说，每天早晨他都会去河边捡几颗石头，然后一整天都守在这里卖他的石头，有时也会给我搭一把手……其实一开始是我要他这么做的。我想，总得让他拥有一份自己的快乐……

他快乐吗？

当然。女人说，他认为自己也能赚钱，也能养活自己……他其实很懂事的，他总是把卖到的钱交给我……

女人红了眼圈，仍然捧着那 12 块钱。

男人只好将钱收下。买石头的人很多吗？他问。

不是太多，但每天都有。女人说，每一次见到有人买他的石头，我都会从心底感激他们。他们虽然算不上真正的顾客，然而对我们来说，却是真正的上帝。他们善良，大度，充满悲悯之心；他们仁慈，博爱，让我和儿子的世界不再寒冷。他们——还有您，难道不正是我们母子俩最尊贵的上帝吗？

男人握着 5 颗小小的石头，与女人告别。公共汽车上，他突然想，或许真有那么一天，这城市的所有鱼缸里，都会摆着几颗这样的小石头吧？

# 我在教丁香树开花

刘继荣

一

第一次遇见那少年，是初冬。午后的阳光暖得像春天，小小的蛋糕店里，溢满糕点刚出炉的香，仿佛每个人都幸福。

店旁有所小学，放学后会挤满鸟儿一样叽叽喳喳的小朋友，煞是热闹。此时，顾客不多，店主夫妇悠闲地聊着天。谈到门前那棵不开花的丁香树，一个打算挖掉重栽，一个说再等等看。老奶奶的语气里带了气恼："我60岁了，又不是6岁，等不了那么久！"老爷爷笑："明天起我就教它开花，保证到春天就学会了。"

我不禁莞尔，拎着盛糕点的纸袋，准备离开。身后忽然有人叫道："阿姨偷走我们的点心啦！"我大惊，转头，一个个子高高、面庞稚气的男孩，正冲我喊叫。这时，有位中年人边向我点头致歉，边揽住男孩的肩，安抚道："你看，我们的点心在这里呀！"他打开手中纸袋，里面的点心与我的一模一样。

少年像是恍然大悟："原来，是我们偷了阿姨的呀！"大家都笑了，连正在生气的老奶奶也笑得眼睛弯弯。

那位父亲温和地继续解释，再加上我的说明，男孩才弄明白大家谁都不是小偷。他用双手蒙住脸，向我道歉，那模样似乎只有 3 岁。

父亲平静地告诉我，儿子 19 岁了。他一直都在努力学习说话、购物、坐公交车等基本技能，希望再过 19 年，他能变成一个像大家一样的普通人：工作或失业，结婚或独身。

父亲头发斑白，语气平和。这 19 年来，他们一定有一段漫长的故事，还有他们共同积攒起来的点点滴滴的勇气与人生。可我什么也没问，只是目送这对父子远去，那棵丁香树，默默与我站在一起。我想：老爷爷将会怎样教它开花呢？

二

天越来越冷，丁香树只余纤纤弱枝。我后来常常在蛋糕店遇见这对父子，我发现，儿子没有安全感，只要离开父亲几步，就会惊慌失措，语无伦次。每次，爸爸都鼓励儿子自己去排队，那么高的一个男子汉，扭来扭去，千劝万劝才肯挪步。轮到他买东西时，又期期艾艾，半天讲不清要什么。这时候，店主老爷爷笑眯眯的，举起两手摇着，像足了他身后的招财猫："慢慢想哦，慢慢说哦！"老奶奶又在絮絮地说着她梦想的丁香花的颜色，光阴似乎停住，盘子里的蛋糕和面包，静静地香。

儿子成功买到面包后，父亲会向店主夫妇以及后面耐心等待的客人再三道谢。他说，儿子特别喜欢这间店，这是他能记得的最远的地方。出来的时候，男孩喜欢站在丁香树下，与树比一比身高，老奶奶逗他："谁高呀？"男孩大声回答："我高！"这时候，他很像一个普通人。

爸爸渐渐拉开与儿子的距离，每次似乎只有一步，后来，他退到店外。儿子时不时扭过身子，见父亲就在丁香树下，便长吁一口气，抹抹鼻尖上的汗。

三

一个春天的周末，男孩居然独自来到蛋糕店，我不禁为他高兴，见他忐忑，又隐隐担忧。今天顾客特别多，有个小女生过生日，丁香树下的两张桌子被拼到一起，坐满了笑语盈盈的小伙伴。店主一个人忙，他说老妻在楼上，怎么叫都不肯下来，又在为丁香树不开花的事不高兴了，为了给她个惊喜，他已经找人来挖树，准备换一棵能够开花的。男孩听着我们的谈话神色愈发紧张，嘴唇哆嗦着，欲言又止。

老爷爷轻声问他要什么，男孩汗珠迸出，语不成句，一转身就跑出了门。老爷爷大惊，急急向店内其他顾客抱拳致歉，跟了出来。老爷爷指着橱窗，一样样问他：蛋挞、面包……想要哪样……站在丁香树下的男孩，只是摇头。最后，男孩缓缓张开双臂，蹲下去，再站起来。一句话似乎哽在胸口，他只会以这样的方式表达。

他们的举动吸引了旁边过生日的孩子们。

头上戴着老鼠头饰的女生恍然大悟："我猜，哥哥想要个生日蛋糕！"

另一个女孩附和道："对！对！他说，蛋糕上要开满玫瑰花！"

……

忽然，男孩的目光充满惊喜，他的父亲出现了，也许，他一直都在附近。就像魔咒被解除，男孩突然开口，一个字一个字地说："我在教丁香树开花，不要挖掉丁香树。"旁边的寿星女怔住，随即调皮地张开手臂："我是丁香树，我学会开花啦！"孩子们笑着，嚷着，纷纷张开手臂，开成一大朵一大朵的丁香花。

老奶奶步履蹒跚地赶过来，气喘吁吁地向男孩保证，永远不会挖掉这棵丁香树，会一直等着它开花，如果不开，也没有关系。我的鼻子隐隐发酸。在这座小城里，我们陌生又熟悉，有时相遇，有时忘记，有时却彼此守护。

所以，寒冰会学着开出甜花，成为冰淇淋；黑夜会学着融化，凝成巧克力；而我们，学着在经历过恐惧、绝望以及厌倦之后，仍会或羞怯，或放肆地释放出心里最明净的温柔。

# 致上帝先生

[印度] 雷蒙德拉·库马

安德鲁正从车库倒车出来，忽然看见女儿阿万蒂沿着通往大门的路走着。只见她穿戴整齐，手上拿着一封信。

"去哪儿？"

"我……我是去……"阿万蒂迟疑了一下，说，"爸爸，我去邮局。"

"去干嘛呢？"

"我得寄信。"

"给我吧。我顺路帮你寄好啦。"

阿万蒂犹豫了一下，把信递了过去。安德鲁将它放在身旁的座位上，倒车出大门。向阿万蒂摆摆手，便开走了。

由于上班快迟到了，所以他决定路上不停留，到办公室后再派他的信差奇特拉姆去寄信。

到办公室后，他就按了铃。在等奇特拉姆的时候，他无意间瞥见了那个信封。信封上面的地址写的是"天堂"，收信人是"上帝先生"。字写得歪歪扭扭，显然是孩子的笔迹。安德鲁撕开信封读起信来：

亲爱的上帝先生：

这是我第一次写信给您。我妈妈生前常说您很爱小孩儿，说您对小孩儿的祈祷总是有求必应。

在我 7 岁生日后的第三天我妈妈就去世了。在那以前我一直是很幸福的。

但是现在我非常非常伤心。妈妈在的时候，爸爸总是笑，总是和我玩儿。可现在他几乎不和我说话了，总是非常伤心难过。他每天早早就离开家，晚上我睡了才回来。戴西阿姨说他开始喝酒了。

求求您，上帝先生，我不想待在这间没有妈妈的房子里。求求您，把她送回来还给我好吗？如果您不能送她回来是因为妈妈已经变成了天使，那么就求您像把妈妈带走那样，把我也带走吧。

我很乖，自己做作业、铺床，自己照顾自己，不信您问我妈妈。不打搅您啦，上帝先生，我等您的回答。

爱您的阿万蒂

安德鲁将信读了好几遍，然后走进老板的办公室，向他请了一天假。几分钟后，他驱车来到市郊那个他特别钟情的地方，在那里俯首就能鸟瞰一望无际的湖水。此刻，那地方显得分外孤寂。就在那棵巨大的菩提树的树荫下，他和妻子苏珊曾给爷爷起了个绰号叫"摩西"。此时他却在树下一遍遍读着女儿的信。

他闭上眼睛，回忆起这 9 个月来所发生的一切。

9 个月前，苏珊丧生于一次火车事故。她的去世，使他的

生活完全变得支离破碎。幸好有保育员戴西夫人在家照顾女儿，不然情况会更糟。苏珊死后，安德鲁极不愿意回家，因为家里任何一件细小的东西都会勾起他对苏珊的思念。于是他开始一大早就离开家，天天在办公室工作到很晚，即使下了班他也不直接回家，而是到附近的酒吧喝酒，阿万蒂入睡好久之后他才回家。他从未考虑过阿万蒂，以为有戴西夫人的照料就万事大吉了。

安德鲁沉溺于自己的悲痛，而忽略了女儿的孤独。他没有意识到女儿也在苦苦思念着她的妈妈，以为女儿不会像他那样悲伤，更没有想到女儿是那么渴望得到父亲的慈爱与抚慰……

6个月过去了，这6个月里，安德鲁努力做好自己应该做的事。一个星期天的早晨，安德鲁醒来，看着对面墙上祖父留下的时钟，时间是8点半。阿万蒂还在睡觉，他正要叫醒她，忽然发现床头柜上摆着一个熟悉的褐色信封，那是女儿写给上帝先生的又一封信。他拿起来，走进客厅，坐在椅子上读起来：

亲爱的上帝先生：

这是我第二次写信给您。我知道您收到了第一封信。我要谢谢您。虽然您没有把妈妈送回来，也没有把我带给妈妈，但是您将我的爸爸完全改变过来了。

您可知道，上帝先生，现在爸爸让我在他的房间睡觉了。睡觉时他总会用他强壮的手臂接着我，令我感到好安宁。还有，他现在常给我讲故事——有滑稽的、吓人的，有时还有很动人的故事,让我听得有点儿伤感。

上午他常带我去游泳,他已经教会我了。傍晚我们去练瑜伽。晚上吃了晚餐,他会驾车带我外出兜风。他甚至连酒也戒掉啦。真的,戴西阿姨可以作证。

亲爱的上帝先生,虽然您不能还我妈妈,但是您却赐予了我一个面貌全新的爸爸。因此我非常非常地感谢您。

向您献上我全部的爱!

阿万蒂

安德鲁读完了信。过了几分钟,戴西夫人端着早餐走进客厅,发现安德鲁坐在扶手椅里,闭着眼睛,手里拿着皱巴巴的信,泪流满面……

# 谢谢你允我回报

海宁

## 【一】

探视之后,离开重症监护室,走出医院,我去到附近的商厦。我想给他买块表。

在国产品牌的一家专柜选中一款:机械表,表盘略厚重,银色,圆形表盘,罗马数字显,金属表链——我确定是他喜欢,别问为什么,他没说过,但我就是知道。

价位适中,算不上昂贵,否则他会心疼钱;也不算便宜,否则我会心疼给他的不够好。这样的选择,可以让我和他都心安。

付款后,让营业员将表链拆掉两个扣,我知道他手腕的尺寸,也知道他的习惯,喜欢手表略宽松地环在腕上。

包装盒精美宽大,我将它抱在胸前,走回医院。

这是他手术后因肺部感染被送入重症监护室的第三天,状况并未有明显好转,昏迷,生命体征不稳,氧饱和度偏低,身上插满管子，仅是颈部的输液管便有三个接口，三瓶药液需同时输入，每天上万元的花费，病危通知下了两次……

家人都在做最坏的打算。

但是，我却坚信他会醒过来，那天下午探视时，贴近他的耳际，我轻轻唤他："爸。"清晰看到仪器屏上，他的心跳次数突然加快。我甚至感觉，握在掌心里的他的手，轻轻动了动。

他听到了，毫无疑问。尽管医生说，是我的错觉，但我依旧确定，他会在哪一天的哪一刻醒过来，他还有心愿未了，比如，一块新腕表。

而我，只想他醒来时对他说："爸，给，你要的手表。"

没错，这块腕表，是他入院之前要过的，半开玩笑地，在一次吃晚饭时他说："闺女，看我这表该换换了，年头太长，越来越不准了，每天不是快就慢个两分钟。"

我不假思索，当即应允："买。"过了两分钟才反问，"干吗又是我？怎么不让你儿子买？"

他呵呵地笑："你有稿费赚，比他有钱，舍得买好的。"

入口的米饭喷了一桌子，我哈哈大笑："你也太偏心了。"

是啊，他偏心，明显的。不只偏心，还贪心，想要换手表，并且要好的。而最重要的，他有心计，知道我的软肋在哪儿，一戳就中。

我的软肋，当然是……连我妈都会说："就知道，出来混迟早是要还的。"

# 【二】

没错，我欠他的，在我成长的那么多年，仅是物质的亏欠便不计其数。

举个简单的例子，我读初二时，小城里有钱人家的姑娘流行骑那种彩色的酷酷的变速车，班里有了第一辆，我眼热不已。回来一说，我妈眼睛瞪得老大，"那么贵，咱可买不起。"

他则半天不语，然后静静看向我又失落又不甘的眼神，只说了一个字："买。"

真就买了，为此，在长达两个月的时间，全家人集体节衣缩食……后来为了早点还上饥荒，工作之余一向喜欢种花养草的他，去一家修理厂打了两个月短工。

这并不是特殊事例，而是常态，为此，他不得不常常去打点短工——在我成长的物质并不丰盛的年代，他倾其所有，纵我为所欲为。他那种毫无原则性地纵容，使得我在整个中学时代，数次被划入了早期的"富二代"行列……那些年，说出来我家亲戚都不相信，作为城里人有稳定工作的我爸我妈，却没有存款，属于早期"月光族"，尤其后来我读大学，更是"月光"得厉害，我妈说，工资卡余额从来没超过四位数……

那时候，他其实并不知道"女儿富养"这句话，用我妈的话说，他就是惯着我，没原则。

所以，早到了该还的时候了。

他也拿捏住了这一点，于是这些年，我和他常常会有这样的对话：

"闺女，这手机按键不大好用了。"

"换。"

"不要太大的，装兜里不方便。还有，不要翻盖的。"

"好。"

"闺女，今天上街看到一种电动车又轻便又好看。"

"买。"

"闺女，对门你李伯伯的儿子给他买了个按摩椅，看着挺好的。"

"买。"

他还爱美，年纪越大越讲究穿，早已不屑我妈挑衣服的眼光，确切说，是不满意我妈挑衣服的价位，她心疼钱，不舍得买好的，所以，一年四季的服装，包括袜子拖鞋，他都要"等闺女回来再买，她买得好"。

我妈坚定认为他偏心，将他这种行为解释为"以前偏心闺女，现在想过来了，偏心儿子"。

他从来不辩解，只是呵呵笑。我亦从来不在乎，跟着他呵呵笑。或者我妈是开玩笑，也或者她真的并不明白，从前他的给，现在他的要，其实都是对我的偏心——他知道我，如果不给我宠爱他的机会，我此生，怎会安心？

这才是关键。

这是我和他的秘密，我们心照不宣，他只管笑呵呵地要，我只管翻着白眼给，从来没有多余环节。我没有告诉任何人，

他开口索要的时候，我豪气应允的时候，然后我满大街地给他买衣服、买手机、买电动车……的时候，那种满足感，是任何一种快乐都不能代替的。

# 【三】

还记得他第一次跟我要的，是一顶"只有在大城市才能买到的毛呢礼帽"。当时，我几乎跑遍了郑州大大小小的商场，后来才在平日里从不光顾的"百货大楼"一家柜台寻到他跟我描述的那一款。付账，将礼帽小心装好，我松下一口气，然后想象他戴上这顶有旧年代痕迹的礼帽的模样，想像他欣喜的犹如一个孩子得到心爱玩具的眼神，我突然被一种庞大的幸福感袭击了。那种幸福感，从不曾有，又无法言喻，远远胜过升职、加薪、去心仪之地旅游，胜过和恋人花前月下，胜过收到玫瑰、钻戒和誓言。

胜过得到一切。

而这种幸福感，他早早就知道了吧？深谙此中秘笈，在那些年，他绞尽脑汁又倾尽一切宠爱我的时候，曾经一一享受过吧？所以，他要把这种幸福传递到我手中，让我一遍遍感受和重温。我只想说，他做父亲的智慧超过很多人——我见过、听过太多为子女含辛茹苦倾尽一切却舍不得让孩子分担毫分的父母，我见过、听过太多父母把一生的苦难尝尽，不舍分享子女人生的甘甜，他们拒绝子女的付出，将此当做亲情的天性。

可是我，从来都不认可这一点，我几乎不能想象如果他也那样做，那么作为女儿，我的人生该如何圆满？

在适当的时候索取回报，才是他对我最大的偏心，是他给与我的额外的恩赐。

# 【四】

只是这一次，手表还没有来得及买，他被查出食管癌早期，很快入院手术。因年事已高，心肺功能较弱，虽然采取了最安全的手术方案，但术后还是发生了肺部感染，术后当晚，他被送入重症监护室。

那晚，我在监护室外空寂的走廊坐了好久，深夜12点，换班的护士一脸疲态走出来，看我一眼，默默不语。我朝她笑笑——我感谢但不想接受她的同情，我知道，他会醒。

在她离开后，我拿起那块新腕表放到耳边，听指针踏踏的声音，像心跳。

他是在进入重症监护室的第六天醒过来的，医生都说，奇迹。

我并不这样想。

回到普通病房后，我拿出腕表递到他眼前："爸，给，你要的手表。"

他抬起左手手臂，示意我帮他戴上——他采用的手术方式避开开胸，在颈部和腹部各留了刀口，伤到了声线，暂时说不

出话来。

　　我帮他戴好，他轻轻晃晃，咧开嘴笑了。

　　我看着他，76 岁的勇敢的他，勇敢地醒过来，让我还可以继续偿还我的所欠，回报他的付出。

　　压制了许久的眼泪突然而至。

# 让她，以花的姿势凋零

美丫

## 【1】

在自助取票机输入身份证号码打印机票的时候，她一直站在旁边好奇地看着。

我理解她的好奇，这是 55 年来第一次坐飞机。所以从到机场，她就一直紧紧跟着我，我办什么事情放开她手的时候，她就拉住我的衣角——机场太大了，又有繁多出入口和脚步匆忙的旅客，她有些慌张了。

登上飞机，她左顾右盼，小声嘀咕："不大嘛，电视上看着好大……"安置她坐下，她说跟汽车差不多。

飞机在跑道加速的时候，她还好，起飞的刹那，她一下抓住我的手背。我抽出手来用力拥着她的肩膀，对她说别怕。

她抿着嘴唇眼睛盯着前方，不敢再说话，直到飞机开始平稳飞行，我轻轻松开她，然后握住她的手，示意她看窗外的天空和大朵的云絮。

是好天气，10月，阳光灿烂，天空湛蓝，云卷云舒。她看了半天，然后像个小孩子一样高兴起来："真好看啊，云彩都在半腰上。麦冬，你看云彩下面有房子，都像小火柴盒……"

旁边的乘客看过来，善意地笑，她意识到失态，不好意思地看着我，脸红了。我给她要了一杯果汁，她爱喝果汁，说颜色好看。

# 【2】

我们的目的地是西宁，近两个小时的航程。她年轻时曾在青海待过3年，在一个县城的回民中学教书。那时候，她二十岁出头，是个年轻的姑娘。离开后，就再没回去过，已经二十几年，她说，那时候去青海要坐两天的火车呢……现在，两天变成两个小时，她也从年轻姑娘变成了中年妇人。

我带她入住青海饭店。

她从来没有住过酒店，喜欢白床单和洁净的地毯。我要了双人床的那种房间，我要和她睡一张床，从那一天起，我就决定了要一直和她睡一张床。

简单洗了澡换了我们出发前我新给她买的大红色毛衣，我带她出去转转。

她对西宁最深的印象是东西大街和路口的民族商店，说那时候她去西宁，一定要去民族商店看看。

可是带她出来，她还是犹如到了一个完全陌生的地方——

这些年城市变化太大，她想不到曾经落后简朴的西宁，现在也已经是繁华的旅游城市了，鳞次栉比的高楼大厦，灯红酒绿的夜晚，在10月已经寒冷的晚风中穿着短裙招摇过市的姑娘……

好在民族商店还在，依旧在出售她曾经喜欢的一些商品，我给她挑了一顶帽子和藏银的手链。帮她戴上，她的脸上又露出羞涩的红润，但是没有拒绝，她只问我："好看吗？"

我说好看。她年轻时候是个漂亮姑娘，现在有点老了，眉目还是清秀的。穿了红毛衣，头发刚刚烫过，看上去年轻好些岁。

带她吃了手抓羊肉。也许是一直在兴奋中，她的精神看上去好许多，胃口也不错。反倒是我没有胃口，一直看着她吃。记忆中这么多年，她一直喜欢看着我吃东西，好像我多吃一些，她也会长高，会健康。

现在，我想看着她吃。一直可以这样看着，很多年。

## 【3】

看她精神好，我决定和她到饭店附近的夜市转转，那是挂满红灯笼的烧烤街，很长，很繁华。

她喜欢那些红灯笼，那么多，一排排亮着。

在最多的一片红灯笼前，我给她拍了几张照片，她的红毛衣和红灯笼相互映衬，非常好看，甚至有喝到微醺的大眼睛高鼻梁的回族小伙子偷偷在她背后抢镜头，她察觉到，回过头跟他们搭讪，一个小伙子叫她美女，她说："我是美女她妈。"

我们都大笑，她也笑，以前她不太爱开玩笑，生活太狭促，那么多年，她只顾得一门心思埋头带我朝前赶，没有时间和心情来闲散。而现在，她好像一下释放出来，什么都可以放慢，什么都可以不管，只去享受这些平凡的快乐。

那天晚上，直到听到她睡去，很久，我一直醒着。窗帘没有完全拉合，透过一丝城市的灯光，浅浅光线下，依稀看到她沉沉睡去的面容，在这个夜晚仿佛退去陈年和生活抗争的疲惫，反倒透出几分让我陌生的安详。

我知道这些年，她真的很累。

在被子底下，我轻轻伸过手环住她的身体，把脸靠在她温暖的背上，没有哭，心一下一下跳跃地疼痛着。

她好像在睡梦中感觉到，握住了我环着她身体的手。

# 【4】

在西宁市待了两天后，我租了车带她去了青海湖。在路上，我跟她讲现在青海湖的旅游，环青海湖自行车赛，而她，却给我讲许多年前青海湖边搭起的那些美丽的帐篷，在每一年的7月，那些情窦初开的藏族女孩，那些偷偷在夜晚潜入帐篷的年轻男子。然后，在那个季节过后，很多藏族女子就做了母亲，来年，青海湖边就有了许多可爱的小孩子。

"其中也包括我？"我放慢车速，转头看了她一眼。

她摇头，"不，你不是，你是青海湖里的小鱼仙。"

　　我笑起来，在她眼里，也许我一直都是一个小仙女，所以从小到大，她再节俭，也要我穿彩衣、弹钢琴、跳舞蹈……而她自己，却为了小仙女从一个年轻姑娘孤单地慢慢变老……

　　6年前，我大学毕业找了工作，她告诉我，一定要给自己攒一份丰厚嫁妆，我知道，她也在给我攒。她说，女人有经济才更有底气。我听了她的，工作6年竟然快攒到了6位数，她也是——我工作后，她负担轻了，开始攒钱——我们像一对财迷的女人喜欢在一起晒存款，直到，她因身体不适做常规检查，被查出肺癌。

　　我没有瞒住她，或者她一直有所防备——我不曾谋面的外公死于肺癌。她知道有些东西会藏在血液里。"但是，"她说，"麦冬你别怕，我不会把这些不好的遗传给你。"

　　由此我才知道我的身世。

## 【5】

　　我是她在青海湖边拣到的一个不知为何被遗弃的藏族小孩，那年，她25岁，正要离开青海回中原的家乡，那是她在离开前最后一次去青海湖，和她喜欢的湖水和飞翔于湖面的飞鸟告别。

　　那个年代，一个未婚姑娘带回了一小孩，就像电视剧《渴望》中的刘惠芳，命运从此被改变。不同的是她既没有遇见《渴望》中的宋大成也没有遇见王沪生。她没有结婚，甚至在我的

记忆里，我们的生活中只有我和她以及走动不多的亲戚。到后来，只剩了我和她。

——我一下就崩溃了，不是因为知道身世，而是因为心疼她。医生说，不要做手术了，否则结果可能会更糟。

她理智地认同了这样的结果。

可是，许久不联系的亲戚们却蜂拥而至，他们坚持让我带她住院，做手术，他们都在告诉我她曾经为我付出了什么，现在，是该我报恩的时候了。

连邻居都频繁上门。

但是我，定下心来，我相信医生的，我知道我该做什么才是对她最好的爱。

那天，我对她说："妈，咱们不在医院里，我带你出去走走。"

她想了想说："好。"又说，"我想先回青海看看。"

# 【6】

我辞了职，把银行卡里所有定期转成活期……医生说，她还有半年的时间，我需要做的事情很多。

她没有拒绝我的安排，忽然对我顺从起来。然后在我和她离开之前，她的弟弟、我的舅舅给了我两巴掌，说她养了一只白眼狼。

白眼狼红肿着半边脸，义无返顾带着她去了机场。

这是她人生最后的时光，我每天晚上睡在她身边，和她一起吃饭，一起走路，一起洗澡……每一分钟都守在一起。我们去了许多地方，青海，大理，海南，杭州，每天拍许多照片，发到微信里。我就是要晒！

她穿着彩衣在所有的镜头前对着我微笑，像一朵花最后的盛开。

她说："麦冬，我热热闹闹地花了你的钱，热热闹闹地跟你过了这段日子，该享受的都享受了，以后我走了，你不用太悲伤，好不好？"

我紧紧抱住她，我说好。这是她给我最后的爱——不拒绝我对她最后的付出，也不在医院里徒劳地和死亡艰苦抗争，承受疼痛磨折。而是微笑着在美丽的景色中以花的姿势凋零。

# 有一天，你会爱上曾经所有的不以为然

宁子

不知道从哪一天开始，喜欢自己做手擀面了。

适量面粉，加入一个鸡蛋的蛋白，盐少许，适量水，将面粉调和到略硬的程度，简单压揉后，放入盆中饧半个小时。之后再次压揉面粉，直至润滑，便可以将润滑的面团放在宽大的木头案板上，用略长略粗的擀面杖制作手擀面了。

面条擀好，切成粗细条均可。然后，下锅煮熟。夏季时，煮熟的面条捞起后过一遍凉白开，就是味道最好的手擀面了。

当然，要有卤。

打卤中的肉馅要甜面酱炒制，黄瓜丝现切。

就是这样一碗自制的再普通不过的手擀面，这些年，逐渐成为我无可取代的心头好，几乎每个周末，都可以不厌其烦地做上一次。

擀面的时候，我会开着电视，调到戏曲频道，此时最好是京剧时段，唱段什么都好，《锁麟囊》的"春秋亭外风雨暴"、《坐宫》的"听他言吓得我浑身是汗，十五载到今日他才吐真言"、《春闺怨》的"毕竟男儿多薄幸，误人二字是功名"……

程派唱腔最好，张火丁的程派青衣，温软缠绵，幽幽怨怨，当真百听不厌。

如果碰巧是李胜素的《穆桂英挂帅》，那就更好了，耳畔是亮堂堂的"想当年桃花马上威风凛凛，敌血飞溅石榴裙。有生之日则当尽，寸土怎能够属于他人。番邦小丑何足论，我一剑能挡百万的兵"……何等酣畅淋漓、荡气回肠！面条都擀得神采飞扬起来。

可是……曾几何时，京剧和手擀面，都是我最不以为然的事了吧？

很小的时候，家里没有电视，也还没有录音机，母亲偶尔在收音机听到京戏，简直如获至宝，会放下手中所有活络，一口气听完。那时我还看不懂母亲的眼神里，有一种近乎幸福的痴迷。只是不能理解，那种咿咿呀呀的声音有什么好？快的倒也罢了，有时候慢起来，一个字好半天都唱不完，女孩子唱倒也罢了，还有那么苍老的腔调……好像有很长一段时间，母亲一开录音机，我就捂着耳朵朝外跑，生怕被那种咿咿呀呀的声音追上一般，跑得飞快！

母亲到底迷它什么呢？

后来，家里有了一台很小的单卡录音机，母亲在县城唯一一家音像店，买来所有京剧唱段，反复听反复听，一边听一边跟着唱。那时候，家里好像从早到晚是母亲合着京戏的腔调——录音机很好地纵容了母亲对京剧的迷恋，她终于不用再那么迫切和忘我，可以一边做着饭一边听，一边织着毛衣、缝

着被子一边听……一边擀着面，一边听！

母亲最喜欢做也最拿手的，便是手擀面了。直到现在，在母亲年过七旬之后，我做的手擀面和她的比起来，依旧不在一个水平上，无论软硬度还是薄厚宽窄，包括口感，都差好多。母亲那手手艺，我大抵是怎么都学不来了。如今想吃母亲做的手擀面，要坐上几个小时的火车才能实现。

但是那时候，同样不以为然啊。每次看着母亲调面粉，那么小心地把鸡蛋黄从蛋白中取出来，那么费力地揉上好半天，面且要饧，夏天半小时够了，冬天饧面的时间则要长很多，然后再揉再擀，最后，也不过是一碗面。

虽然喜欢吃，可是每一次都会忍不住想，挂面也很好啊，还不是一样？哪需这般烦琐，费上这许多时间？

年少总是急切吧？要迫不及待地长大、长高，可以穿裙子、高跟鞋，涂口红，和喜欢的男孩子谈恋爱……一点点都慢不下来。

再后来，有了黑白电视、彩电、平板电视……慢慢老去的母亲，终于可以尽情地和发出那些声音的男男女女面对面了。她看他们的身段，看他们的手势、表情、眼神和走姿，看着看着，便入了戏。

就像现在的我，常常会在擀面的时候，听着听着停下来，不由自由地跟着唱上一段。

只是我真的不知道，是从什么时候，我喜欢上了这些，京戏，还有手擀面。

什么时候呢？

还有那一阳台的花草。绿萝、芦荟、吊篮……曾经，每每看到老爸如侍弄珍宝一般侍弄它们时，心里是多么不以为然啊？它们那么平常简单，无非一室绿色而已，惹他多年如一日，细致、专心、一丝不苟……

如今，这一室寻常绿色也成为我的珍宝，让我心甘情愿地为它们花费大把时间，重复着曾经我的不以为然。

还有晨跑，那时不以为然的是，跑步有什么好？哪有多睡一会儿来得美妙。

如今，当我每天早上准点醒来，去到附近的大学校园一圈一圈奔跑的时候，觉得整个人生都变得意义非凡起来。在那样的奔跑中，我好像能看到如今已经离世四年之久的父亲，一步一步，从青春跑到苍老，直到再也跑不动……

我也常常觉得，母亲是听着京戏老去的。听着京戏的母亲，又好像从来都没有老去过，眼神中散发的，依旧是多年前近乎幸福的痴迷，年轻而纯澈。就像她做的手擀面，一点儿都没有变老，依然美味如青春。

而我，就是在不知不觉中，爱上了曾经所有的不以为然，变得越来越像他们了。在我奔跑的时候，在我擀着面条听着京戏的时候，我在自己身上，看到了父母生命的延续，看到了生生不息

# 在德克士门前跳舞的男人

刘继荣

在德克士餐厅里，儿子问我有没有发现一个秘密。他说："你看，那些爷爷奶奶，他们自己根本不吃，只是买给身边的孩子吃。"我一桌一桌地看过去，真是这样。老人们大都只是坐着，安详地看孩子们吃。那些小家伙，吃相可爱，嘴角还粘着可乐渍和面包屑。老人的目光里，有种慈祥的满足。

这时，一对母子模样的人走进来。母亲有六七十岁，瘦瘦的，很精神，耳朵上戴着助听器。儿子是个已经发福的中年人，头上有星星点点的白发，显得老相。

我和儿子猜测，他俩是打头阵的，等食物上齐了，老人的孙子和儿媳立刻会到。而且，开吃的时候，老人照旧有各种不吃的借口，或者只象征性地尝一两根薯条，想方设法地为儿子省钱。

可这一回，我们俩错了。点餐时，老太太的表现让所有人都瞠目结舌。她的主意随时会变，吃什么已大费周折，喝什么更是伤透脑筋。后面排着队的人颇有怨言。儿子略催了催，她竟大发脾气，将助听器摔在地上。在众人惊骇的目光中，那个儿子脸色平和地收拾起坏了的助听器，不尴尬，亦不恼。

终于，他们端着食物出来了。没想到，老太太对座位的挑剔比年轻人挑恋人更严格：里头的座位，太闷；中间孩子太多，嫌吵；靠门的座位，客人进进出出的，有风。好不容易找着一个，又嫌挨着洗手间，没胃口……儿子端着盘子，跟在"皇太后"身后，满店转悠，令许多人侧目。

忽然，她走过来，指着我们的桌子，要坐这里。中年人有些为难，讪讪地朝我们笑。我赶紧招呼儿子挪到我身边，让老太太坐下。中年男人感激地一笑，放下手里的餐盘，也坐下来。至此，我替他长吁了一口气。

老太太胃口奇好，孩子般香甜地咀嚼着。中年男人不吃，只是静静地看母亲吃，眼神反而像个宽厚的父亲溺爱着家中的小女儿。

门一开，两位年轻活泼的员工领着一队孩子进来了。他们刚刚在门前跳完舞，每个孩子，都拿着一条围巾，男孩是蓝色的，女孩是红色的。老太太的眼睛，在一瞬间就直了，她指着红围巾向儿子要。

中年男人走过去，要求买一条。服务员为难了，她说自己无权决定，要问领班。领班满脸抱歉地回答，这是给参加跳舞的小客人的赠品，不卖。老太太委屈得眼圈都红了，不吃，也不喝，任性地一定要那条围巾。周围有人窃笑。

又有一群笑闹着的孩子，准备起舞了。中年男人忽然站起来，恳切地托付我，代他暂时照看母亲。然后，他走向领队的

女孩："我母亲在这里，我也应该算是一个孩子，请让我也参加跳舞，替母亲领一条红围巾。"女孩愣住了，过一会儿，她勇敢地点点头。

餐厅里知情的人在窃窃私语，说的是这个男人。他幼时即允诺母亲，要让她过上好日子。读书时却成绩平平，那么用功，也没考上大学。成年后，为了那个爱吃西餐的母亲，竟与人合伙开起了本市第一家西餐厅，可没多久，就由于经营不善而倒闭了。

后来，他当过搬运工，看护过病人，现在开出租。妻在商场做清洁工，贤惠朴实，孩子聪明懂事。老太太在丈夫去世时，精神受到刺激，耳朵也听不见了，性格变得暴躁。可一家人都疼她爱她，让小区里的其他老人都羡慕不已。

忽然，老太太起身往外走，我和儿子慌忙跟上去。外面，已经站了很多人。这个近40岁的男人，被戴上了滑稽的卡通头饰，他站在队伍的最后面，与整个场面格格不入。音乐欢快地响起来，这是一支快舞。

在三月的阳光下，在一群烂漫的孩子中间，一个体态臃肿的男人艰难地转圈、跳跃，与小朋友拉手，踢腿，忽而向左，忽而向右，滑稽地摇晃着脑袋。他身体僵硬，手忙脚乱，似一个卖力而不出彩的小丑。尽管如此，每一个动作，他依然做得非常认真。我清楚地看见，领舞的女孩在转身时，眼里有闪闪的泪光。

终于，满头大汗的男人拿到了围巾，他跑过来替母亲系在颈上。老太太欢喜地转过身，在窗玻璃上照着，她听不见身后响起的热烈掌声。午后的阳光，纷纷扬扬地落在老人的头上和肩上，仿佛找到了世间最妥帖的归宿。

中年人再三地向我道谢。儿子好奇地问他："这位奶奶抚养你，是不是吃过很多苦？"他微微一笑："请你记住，只要做了母亲，就算没有吃过苦，没有受过难，也一样有资格享受世上最好的爱。"12岁的儿子，目光里顿时充满了敬意。

这个平凡而勇敢的男人，为实现儿时的诺言，他情愿在德克士门前，在众人的目光里，以一支笨拙的舞，将俗世的温情，呈献给那个日渐老去的人。

# 你的父母在我身边

孙道荣

老家有人打来电话，说老母亲下楼时不慎摔了一跤，幸无大碍。接到电话，我立即买车票，赶了回去。

母亲躺在床上，看到我突然回来，又高兴，又惊讶，问又不是什么节假日，我怎么突然回家来了？我心疼地嗔怪母亲，让你过去跟我们住在一起，这样也好照顾你，你却固执地不答应，这下可好，摔倒了，伤着没有？母亲笑笑："没事，医生检查过了，只是擦伤。"我拿起母亲床头的病历仔细看，真是万幸，没有伤筋动骨。

母亲好奇地问我是怎么知道她摔倒的？这一问我倒想起来了，当时接了电话心急，我还真忘了问对方是谁。翻开手机，找到那个陌生的号码报给母亲。母亲说，这个号码我知道，是楼上大刘的，就是上次你回来时，在路上碰到那个帮我扛米的中年人。

想起来了，那次出差，顺道回家看望母亲，在回家的路上，正好遇到母亲，手里拎着袋子，看样子是刚从超市买东西回来，旁边还有一个中年男人，肩上扛着一小袋米。当时母亲给我介绍说："这是咱家楼上的大刘，看到我扛米吃力，帮我一把。"我赶紧道谢，将米袋接了过来。

说到大刘，母亲一脸的感激。母亲说："这孩子，心肠好，每次看到我上楼拎着东西，都要帮我一把。前段时间，连着下雪，路上的积雪都结了冻，害得我好几天不敢出门去买菜，天天只能瞎凑合。大刘这孩子心细，让他老婆去菜场买菜时，买了十几颗大白菜，给我送过来两颗，听说咱们这个单元的几个老人家，他都送了，帮了我们这些老人大忙呢。"

母亲又说了很多大刘帮忙的事。

我决定上楼去谢谢大刘。

敲门。门开了，正是我见过的那位中年人。我连忙自我介绍："你是大刘吧，我是楼下唐大妈的儿子。"大刘点点头，笑呵呵地回答："我们见过面。"

我难为情地说："是你给我打电话的吧？真是不好意思，当时一急，都忘了问你是谁了。也没好好地谢谢你。"大刘连连摆手，说："小事情，我当时正好下楼，看见唐大妈摔倒了，赶紧把她扶起来，打电话喊老婆下楼来，把唐大妈送到医院。拍了片子，还好，没伤到骨头，医生说只要静养几天就好了。后来，大妈不愿意在医院呆着，我们就把大妈接了回来。问大妈要不要打电话通知你，大妈说你工作忙，自己又没大事，就不告诉你了。但我回来想想，老人终归岁数大了，在家也没个人照应，还是应该打个电话告诉你一声。"

我连忙致谢："幸亏你打了，要不母亲都伤着了，我这做

儿子的都不知道，这心里……"我有些说不下去了。停了一会儿，我好奇地问他："你是怎么知道我的电话的？"大刘笑了："你家门后面，贴着一张纸条，上面都是电话号码，第一个号码上写着'儿子'，那不就是你的吗？"我想着卧床的母亲，再也说不出话来，她什么时候都是把我排在第一位啊。

我们又闲聊了一会儿。我由衷地对大刘说："谢谢你平常对我老母亲的照应。"大刘憨厚一笑："都是举手之劳，应该的，哪家没有老人呢。"

大刘告诉我，他的家在乡下，自己一直在外打工。这几年为了孩子上学方便，就在县城买了这套房子，房子太小，父母亲不愿意进城住，因此一直还住在乡下的老宅里。他们也都是上了年纪的人，需要人照顾了。自己住在县城，回家还算方便，但要打工，还要照顾孩子，终究不能天天回乡下去。好在乡下是父母住惯的地方，乡里乡亲都很熟络，父母亲有什么大小事情，左邻右舍都乐意帮一把，他在县城也就安心多了。

接着，他有感叹："城里就不一样，一回到家，各自关门过日子，好多人在一幢楼里生活了好几年，还互相不认识。我们这幢楼，住着好几个老人，跟你家情况差不多，孩子也都在外地工作，全靠老人自己照顾自己。我有时上下楼，看见他们吃力地拎着东西，我就想到我父母，就赶紧上去帮他们一把。"

大刘又嘱咐我："你们在大城市生活，也很难，平时也照顾不上老人，有空的时候，就多回家看看他们吧。"

我郑重地点点头，再一次向他表达了感激之情。

送我下楼的时候，大刘站在门口，对我说："兄弟，大妈住在我们身边，你就放心吧，我们会尽量替你照顾好她的。"

我冲他拱拱手。

大刘的话，击中了我。我的老母亲，却未能在我的身边，而是住在别人的儿子身边，而所幸她的身边，还有这些热心之人。而我自己身边，也住着几位老人，他们也是别人的父母，我们这些身边人，或许也可以像大刘那样对他们的儿子说一声："兄弟，放心，大妈住在我身边！"

# 最坚强的时刻在梦里

李娟

　　很久以前我们在深山里，那年外婆88岁，我决定带着她离开。我收拾好行李，和外婆走到土公路边等车，等了很久很久。我对外婆说："以后你就跟着我过，跟我到乌鲁木齐生活。"我都打算好了我们两个怎么过日子了，租什么样的房子。外婆轻轻答应着，但什么也没说，后来才说："我不是不想和你在一起。我是怕拖累你。"我眼泪流个不停，但还是说："外婆，我们一起过，你不要怕。"后来车来了，我们上了车。我晕车，一路上不停下车呕吐。外婆也跟着下了车抚摸我的背。后来车路过一家荒野小店，大家下车休息。当时那家店里只提供炸鱼，我便给外婆买了一些。外婆本来从不吃有腥味的东西，但那天却吃了很多。之前我们在山林间一连坐了七八个小时的车，一路颠簸，我们都又累又饿。

　　还有一次，一个朋友打了个电话来，告诉了我一些事情。我强装镇定，思路清晰地与她一问一答。挂上电话后，万念俱灰，像是第一次感受到一个词——"无依无靠"。我不顾一切地痛哭，后来听到外婆在隔壁房间走动的声音。

有一次我搬了新家，把外婆接来。房间里空空荡荡，所有的家具只有一把折叠的行军床和一根绳子。外婆睡行军床，我睡地板。绳子横牵在客厅里。所有衣物和零碎物什都挂在上面。直到半年后我才有了一张床。又过了半年，床上才铺了褥子。那一年外婆93岁。当我搀着她第一次走进那个空房间时，对她说："外婆，以后我们就住在这里了。"她四处看了看，找个地方坐下来，解开了外套扣子。

有一次，我决定不上学了。我去找妈妈，去到遥远深山中一个从未去过的村庄，下了车，司机指着村头一幢孤零零的泥土房屋说："那就是你家。"我推门进去，迎面扑来羊肉的味道。外婆在炖肉，她从不吃羊肉，闻着味道就恶心，但却知道那个是有营养的东西，她乐于炖给我们吃。那时她86岁，还没有摔跤，还没有偏瘫，还很硬朗很清醒。我们生活的房间很小很小，顶多10平方米，前半截是裁缝店，后半截睡觉和做饭，中间挂了块布帘。我们家共有四五块布匹，挂在墙上。而村里的另一家裁缝店有五六十种布料，挂了满满当当一面墙。我开始跟着妈妈干裁缝活，生活终日安静。后来妈妈买了录音机，不停地放歌。后来所有磁带里的每一首歌我们都会唱了。

有一次，我从外面回家，那是在深山里，我们的家是一面用木头撑起来的塑料棚，还没有帐篷结实。我走进塑料棚，看到妈妈正在称糖块，她把糖每两百克分作一堆。外婆站在一旁，将那些糖堆一一装进事先准备好的塑料袋里，并扎紧口。那样一包糖卖两块钱。两人做这事做了很久很久。我看到柜台下已

经装好了好几箱子了。那么漫长的岁月。

还有一次，我 5 岁。外婆对我说："我们没有钱了。"生命中第一次感觉到了焦灼和悲伤。那时我的妈妈在外面四处流浪，当时外婆拾破烂，整天四处翻垃圾桶。我在吃苹果的时候对外婆说："我一天只吃一个，要不然明天就没有了。"很多年后，外婆都能记得这句话。

这些，都不是梦。昨天晚上的情景是梦。我梦到以前不停地搬家租房的那些年月，梦见很少的一点点商品稀稀落落摆在货架上。梦见我们一家三口安静地围着一盘菜吃饭。

生命一直陷落在那些岁月里。将来，见到他以后，我要对他说："世上竟会有那么多的悲伤。不过没关系的，我最终还是成为了自己最想成为的样子。"

# 生命中最美好的告别

「美」苏珊·史宾赛温德

# 太阳上的母女

张鸣跃

一个妈妈有 4 个孩子，乡下泼辣女人，对孩子很严很碎嘴，对小女儿也一样。

小女儿很灵秀，样样在人前。15 岁那年，女儿考上了师范学校，可是不久，一场墙塌之祸让她的命运改了道。女儿两个多月后醒来，首先看得到的是，五大三粗的妈妈瘦成了干鬼。她哭，妈妈细细地告诉她这两个多月她是怎样活过来的，花了多少钱，为借钱妈妈跑了多少路，这日日夜夜妈妈流了多少泪，给神烧了多少香……

女儿奇怪，妈妈勤苦寡言一辈子，从不说苦表功，今儿个是咋了？妈妈最后说了一句："你要听话！好好活下去！"女儿使劲点头。

出院回家，在自己的屋里，女儿照镜子，惨叫一声，镜子碎了，人倒了，一阵死寂之后，扯声大哭着爬起来就撞墙。妈妈这才扑身抱住她，吼问："在塌墙底下你就死得差不多了，我为啥还救你？你说过要听我话，为啥不听？"她跪下哭："妈，求你，让我死吧……"

晚上，妈搂着女儿问："我还是你妈不是？"她点头，妈还问："你还是我闺女不是？"她点头，妈笑着拍她一把，问："妈要是变丑了，你也让妈死？"她慢慢转过身去，说："妈，我试着活吧……"妈妈扳过她的身，亲她的脸，她这才钻进妈妈怀里，放声大哭。

女儿丑了，不是一般的丑，是吓人的丑，两眼严重歪斜，嘴无唇，与边周深色疤痕一体扯裂扭曲着……怪不得刚进村时一群孩子尖叫着四散奔逃。只有妈妈死守着她，连亲人们看她时也只说话，从不用眼睛看她。她就在自己的小屋里呆着，每天妈妈带她去卫生所打消炎针，她用布蒙着脸。

那一年，妈妈几乎没离开过女儿的屋，连洗衣服也在屋里，边洗边和女儿说笑。女儿试着走出屋干些活儿时，妈妈问了："乖，还去上学吧？"女儿看了看妈妈，转身回屋，趴床上又哭了。妈坐床边，说了半天，又说了大半夜，女儿点头了。

第二天，妈妈就陪女儿到了师范学校。直接找校长，女儿言语不清地说："收下我，我可以的……"妈妈说："我陪她上，不用学校多操心……"校长流泪了，答应了。于是，女儿用几十倍的努力和其它学生齐步走，用她的倔劲让所有师生从恐惧躲避到感动流泪；妈妈就住在女生宿舍里，晚上和女儿睡一张床，伺候女儿吃药吃饭，病痛时送女儿去医院，其余时间就打扫校园，为宿舍保洁，甚至包洗同宿舍学生的衣服，以此来报收留之恩。

3 年后，女儿终于合格毕业，妈妈送女儿回家，再带着女

儿到处找工作。半年后，女儿终于被一所中学收下了，工作是敲钟。妈妈怕女儿有时头晕打盹误事，就又到学校陪女儿工作，到时间就提醒女儿，平时还是义务打扫校园。有人问："你再打一份工，也比你女儿的工资多。"她笑说："我女儿给我的工资我都花不完了！"

是的，女儿能好好活下去，而且能工作，这就是对妈妈的最大报酬了。

最理解妈妈的是女儿。日日夜夜的每一个细节，妈妈给了女儿一个完整无缺的爱心世界。女儿不仅仅是感动，不仅仅是为活下去，十几年，她一直想让这个世界更加光亮起来，她想让所有人都能看见她完好的心。为此，她做了无数努力，有过无数疼痛。她见到学生就微笑，但学生们还是会被她吓跑，她的笑比不笑还吓人。她尽力把一种欢快的姿态呈献给人们……而在这一切一切中，妈妈始终都在她身边，点头、微笑，或嗔瞪她一眼，轻轻擦掉她流出的泪。

母女的拼搏创造了一个个奇迹：工作很好，从无差错，家庭生活幸福，女儿也有了理解自己的好丈夫，有了两个懂事有出息的女儿。

夏天的一个夜晚，女儿为一首诗流泪了。那是郭小川的《团泊洼的秋天》。她的心与诗撞击，她觉出一种力量，一种美，一种超越寻常的凄丽与坚韧，一种任何现实也无法扭曲的灵魂。

妈妈看见女儿这次流泪与以往不同，就搂住细问。女儿说了好多。妈妈不懂诗，但她感觉出来了，女儿爱这个，所以，女儿可以学这个。当下，妈妈就笑说："乖，那你就学诗吧，也让别人像你一样看着诗流泪感动……"女儿抱紧妈妈，笑妈妈啥都不懂又啥都懂。

于是，女儿有了全新的姿态，工作之余，她成了学校图书馆的传奇常客，从各种诗集到文学全方位涉猎，她写下自己的习作，去请教学生和老师，人们慢慢地从惊奇到感动。

妈妈又带着女儿到处拜师，请人为她修改诗作，她的诗就是通过这种渠道"发表"的，发表在一个又一个"老师"的心上，发表在小报上和网上……

十几年过去了，这对母女把两颗心与太阳连接起来让人们看见，对人们说：我们的生命也是一首诗呢——你看，就在太阳上挂着！

# 你在，幸福就在

风为裳

## 1

那是她离开的第一个春节，姐妹 4 人各自跟婆家请了假，她们说，从前，每到年三十，都是小猫巴拉陪着她一个人过，孤孤单单的。今年，她们要陪陪她。

话说出口，说的人、听的人都红了眼圈儿。

三十那天，姐妹 4 人买了大包小包的东西拎着进了家门。桌子上摆着照片，照片上她的头发一丝不乱，脸上漾着微微的笑意。小妹先叫了一声"妈"，哭着扑到了桌子上。那姐妹 3 个放下东西，也都抹起了眼泪。70 岁有个家，80 岁有个妈，如今，妈不在了，热乎乎的扑奔过来，心却像外面的三九天一样，进了冰窖里。

4 姐妹商量，先打扫打扫屋里吧！

系了围裙，用报纸叠了帽子，扫棚上的灰，擦床上的尘。三姐从柜子上面的抽屉里掏出很多个药瓶：胃友、消炎利胆片、轮环宁降压药……大部分都只剩下小半瓶了。姐妹们都有点儿懵，她们从来不知道她有那么多病，她从来都没说过。她们跟外面人最常说的话就是："我妈身体好，是我们姐妹的福气。"她听了，总是呵呵地笑。

小妹说："难怪她倒下就再也没起来，我们还以为是突发的……"

## 2

姐妹4人开始包饺子。三姐说："我还记得那年大姐得病，临到过年，家里一分钱都没有了。爸爸急得团团转。妈说，别怕，我有办法。家里有只小鸡，妈把它杀了，剔了肉，剁了酸菜，包了一顿年夜饺。那是我吃过的最好吃的酸菜馅饺子。"

大姐学着她的样子把饺子边包成麦穗状。大姐依然记得她来家里的第一个春节，自己和老二为了争几个麦穗饺子在饭桌上打起来，老二的辫子被揪住，于是喊她："妈，妈，你看这死丫头。"

她啪地给了老二一巴掌，说："叫姐。她是你姐。"她把麦穗饺子全都拨到老大的碗里，后来老大跟奶奶说："她阴着呢，当着我爸的面儿，可能装呢！"

奶奶大声说："没事儿，我看她能咋，还有奶奶呢！"屋里的她讪讪地出来说："妈，孩子的事我心里有谱儿。""有谱就好。"奶奶说，"别吃几天饱饭就不知道自己姓啥了。"

老二叹了口气，放下擀面杖说："你不知道，那时我爸打她打得有多狠，逮着啥用啥打……"那她也不改嫁，直到男人喝醉酒冻死在雪地里，她才带着老二来到老于家，做了老大于小珍的后妈。

大姐又捏上一个饺子，说："我从心里认下这个妈还是我找对象时，爸和奶奶都图那家有钱，硬要把我嫁给那个大我10来岁的男人。妈从来没那么大声跟奶奶和爸说过话，她说，谁要是让小珍嫁过去，谁就是不想让我们娘儿们俩在这个家里待……"

3

饺子煮出来，端一盘放在她的照片前，4姐妹齐齐地喊了声"妈，吃年夜饭了！"说完，又抹眼泪。小妹开了一瓶葡萄酒，说："姐，妈不愿意让咱哭，来，咱姐们儿喝一杯。"

她是会喝几口酒的，老大还没嫁人，爸却出了事儿，跟人争执时意外身亡。她的两任丈夫都是横死的，左邻右舍都说她克夫，奶奶更是指着她的鼻尖儿叫丧门星。她一声不吭。那些天的晚上，她一宿一宿的做棉衣。有时，姐妹们醒来，看到她会喝一口爸剩下的酒。

大姐说："那阵子我特别怕妈出事儿，晚上根本不敢睡踏实了。后来有一晚，我醒了，没看到她，只见炕上叠得方方正正的几摞棉衣，我一下子就慌了。我跑到门外，看到她站在雪地里，一动不动。我过去抱住她，我说：'妈，我们姐妹就指着你过日子呢。'妈哇一声哭出来，那是爸走后，她第一次放声哭。"

小妹咬了一口饺子，说："你们不知道，你们在外面上学时，我跟她过的是啥日子，每天就是咸菜就粥。我的嘴裂得张都张不开，我跟妈说：'给我做碗汤喝吧，酱油和菜叶子就行。'妈抱着我就哭了。那晚，天都黑透了她才回来，身上说不出是个啥味儿。妈抖开塑料袋，倒出几个鱼头，说给我做鱼汤喝。"

"后来，隔三差五我就可以喝到鱼头汤。我一直不知道是咋回事。直到有一天我们学校的同学跟我说，看到妈在菜市场上帮人剖鱼换鱼头……"

老三接过话："妈这一辈子没享着啥福。这几年咱们条件好了，可是工作、家庭地忙，总以为还有机会伺候她，她身体也还好，谁知……"

## 4

她养了一只猫，屋里屋外跟着她。她叫它巴拉，她说："你巴拉它，都赶不走它，特赖。"说这话时，她的口气是宠溺的，脸上笑出了一层褶子。

有一次，女儿们都回来了，她却抱着巴拉坐在一边，眼神愣愣的。半晌，她说："那啥，隔壁你王叔给我介绍了个人……"

姐妹们齐齐长枪短炮地对准她："妈，你是不是一个人住

得太孤单了？妈，你是不是钱不够花？妈，你是不是觉得我们对你不好？"

她慌着站起来，说："锅，锅里的鱼糊了。"

巴拉嗖地跳上窗台，对着她们姐妹龇牙咧嘴。

那一段，她总是有事没事打电话给她们姐妹。她们便笑着哄她："妈，星期天我们就回家看你。"

到了星期天，又因为孩子学琴、老公单位旅游、自己加班等等各种各样的琐事耽误了。没关系，反正日子还长着呢，她在，家在，还怕没有时间回吗？

可真的就没机会了。

那天，邻居王叔打来电话，说她倒在楼下的小广场上人事不省时，她们全呆住了。她的身体不是一直都挺好吗？

她没让她们姐妹尽一天孝就悄无声息地走了。她走的那天，巴拉就不见了。怎么找都找不到。

聊起往事，小妹又哭，说她心狠，不让她们报答她。

大姐一声不吭，收拾她的东西，缝了补丁的旧床单，还有她们小时候的照片、奖状，甚至是小衣服、旧作业本……还有这 30 多平方米的小屋，她们一直把它当成家。

大姐哭出声来，说："或许当初我们真该让她再找个人，陪陪她……"初一那早，姐妹们出门时，带走了她的照片。那房是公家的，过了年就要收回去了。门落锁的一瞬间，姐妹 4 人的眼泪都肆无忌惮地淌了下来，他们知道，她在，幸福就在。她不在了呢？

　　大姐跟二姐之间没有血缘关系，跟老三老四之间是同父异母的姐妹。她说："你们认我这个姐，咱这个家就还在，每年的初二，咱们还在一起聚。就当妈在，幸福在。"

　　姐妹们紧紧地抱在一起，她的照片在她们怀里。照片上，她微笑着……

# 后爸爸亲爸爸

陈力娇

　　他在江边坐着，看江上面的高空缆车，十几辆缆车南来北往，像巨雁来回飞翔。

　　那是他爸爸操纵的，他爸爸不是亲爸爸，是他4岁时妈妈重新为他找的，可是妈妈找来他第二年，就独自一个人走了，去了哪里没人知道，却从此就剩他和后爸爸。

　　后爸爸对亲妈妈不辞而别怀有怨言，整天喝闷酒，有那么两次喝着喝着就带他走，走到郊外转了两圈又回来了，他不知后爸爸想干什么，只能眼睁睁由着后爸爸。

　　后爸爸回来后就不理他了，把自己关在另一间屋子里哭。

　　又有一次，后爸爸领来一个人，让这个人把他带走，他哭着不走，那个人就硬拉他走，他咬了那个人的手，那个人疼得把他推倒在地，头磕到门框上，流出了血，后爸爸看到血，一阵拳脚把那人打了出去。

　　这些都是他小时候的事了，现在他大了一些，13岁了。他和后爸爸的关系虽没见多好，却也能维持着过。后爸爸言语不多，几乎和他没什么交流，他们每天就是在一起吃吃饭，都是由后爸爸做。

后爸爸做饭只是做晚饭，早饭家里有牛奶和早点，中饭他们各自在外面吃。

这样的日子也挺好，他也喜欢平静，就是老师那一关让他很难过。老师总是开家长会，一个月开一次，后爸爸没有时间开家长会，他又没有妈妈，老师不知他没有妈妈，是他不说，他不想把这事公布于众。

对于亲妈妈，他至今恨着她，他听别人说过，亲妈妈是个风流的妈妈。由于这一点，他觉得他很亏欠后爸爸，后爸爸一直没有老婆，多半原因是因为有他。

开家长会的事，他从来都是对后爸爸瞒着。

老师是不允许学生家长不来开家长会的，特别是对他，他上课从来没有专心过，都是上着上着就走神了，没人能把他的神拉回来，老师曾做过无数次努力，都是无功而返，最后老师只有把他带到办公室，让他思过，什么时候想好了，什么时候再上课。

可是他就是想不好，他宁死也不会说出后爸爸的名字，入学时他使用的是亲妈妈的户口，亲妈妈早没了踪影，老师就是累死，也找不到他的亲妈妈；他就是在老师的办公桌前站死，他也不会供出后爸爸。

然而在老师的办公室里被罚站是非常难堪的事，十多名老师一个办公室，桌子挨桌子，凳子挨凳子，有时他们嫌他站的位置碍事，就没好气地瞪他一眼，有一名男老师对他的老师说，

你管他干什么，由他去吧，你还指望他成高才生呀。

而他的老师是个倔强的人，她不在乎他能不能成为高才生，她是想征服他给同学看，如果由他去，他们就分不出谁胜谁负了，这样一来他在老师的办公室一连站了 5 天。

5 天老师都不理他，他都是按上学放学的时间例行公事，老师上班他就来，老师下班他就走。中饭他的书包里有一个面包，他就站在老师的办公室里解决这个面包。

这样的日子持续到第六天，老师耐不住了，老师问他，想没想明白，他说想明白了。老师说，想明白回去把你家长找来，不然你永远别上课。他这才背起书包离开了老师，离开了老师的办公室。

他首先回了家。回家后他很意外地做起了饭，他不会做饭，但今天他要做一次饭，因为今天是个特别的日子，是他后爸爸的生日，几年前也是这一天，他和他亲妈妈来到他后爸爸家，那天他们吃的是饺子。

他学着亲妈妈的样儿把冰箱里的饺子拿出来，他把它们放在生水里煮，饺子是要放在开水里煮，可是他没有注意过，就把它们放在了生水里，待开了锅，他才发现，饺子成了一个坨。

但是他还是把这成坨的饺子分成一大半和一小半，小半自己吃了，大半为后爸爸放在了桌上，他还给后爸爸倒上了二两酒，后爸爸爱喝酒，这到啥时他都不会忘记。之后他去了江边。

江边人流熙攘，江水滔滔，轮船交替穿梭，沙滩上还有人放风筝，可是他对这些都不感兴趣了。当务之急他是想多看看他的后爸爸，然后他就让自己融入江中，成为江水中的浪花。那样他上课就不会再走神了，那样老师就不用吵着让家长开会了，还有更大的好处，就是他还可以天天看到他的后爸爸。

他一直在江边坐着，不知坐了多久，傍晚起风了，他感到了冷，高空缆车早就停了，他想后爸爸可能早就回家了。

他站起身，准备实施计划，却一眼瞥到码头上的电话，像这样的电话码头上十几步就一个，他忽然有一个想法，想和后爸爸告个别。

电话拨通了，他鼓足勇气叫了声爸爸，之后就不知说什么了。倒是后爸爸抑制不住惊喜地抢过话头，后爸爸说，儿子，你创造奇迹了，你煮的饺子饼，淋上点儿油，放在锅里干煸，那才是好吃呢，你路过小卖店，别忘了买瓶老白干。

他捂住了话筒，哭了很久，最后掏出钱，数够不够买一瓶老白干。

# 尘世里最美的相守

安宁

楼下的小饭馆里，常会看到一对相扶相依来吃早餐的父女。父亲满头白发，走路蹒跚，大约有 70 岁的样子。女儿大概 30 多岁，却是神情羞怯，视线卑微。略有些智障的她，除了父亲，是不会与任何人对视相聊的。

他们每次来，都坐在最靠角落的位置。老板显然已经与他们相熟，假若他们未到，有人要坐那里，他即刻会阻拦住，为客人另寻座处。即便是他们不来，那位置也会空着。有人便提意见说，他们要没有买下来，何故不许别人来坐。况且他们来了，现起身相让也不为迟。老板对这样的争执并不做解释，只说，让他们坐在那里，不被人扰地安静吃一顿早餐，也算你我行一件善事，所以大家还是体谅一下吧，实在心里憋屈，就当成老板我包了不成？

这个位置，自此便少有人再争。这对父女当然不知道背后的摩擦，每天清晨，女儿就像个小女孩打扮一新，要么躲在父亲身后，要么低头挽着他瘦弱的胳膊，从家里行至饭馆。一路上，总有人朝父亲打招呼："身体还好吧？"父亲总是微微笑着，点头简洁地道声"好"，便少有言语。这样日常的问候，对于女儿却似乎是种煎熬。每每有人看过来，她便将头埋得更低，就像一朵敏感柔弱的含羞草。

所幸从家至饭馆的距离并不算远，大家都忙着上班、晨练、排队买早点，无暇他顾。这倒让女儿一路可以欣悦地赏赏风景。偶尔，还会细声细气地问父亲一些天真的问题。这样安静的一程行走，对于他们是种幸福。父亲满足于女儿一脸稚气的提问，似乎她单纯的信赖和倚靠，让这个老到无用的男人，又成为年轻时那个顶天立地的大丈夫。而女儿则始终像靠着一座坚毅挺拔的大山，她的智力，或许尚不能明白生老病死乃是人生的一种自然，亦不能想像，假若有一天，父亲离开了她，又该如何生活。她只是安然享受着这样每日有父亲相陪的散步，享受在拥挤的饭馆里，父亲为她掩住人群的视线，又将韭菜花细细洒在她的碗中。

我曾经仔细观察过他们吃饭时的神态。父亲慈祥、和蔼，牙齿不好的他，嚼蒸饺的时候总是很慢，就像一个电影里抒情的慢镜头，时光在那一刻有感伤的静寂。他显然已经老了，老到拿汤匙的手都显出迟钝。但他并不会忘记帮对面的女儿搅搅热烫的豆浆，或者给她的小碟里倒一些辣酱。他还随手带着她爱吃的腐乳，看她像个几岁的孩子那样，用一根筷子蘸一蘸，而后放到口中用力地吮吸干净，他总会怜爱、温柔地笑笑。

而女儿总有一个剩饭的习惯，每每喝到一半，便任性地将碗推到父亲面前，看父亲一口口喝下去了，才心满意足地绽开笑颜。她吃饭快，吃完了便像听课的小学生似的，安安静静地坐着等父亲。吃不完的油饼，她还会用自己带的饭盒盛起来，放入军绿色的书包里。自始至终，她的视线都不会离开父亲，就像那里是一个安全的港湾，一旦驶入，她一生都不愿离开。

我从未见女儿单独出来过，但饭馆老板却给我讲了一次例外。去年的秋天，父亲下楼为女儿买饭的时候，不幸跌落下来，小腿骨折。尽管请了护工，女儿不必担忧，但那天她却例外地出了门，到饭馆里要父亲喜欢喝的豆腐脑。老板知道她怕人，让她去角落里坐等，她却执拗地不肯去。她就那样低头站在人群中，被许多人有意无意地看着，脸上是努力要隐藏住的慌乱和惊惧。老板很快地将父亲爱吃的早餐打包，交给女儿。女儿接过来看了一眼，并没有转身离开，而是低低地恳求老板：能不能多加一些韭菜花？老板当即心底一软，拿了一个小袋，温柔地拨了大半的韭菜花进去。

老板说，究竟还是做女儿的，尽管智障，却记得父亲最喜欢吃韭菜花。而那样一个恳求，几乎让老板这个粗心大意的东北汉子差一点就流下泪来。

听说，曾经有人好心地要给女儿找个人家，这样当父亲不在了，也会有人照顾。可是女儿把自己锁在屋里绝食许多天，直到父亲答应不将她嫁出，她才乖乖地再次跟父亲下楼。这个日渐老去的父亲，在老伴走后，本可以跟着身在南方的儿子安享晚年，但却因为女儿始终不肯离开北京，而拒绝了儿子的孝心。他宁肯自己一步一歇地下楼买菜做饭，也不愿丢下这个完全将他当成臂膀倚靠的女儿。

　　这对父女的彼此相扶，对于外来居住的人，或许只是一道残缺的风景；而对于经年居住此地的人，则是一种幸福的顾盼。没有人能够像他们那样，给予我们如此生动细腻的爱的启迪，每一天看到他们出现在小区的花园里，人们的心底便会品出真实恬淡的幸福。

　　而我们居住的尘世，亦因此始终值得我们留恋、珍惜。

# 请你记住他的好

范春歌

## 一

我居住的这座城市多水,因此,常常有救人和被救的故事发生。

上个世纪 80 年代的一个夏季,武汉的某工厂组织青年职工到东湖游泳。就在年轻人在碧波荡漾的湖水中嬉戏的时候,一件意外的事情发生了:有位女工不留神游进了深水区,由于水性不好加上慌乱,腿部抽筋。就在她一边挣扎一边呼救的时候,同厂的一位男青年游了过来,试图将她拖离深水区,而求生欲望使得这位遇险的女工将男青年紧紧抱住。其实男青年的水性也不太好,被她抱住之后,俩人同时往下沉,情况十分危急。

这时,一位正在附近游泳的小伙子发现了这一幕,他带着手里的救生圈,奋力划向了素不相识的那两个男女。他的游泳水平也不高,唯一能做的是让那两位溺水者抓住他的救生圈、不至于沉下去,这样可以争取时间被人救起。

可是，一只救生圈承载不了三个年轻人的分量，三个人很快一起往下沉，就在生死存亡的这一刻，小伙子做出了一个后来让这座城市无数市民震惊和崇敬的决定——他果断地松开了自己的双手。

开追悼会的那天，被救起的两位青年哭着跪倒在他的悲痛欲绝的父母面前，他们说，从此我们俩就是你们的儿子和女儿，我们一生都要报答他的恩情，一生都要像他那样为人！

## 二

18年后，根据当年那则报道的线索，我找到被救的两位当事人所在的工厂。这座工厂早已停产，工人大都已下岗自谋职业。后来终于找到干部中的一个知情者，他从人事部门翻出了这两位工人的档案，告诉说他俩也已离开工厂多年了。

但是从这位干部那里听说了男青年的事：听说他在外面干得很不错，发大财了。而且发财的过程又是一个很有戏剧性的故事。他离开工厂后，揣了点路费南下去广东找工作，半路遇见一起车祸。当时他乘坐的长途车正巧停在路上，有辆小巴士车翻在路边，眼看车里的人都不行了，人们都围着看热闹。他拨开人群将伤者送往医院，担心医院不抢救，还将自己的那点盘缠垫付了医药费，又守在那里等到伤者醒过来，帮助他和家人联系上。

厂干部笑道，哪晓得这位伤者不是一般人，而是香港一家

企业的老板。那人苏醒过来得知一位素昧平生的年轻人不但救了他，还将去谋工作的盘缠垫付了医药费，感动得不得了。他拉着年轻人的手激动地要付给他一大笔感恩费，还要让他从此留在身边，一生不为衣食发愁。

这些都被男青年谢绝了，他说，我救你是因为我也被人救过，那人为我把生命都捐献了。但老板无论如何也要报答他。年轻人想了一会儿说，我没有什么文化也没有什么本事，留在你身边也不妥。正好我在找工作，你给我介绍一份可以自食其力的工作足矣。

后来，他就在老板在广东的一家企业里打了一份工，由于勤奋好学再加上老板的提携，没过几年，很快就创下不小的家业，现在人在国外发展。

这个故事听起来像一段传奇。我感叹之余还是关心他当年的承诺实现了没有。我手里仅剩下一个线索，那就是英雄父母的家庭地址。

三

时隔数日，我找到了英雄的父母所居住的一个军队离退休干部休养所。当紧闭的房门开启后，我看见了两张沧桑却不乏慈祥的面孔。他们将我迎进了儿子当年的住房，十几年来一切都仍按原样摆放着。儿子是在夏天走的，天冷的时候，父母不忘在他床上添棉被，怕他着凉。

在这间朴素的小房间里，我见到了他们永远 21 岁的儿子，他是那么英俊，那么阳光。他从黑色的镜框里向我微笑着。我问他的父母，他可曾谈过恋爱？

年老的父母告诉我，爱过，也被人爱。他去世前正谈着恋爱，那是一个非常好的女孩。二老还告诉我，当年媒体来采访的时候，他们不愿意让媒体披露那个女孩的名字，想到她还很年轻，将来还应该有一份幸福的爱情和一个美满的家庭。

我望着镜框里的小伙子，如果他健在的话，如今已是一位 40 来岁的中年男人了，那么这个家还会时常响起一个可爱的男孩或女孩银铃般的歌声。

我不忍心但还是问了，问了那两位被救者的情况。二老平静地说，他们年年来。男青年无论在世界的哪个地方，每年的清明节都要赶回来去墓前祭扫，去年还将墓地重新修葺了一遍。他还在广州买了一套房子，请二老去住。平日里经常打电话嘘寒问暖，回到武汉就来上门探望。女青年也时常来帮忙做家务，挡都挡不住。

两人 10 多年来没有间断。

也巧，就在我们谈论那两个被救者时，男青年打来了长途电话，我听见他在电话里喊他们爸爸妈妈，而两位老人呼唤他的小名"斌斌"。父亲高兴地说，斌斌又要回来看我们了。母亲说，对做父母的来讲，亲生儿子是世上任何人也替代不了的。但是两位年轻人十几年来把我们当亲生父母看待，让我们感到莫大的安慰。

后来，我见到了叫斌斌的男青年。不，如今40多岁的他已不是青年人了。他说那次东湖被救事件影响了他一生。他说二老从未向他提过任何物质上的要求，倒是十分关心他的人生。

## 四

后来，根据二老提供的地址，在汉口一条拥挤的小巷的一间小房里，我见到了当年那位被救的女工。提到十多年前的那件往事，她仍禁不住泪流满面，泣不成声。她说自己活得平平淡淡，很抱愧没有干上一番大事业告慰那位用生命换取她活下来的人，但是，她一直坚持着做一个好人，也教育她的孩子这样做，将来有了孙子，也会如此。虽然守着一个电话亭，生活比较清苦，但她从不多收顾客一分钱，收费的公道在这一带是有口皆碑的。

谈到英雄的父母，她又哭起来，觉得自己能报答二老的能力和那位男青年实在无法相比。每次去二老家只能抢着干点家务，但二老总不忍心让她干，把她冻红的手捂了捂，还说看见她登门就已让他们快乐和舒心。

古人虽云"滴水之恩，当涌泉相报"，可是能从沙漠里捧滴水回赠恩人，也足以证明人心的泉眼并没有堵塞，这滴晶莹的水珠能获得天下人同样的尊敬。

她的窗外就是长江。这座城市多水，每年救人或被救的故事仍在继续。

第四辑

# 爱到无力

# 来不及伟大的少年

大冰

## 1

他们应该是夫妻，并排坐在小屋的角落里，神情紧张。过时的提包，素色的衣裳，廉价的皮鞋……简朴却整洁，隐隐带着几分普通人的隆重。一进门我就看出来了，他们应该来自某个小城，安分守己了一辈子。我纳闷儿的是，他们的反应为何那么奇怪？我刚一进门就死盯着我看。孩子的眼睛会发亮，我知道的，却是头一次在中年人眼中见到同样的光亮。

我在他俩对面坐下，点点头。仿佛受惊一样，他们紧紧攥住了对方的手，四只眼睛愈发闪亮。中年女人猛吸一口气，吐出来一句话：终于找到你了，大冰。

她双手合十面向着我，仿如佛前祈愿般，对我说：求求你……求求你帮我们一个忙。

他们是浙江省青田县两个农村中学教师，此次丽江之行是专程为我而来。他们说，希望我帮他们一个忙，帮他们的儿子

一个忙。儿子叫越阳，1998 年 10 月 13 日出生。他的母亲看着我的眼睛，着重强调说：越阳是个好孩子。

她说儿子出奇地懂事。他们都是农村中学教师，陪儿子的时间少，但儿子从小不哭不闹。早上睡醒，自己乖乖地穿好衣服，轻手轻脚去上学。问他，他会说，爸爸妈妈上班累，多休息会儿吧……

她说，我是老师，没时间过 3 月 8 日的节日……下课铃一响，就看见儿子站在教室外，一边挥动着节日卡一边喊：妈咪，节日快乐！女学生们围着他，逗他，他一本正经地叉着腰，挨个儿教育她们：你们这些妇女啊……都要听话，不许惹我妈妈生气！我妈妈很辛苦的……

这个母亲讲着讲着，声音弱了下来，双眼失神地看着我，不知在想些什么。

我咳嗽了一下：哦，我知道你儿子是个好孩子了，但是……

她急急地打断我的话，自顾自地重复着说：他真的从小就知道心疼人……

她急切地说：他学习永远名列前茅，我们从没操心过他的成绩，只担心他的喜好是否太多。光象棋比赛的证书就有厚厚一沓，他还喜欢音乐，学过小提琴，萨克斯获得了十级证书，葫芦丝在浙江省民乐比赛中拿过三等奖。拿完证书后他就不肯再学了，老师怎么劝他也不听。他跟我说，乐器里最喜欢的是吉他。他不说我也知道……学吉他最省钱。我当然不肯让步，哪个父母愿意委屈了自己的孩子？

他搂着我的脖子说：妈妈你知道吗？我觉得音乐这东西很神奇，不论用哪种乐器去演奏，里面的道理都是一样的。我搂紧他：好孩子，爸妈没本事挣钱，委屈你了……他撇嘴：妈你说的这是什么话？谁有咱家这么厉害——我爸爸妈妈都当老师！

吉他是借的，越阳总是说自己技术低，用不着专门买。他志向大得很，当作家，当棋手，当歌手……那么多兴趣爱好，却未曾耽误学习。他后来考到省城中学时，成绩是最优秀的！

去学校报到时，越阳带着把吉他——为了庆祝考到省城，我们送他的礼物。从小到大，这是他收到的最昂贵的礼物。他弹着那把珍贵的吉他，从初一弹到初二。从2012年弹到2013年。

## 2

2013年发生了许多事。例如大范围的雾霾笼罩中国中东部，从北京到上海，人们惶恐地抬头看天……2013年的杭州也发生了一件事：一个孩子毫无征兆地病倒，一对父母一夜之间忽然苍老。2013年，越阳15岁，白血病。

那个母亲虚脱地靠在了丈夫肩头流泪，反复念叨着"命运善嫉"这四个字。她说：到底嫉妒我们什么？非要惩罚这么好的一个孩子……

一对中年夫妻彼此给对方拭泪，越拭越多。这一幕看得我有些难受，但更多的，是一种难言的尴尬。犹豫再三，我说：对不起，越阳是个好孩子，但我并不是个有钱人。

他们俩连声说"不不不"，用力地在我面前摆手。那个父亲苦笑着说：你误会了，我们不是来找你要钱的，我们穷归穷，骨气还是有的……况且，他轻声说，我们越阳，现在不需要钱。

那位父亲再次帮妻子擦了擦眼睛。慢慢地说：生病这两年，越阳尝尽了各种化疗的苦，……但化疗间隙，他总不忘学习，文化课与吉他，两不耽误。医院里的人都喜欢他，护士喊他小鲜肉、小粉团，他给大家弹吉他，大家都给他打气，他自己也坚信自己能好起来，经常和我们说，等病好了怎样怎样……2014 年五六月份，越阳的病情确实好转了，还重返了教室。

那个父亲低着头，鼻尖上清清楚楚悬着一滴泪。他接着说：我们以为他几乎痊愈了的时候，7 月份的骨穿报告出来了。骨髓里的坏细胞有点儿反跳，医生建议要连续加 4 至 6 次化疗……前四次化疗进展很顺利，第五次化疗后，他妈妈拿到骨穿报告，哭得肝肠寸断！天大的玩笑！这次骨髓里的坏细胞比 7 月份那次要高得多，是真正意义上的复发！

我把这个复发的坏消息告诉儿子，他出奇的平静。对我说，爸爸，没关系，咱们再接着化疗。我憋着眼泪躲到门外去哭。孩子，你为什么要这么懂事？你难过你失望你哭你叫你喊出来啊，爸爸不怪你，为什么反倒要你一个孩子来安慰爸爸……

必须骨髓移植了，我跑北京，跑河北，联系骨髓移植事宜。一切准备就绪，只等儿子做完化疗，细胞涨上来，就去医院移植了，还是有希望的。结果，希望没了。医生下了病危通知书，说我们的儿子很快就要没了，让我们准备后事。什么叫快没了？准备什么后事？不是还好好的吗？刚刚还说晚饭要吃大馄饨呢！他将来还要上高中、上大学……他还要继续玩吉他，在大学里组乐队、谈恋爱、结婚……

儿子的身体越来越难受，可他一直说："妈妈，我不难受，过两天细胞涨上来就好了，你不许哭。他想给妈妈擦眼泪，手都抬不起来了……儿子在他妈妈怀里睡着了。我们等着他醒过来……"

## 3

2015 年 2 月 11 号，奇迹没有发生。15 天后，越阳的父母来到云南丽江，带着他的遗愿。

他的母亲对我说，儿子弥留之际，曾留下几句话。他说好遗憾哦，这么快就离开这个世界，那么多愿望没实现。他说他写了好多歌词，但没有机会谱上曲子了。他说，妈妈，能让我任性一次吗？

他说：妈妈，有一个人，他既是作家也是歌手，我读过他的书也听过他的歌。这个人神出鬼没，很难找到，但是妈妈，帮我找到他吧，一年不行就找两年。把我的歌词交给他，他会懂的。

他说：妈妈，我一辈子就任性这一次，你们一定要帮我去完成这个心愿，好吗？

越阳的父母忐忑地看着我，双手合十，可怜拳拳父母心，

他们下定决心要完成这个任务，云南找不到我就去山东，山东找不到就去北京，北京找不到就去西藏……越阳一定没有想到，他唯一的一次任性，留给他伤痛中的父母多少折腾。

我可以拒绝一个16岁的孩子最后的任性，但我没有任何理由去拒绝这样一对父母的请求。我接过了一个U盘，说：好的。

我以为U盘里只是歌词。未曾想，歌词文件夹里，还夹带着几段话，是越阳在得知病情复发时写下的，大意如下：

如果我真的运气不太好，挂了。我愿意无偿捐献我的眼角膜和器官。另外，爸爸妈妈去领养一个妹妹吧，我从小就想有个妹妹，你们知道的。还有，我从小就想养只猫猫狗狗，请妈妈帮我养一只吧。

我谢了好多歌词，但目前还不怎么会写谱。希望这些歌能被做成音乐，任何人都可以拿去使用。爸爸妈妈一定要帮我实现啊，这毕竟是我最后的心愿了。

一开始，我以为这就是越阳"最后的心愿"。直到几个月后的一天，我才发现自己错了。U盘歌词文件里还有一个隐藏文件。里面藏着另外一段话。

冰叔，如果你发现了这些话，请在我走后半年，再给我爸爸妈妈看……爸爸妈妈，你们好一点了吗？原谅我的任性，原谅我留下的那些心愿。因为妈妈说过的吧，如果我死了，她也不活了。我想如果用"帮忙完成我的遗愿"为理由，或许可以拖住你们一段时间吧。

就算是我自私吧，让我一个人走吧，让爸爸妈妈留下。把歌词变成音乐，我走了，就让我的歌陪着你们。还有，爸爸妈妈领养一个妹妹吧，这样你们就都能有个完整的家了。

我从小还想养只猫猫狗狗，请妈妈养一只吧，也许我会投胎成一只小猫或者小狗，再多陪伴你们几年。爸爸妈妈，来生咱们还是一家人，好吗？不管有多难我都会找到你们，继续当你们的好孩子……

他确实很任性，处心积虑，其实心愿只有一句：爸爸妈妈好好活着。

善意是人性永恒的向阳面。我从未想到过，这句话会在一个 16 岁临终少年的身上得到印证。

命运善嫉，这个 16 岁的少年还来不及伟大，但他所选择的善意却是永恒的。

# 母亲的放弃

三秋树

## 一

从湖南安化县高明村到安化县城，然后从安化县城到长沙，再从长沙到大连，将近 3000 公里的路途，罗瑛坐了两天一夜的车。本来，大连方面让她坐飞机，可是一听价钱，她觉得还是能省就省吧。沿着儿子韩湘上学的路，最远只去过镇上集市的罗大妈东问西打听，总算上对了车。

坐在座位上，汗还没擦干，罗瑛的眼泪就掉下来——不出来不知道，世界这么大。她的湘儿从那个穷乡僻壤走出去，真是太不容易了。

两年前，乡亲们在村口敲锣打鼓地给湘儿送行，嘱咐她："好好读书，将来接你妈去城里享福。你妈一个人把你拉扯大，不容易。"两年后，乡亲们在村口含着眼泪给罗瑛送行，告诉她："一定不能放过那个撞人的司机，他把你们这个家都给毁了！"

乡亲和亲戚有要陪罗瑛去大连的，可是，她想了半天，还

是拒绝了。她怕人一多，她的心就乱了。

## 二

到了大连火车站，湘儿的老师、同学，还有公交集团的领导以及那个肇事司机小付都来接她。公交集团和校方都国罗瑛安排了宾馆，可是罗瑛却要求去司机小付家看看，让其他人先回。

对于罗瑛的要求，大家唯一能做的就是满足。公交集团领导对小付说，不管人家怎么闹，你都受着。人家唯一的儿子没了，怎么闹都不为过。

罗瑛去了小付的家。50平方米不到的房子，住着一家五口——小付的父母和小付一家三口，孩子刚上幼儿园。就在小付的媳妇不知道该跟罗瑛说什么好时，罗瑛说："你们城里人住的地方也太挤巴了。"

罗瑛的话让小付媳妇的眼泪一下子就下来了，她借机诉苦：从结婚就和老人在一起过。都是普通工人，哪买得起房子？一平方米一万多的房价，不吃不喝两辈子也买不起。"罗瑛惊呆了："一万一平方米，就这跟鸽子笼似的楼房？"小付媳妇说："可不是，小付一个月工资两千不到，一个月只休三天，没白没黑地跑，跑的公里数多就多赚点，跑的公里数少就少赚点。从干上公交司机就从来没有睡到自然醒的时候，生生落下一个神经衰弱的毛病。这些年，他也没跟家人过过一个团圆的节日。现在可好，又出了这么大的事故……"小付媳妇干脆放声大哭起来。

罗瑛见状，赶紧对小付媳妇说："姑娘，大妈想在你们家吃顿饭。"小付媳妇赶紧擦干眼泪，忙不迭地让小付出去买菜。可是，罗瑛坚决不同意，她说："家里有啥吃啥。"

吃完饭后，罗瑛要去湘儿的学校看看。从进门到走关于湘儿的死。罗瑛一个字都没提。

三

湘儿的同学领着罗瑛，把湘儿生前上课的教室、睡过的寝室等有过湘儿足迹的地方都走了个遍。校方为罗瑛组织了强大的律师团，主要目标有两个：一是严惩肇事司机，二是最大限度地争取经济赔偿。

罗瑛没见律师团，只是把湘儿的系主任叫了出来，跟他说："湘儿给你们添麻烦了。我还得继续添个麻烦，帮我把湘儿的尸体早些火化了。再派一个和湘儿关系最好的同学，领着我和湘儿把大连好玩的、他没去过的地方都转转。其余的事，我自己来解决，不能再给你们学校添麻烦了，也不能再让孩子们为湘儿耽误学习了。"系主任还想说什么，罗瑛说："湘儿昨晚托梦给我了，孩子就是这么说的，咱们都听他的吧"

罗瑛把湘儿的骨灰盒装在背包里，像抱着一个婴儿那样，用一天的时间把滨海路、金石滩和旅顺口都走了一遍。

一天下来，湘儿的同学把眼睛都哭肿了，可是，罗瑛一滴

眼泪都没掉。湘儿的同学对她说："阿姨，你就哭出来吧。"
罗瑛说："湘儿四岁没了爸爸，从那时开始，我就没在湘儿面前掉过眼泪。孩子看见妈妈哭，那心得多痛……"

# 四

第二天，校方四处找不到罗瑛。原来，她一个人去了公交集团。对于她的到来，集团做好了各种准备。他们已经将公司按交通伤亡惯例赔偿的钱以及肇事司机个人应赔付的钱装在了信封里。家属能接受就接受，接受不了那就走法律程序。

为了不使气氛人激烈，集团领导没让小付露面，几个领导带着一个律师来见罗瑛。领导们做好了罗瑛痛不欲生、哭天抢地的准备—从下车到现在，罗瑛表现得过于平静，他们知道，这是暴风雨来临之前的平静—反正他们人多，每个人说一句好话，也可以抵挡一阵。有些事情，磨，也是一种办法，尤其是这样的恶性事故，就更需要用时间来消解。

罗瑛和公交集团领导的见面没超过十分钟，掐头去尾，真正的对对话不过五分钟。罗瑛说："我请求你们两件事。第一件，希望你们别处分小付师傅；第二件，小付师傅睡眠不好，你们帮我转告他一个偏方——把猪心切成片，再加十粒去核的红枣，拌上盐、油、姜煮熟，早晚热着吃，吃一个月左右，肯定管用。"

集团领导一时反应不过来，罗瑛顿了顿，说："湘儿给你们添麻烦了。"

罗瑛走了，对集团领导非要塞给她的钱，她怎么也不肯收：
"这钱我没法花。把小付师傅的那份儿还给他，城里车水马龙
的，行人不容易，开车的也不容易。"

# 五

罗瑛走了，比来时多了一件东西，那就是湘儿的骨灰。她
小心地把湘儿抱在怀里，看上去像一尊雕塑。

公交集团上上下下全震惊了。不久，集团出资，买了整整
两卡车的米、面、油向高明村进发。尽管走之前，他们知道那
是湖南一个偏远的农村，可是，到了目的地，还是被那真实的
贫穷惊呆了——破败的房屋与校舍，孩子们连火腿肠都没见过；
罗瑛家的房屋由几根柱子运送，摇摇欲倒。

罗瑛带着公交集团的人，挨家挨户送米送油。她说："你
们看，我说得没错吧，这些人的心眼儿好着呢。"

一行 15 人，走的时候除了留下回去的路费，把其余的钱
全拿了出来，大家恨不得把罗瑛一年的吃穿用度都给准备好。

时到今日，那场车祸已经过去五年了，但依然有大连人络
绎不绝地来到高明村，不光是公交集团的人，还有对此事知情
的其他人。他们不光去看望年岁渐长的罗瑛，也为那个村庄做
着力所能及的事——投资，修路，建新校舍…

湘儿是寡妇罗瑛这辈子最大的骄傲……但正是这位母亲的
放弃，让一个悲剧有了昂扬的走向，有了最出人意料的后来。

# 最后的早餐

玲珑

## 【积水顷刻没过了小腿】

不知道还有谁记得临沂市 2012 年 7 月中旬的那场大雨。

雨是在晚上 9 点多下起来的，彼时，我刚刚自医院回到住处，关上门后，听见雨打窗棂的声音。几分钟后，暴雨如注。

下了整晚

我整夜未眠，期待着它可以停下来，在天亮之前。

4 点半，雨势似乎渐轻，可以听到雨滴的节奏了了。我去厨房，用微波炉熟练地蒸了 3 只鸡蛋。蒸好后，倒入保温桶，在上面撒了厚厚一层白糖。

平常，是 6 点钟准时把鸡蛋蒸好，6 点一刻出门。但这样的天气，我清楚无法借助任何交通工具，只能步行，所以，要早早出发。

换好衣服——T 恤和短裤，平底的凉鞋，为简洁方便。然后把保温桶放入斜挎的背包，挂在左肩，右手撑起一把伞，5

点钟准时出门。

下到一楼的时候，看到楼道里涌进的积水，踩过去，推开楼道的铁门，整个小区里已是一片汪洋，那无处流溢的积水在恍惚的灯火里，泛着粼粼的光，横七竖八的车辆齐齐陷在汪洋里，已埋过半只轮子。

踏进，积水顷刻没过了小腿。

雨还在下，似略缓一些，打在伞面上噼噼啪啪。好在，没有风，可以把伞撑住。

## 【这样固执、坚持又无所畏惧】

蹚着水走出小区，走到大门边，愕然。这个城市东高西低，小区在中央的位置，街道已犹如急湍的河流，自东向西，极速地奔涌。街道两旁的门面房，齐齐陷在河流里。

试探着踏进了水流，水面立刻没过膝盖。街灯昏暗，除了雨幕中灰蒙蒙的建筑物和这条漫长不见尽头的河流，没有车辆和行人，没有其他任何的声音。

却容不得犹豫，我知道我必须朝水流的上方前行。

门前的平安路是一条老街道，路面四处有浅浅坑洼，水流湍急，水面不时飘来街中未及清理的各种垃圾，塑料袋、腐烂的菜叶、半截枯木、泡沫盒子、卫生筷包括夜市使用的塑料凳……它们跟着水流朝我迎面而来，又在我眼前向西漂去。

走到第一个十字路口，八一路口，用去大约半个小时的时

间。昔日的此时，街中已有早早摆摊的早餐餐点和早班的公交车，而这一日，除了肆虐的雨水，整个城市都在静止状态。在路口不定向的水流里，我是那么小那么微不足道的一个移动的点儿。

看向没有尽头的四下污浊涌动的水流，心底忽然生出深深的恐惧，若是哪一处是否会有丢失了盖子的窨井，一脚跌进去，恐怕很久不会有人知道也不会有人寻到吧？

那么，这就是我的末日了吧？在这场肆虐的暴雨中。

陡生的念头让我的身体开始在水中打颤。但也只是那么一刹那，我便将这个念头抛掉，继续前行。

我不知道自己怎么了，被什么催促着和召唤着，这样固执、坚持又无所畏惧。

## 【 只有孤独的少少的行人 】

过了八一路继续向东，挪到沂蒙路的时候，也终于走到了地势的略高处，水流依旧湍急，但水深明显降下去，露出了膝盖。

看了看时间，已经 6 点半，也终于看到不知因何故同我一样在这样的天气里出行的三两个人，撑着伞蹚着水艰难前行。

只有孤独的少少的行人，所有车辆和公交车全部停运。

沿沂蒙路向东，走了几百米后，在市政府的门口，远远看到有保安站在路边。快走近时，他边比划边冲我喊，两米之外有台阶，留神别摔倒。

我放慢脚步，小心试探前移，果然探到一个略高的台阶。

小心迈下来，路过他身边时，他说已经站了一早上了，生怕有行人在大门外着一左一右两个高台阶处出意外。他问我，"姑娘，这样的天不在家待着出来干吗呀？单位放假、学校停课。"

我笑笑，没有答，只是谢过他，继续朝前走，并用力加快了在水中的脚步——我已经着魔了，在清晨 5 点钟，步入这样的天气，在城市里深一脚浅一脚地"跋山涉水"、心无旁骛，只有一个方向，一个目的地。

终于到达东端的沂州路，到达这个城市的高处，终于看到路面。行人也渐多，看看时间，已是 7 点钟。两公里的路程，我走了整整两个小时。

这时，雨已经彻底停了。收起伞，我开始下意识奔跑。皮凉鞋完全被水泡透，在脚上觉得很重，跑了几步我把它们脱下来，和手中的伞一起丢掉——那天早上，也不知道还有谁记得临沂市的沂州路上，一个女子穿着湿漉漉的 T 恤短裤、光着脚，抱着一个保温桶在被雨水冲刷过的柏油路上奔跑，又为了什么。

## 【 前行的力量满满的 】

终于在 15 分钟后，我跑到了目的地——临沂市人民医院。在呼吸科二楼的住院部，右转第一个病房，我冲进去时，一屋子的病人和病人家属及换药的护士，全都愕然地看着我。

我旁若无人，看向靠近窗边的位置，哥哥正用毛巾给父亲擦手。然后哥哥也看到我，那么不动声色、沉得住气的男人，眼睛一下就湿了。

他转开身去。

我抱着保温桶走到病床边，喊了一声，"爸。"

父亲看着我笑起来。没有愕然，甚至惊异，甚至没有说我浑身的潮湿和狼狈。他的脸上，只有笑容，瘦弱到极限的笑容。然后，他轻声问我，"放糖了吧？"

"放了，放了很多，保证甜。"我拉过凳子坐在床边，打开保温桶。两个多小时后，嫩嫩的鸡蛋羹依然发出暖暖的热气。可以嗅到味道的香甜。

我用勺子一勺一勺盛起蛋羹，慢慢喂给父亲吃。

"甜吗？"

他点点头，"好吃。"他边吃边笑。

一下子，我如释重负，才感觉腿上和脚上有几处尖锐地痛起来。低头，看到腿上、脚踝处和脚背不知被什么划出了清晰的血丝。然后，浑身力气耗尽般地疲惫到整个人几乎瘫软。

那个夏天，短短一个月的时间，我的体重从 53 公斤降到 45 公斤，已经有些瘦弱。但是，这一场艰难的"跋山涉水"，我竟然丝毫没有觉得累，前行的力量满满的。

直到这一刻。

我累了。

父亲，似乎也是，吃了几口之后，缓缓地摇了摇头。

## 【怎样的挥别都是纪念】

那是父亲入院的第 39 天，已经虚弱到除了微笑，连身体移动的力气都不再有。后来那段时间，每天早上，他只吃蒸的鸡蛋羹，并且，要放很多糖。他只要吃甜的。

于是每天早上，我早早把蒸好的鸡蛋羹送到医院，6 点半左右，喂着他吃掉。

那是父亲一天中最重要的一顿饭，因为吃饭对他来说，已经非常艰难，每次吞咽的动作，都会影响到他的心律和呼吸，一顿饭，要用去很长很长时间。所以这一顿早餐，这 3 只甜鸡蛋羹，已重要过任何昂贵的药物，是它们的能量，在延续着父亲最后的生命。

所以，这一顿早餐，值得我付出一切来送达。我只是没有想到，这，竟也是父亲的最后一顿早餐。最后一顿饭。

这一次，父亲却没有能够吃完这 3 只小小的鸡蛋，尽管他说"好吃"，却还是没有力量吃下去了。

然后，父亲亦无法再进水和说话。两个小时后，他陷入昏迷。

当天下午，在被接回家 20 分钟后，父亲去世。

那场下在他生命中的最后一场雨，新闻里说，60 年不遇；那顿他最后的早餐，跟着我在雨水里跋涉了两个多小时的鸡蛋羹，是甜的。他说，很甜。

很多年前，奶奶说过，一个人最后吃的东西什么味道，下辈子过的，就是什么日子。

　　所以，老家有风俗，人过世之前，弥留之际，亲人会放一口白糖在他（她）口中。

　　那么，冥冥之中，我是预感了这是父亲的最后一顿饭吗？所以才不顾一切地，要在这个雨水淹没城市的早上，赶到他身边，给他送这一碗甜鸡蛋羹。而他，耗尽最后的心力一直等到了我，等我来完成做女儿最后的使命。

　　这是我和他，一对父女，从没有过任何约定的一场人生最重要的约会。还好，我们，都没有爽约。

# 白日光

丁立梅

## 一

那个时候，我是寂寞的吧，四五岁的年纪，身边没一个同龄的玩伴。

午后的村庄，天上飘着几朵慵懒的云。路边草丛中，野花黄一朵白一朵地开着。鸡和狗们，漫不经心地走在土路上。风轻轻吹过一片绿的田野。绿的田野上，遥遥地，移动着一些黑的点子白的点子，那是在地里劳作的大人们。我绕着村庄转一圈，实在没事可干，就又转到池塘边的瞎奶奶家了。

全村只瞎奶奶家门前有口池塘。我知道，那里面有鱼有虾，还长莲和菱。六七月莲开，一塘的红粉乱溅，隔得老远就能望得见。九十月菱角成熟，有人路过，用锄头一蓬一蓬地够上岸来，边摘边吃。而到了腊月脚下，塘边围满了人，人们脸上蒸腾着一团喜气，他们到塘子里取鱼取虾。白花花的鱼，在岸上泥地里跳，闪耀着碎银一样的光芒。

但我从来不敢跑近那池塘，村子里的其他孩子也都不敢。因为大人们说，塘子里有老鬼，专门吃小孩。瞎奶奶也这么说，她每次"见"到我，都要再三叮嘱我，不要到塘子里去玩水啊，那里面有老鬼，要吃小孩的。我谨记着，我自然是怕老鬼吃我的，而且我更想得到瞎奶奶的奖励。只要我答应没去玩水，瞎奶奶准会奖励我一块薄荷糖。那个年代，一块简朴的薄荷糖，对一个小孩子来说，有着无上的向往。

我小心地绕过那池塘。池塘边的泡桐树上，开了一树一树紫色的花，像倒挂着无数把紫色的小伞。花喜鹊站在上面蹦跳，抖落了一瓣一瓣的花，树下面，便落一层浅紫，细细碎碎的。我很想过去捡一串花来玩，但想到瞎奶奶的薄荷糖，便打消了这个念头。我边走边痴痴看，就到了瞎奶奶家门口了。说来也真是奇怪，瞎奶奶的眼睛虽看不见了，但每次我来，她准知道。那会儿，她抬起头，混浊的没有一丝光亮的眼睛，对着我的方向问，是志煜家的二丫头梅吧？

我答应一声，叫，瞎奶奶。她欢喜地应，哎。放下针线活，伸手招我过去，摸我的脸，问，梅，有没有去塘子里玩水？我答，没。瞎奶奶高兴了，夸我，梅真乖。记住，千万不要去塘子里玩水啊，瞎奶奶说。我答，唔，我记住了。瞎奶奶便到她怀里摸索，抖抖颤颤一阵后，方掏出一块方格子手帕，左一层右一层地揭开，我看到里面躺着的薄荷糖。来，给梅吃，梅不要去塘子里玩水啊，瞎奶奶不放心地关照。糖有些黏糊糊的，乳色的小蛾子似的，我一口含到嘴里，直把小小的心都浸甜了。

我含糊着应，哦。

糖吃完，瞎奶奶让我帮她穿针线。这活儿我乐意干，我的眼睛亮着呢，只一下，就把线穿过针孔了。瞎奶奶接过针线去，"望"着我，慈祥地笑，瘦小的脸，像一枚皱褶的核桃。她突然落花般地叹息一声，若是我的锁儿还在，他也该成婚了，养的孩子，也该你这般大了。这些话我可听不懂，我定定地看着她，她脸上每一道皱纹里，仿佛都有粼粼的波在荡，竟是说不出的悲伤。

她这么对着我"望"一会儿，复低下头去，一针一线纳她的鞋底，坐在一圈白日光里。时光静极了，梧桐树的影子在矮墙上晃，连同那些紫色的花的影子。矮墙头上，晒着她做好的布鞋，一双双，黑面子，白底子，那么大。我看着瞎奶奶的小脚，有些疑惑地问，瞎奶奶，这是给谁做的鞋啊？瞎奶奶答，是给锁儿他爹做的啊。锁儿，那是谁呢？锁儿他爹又是谁？我怎么从没见过。我怔一怔，突然从池塘边的泡桐树上，传来喜鹊的叫声，喳喳，喳喳，高亢的一两声，打破一个天地的静。瞎奶奶停了针线活，侧耳听，脸上慢慢浮上笑来，说，喜鹊叫，客人到，家里要来客喽。我不信，喜鹊每天都在叫，我却从来没有见过她家来客人。瞎奶奶却说，谁说没有？梅就是我家的客人啊。

## 二

我把她说的话告诉祖母，祖母唉地叹一口气，瞎奶奶是个

可怜的人哪。

她有过一个完整的家，男人壮实，儿子可爱，一家人在一起，只想把凡俗的日子安稳地过下来。然战乱与饥荒来袭，寻常的日子竟过不下去了，家里渐渐揭不开锅。男人跟她商量，要置副货郎担，去外讨生活，等换得铜板来，给她和儿子好日子过。好歹要保住我们李家的根啊！男人看一眼扯着她的衣角，饿得面黄肌瘦的儿子说。她点点头，开始没日没夜地给男人赶做布鞋。一共做了4双，她想着，春天一双，夏天一双，秋天一双，冬天一双，等4双鞋都磨破了，男人也该回来了。为这，她把自己的嫁衣都给拆了，一块块布，给男人做了鞋。

男人揣上她做的布鞋，上路了。走前，男人向她保证，少则半年，多则一年，他一定会回来。然而，春去春又回，男人却没有回。他们唯一的儿子锁儿，在又一年的六月天，掉进家门口的池塘里淹死了，死时，手里紧紧攥着一枝红莲。她懊恼得肝肠寸断，她怎么就不知道塘子里好看的红莲会吃人呢？她怎么就没留意到儿子会被红莲牵着，一步一步走下水里去？

彼时，她还年轻着，容貌也好，完全可以再嫁个壮实的庄户人，倚靠着那个人，求个今生安稳。也真的有几个壮实的庄户人看上她，许她好日子，要娶她过门。她却不，她说对不起男人，她把他李家的根弄没了，她要等他回来。

一日一日，一年一年，她为男人做着布鞋，从青丝，到白头。漫长的等待，加上内心悔恨的煎熬，她不断地流泪，眼睛渐渐不行了，最后终导致全看不见了。

　　我念小学后，极少再去瞎奶奶家。偶尔路过，还见她坐在矮墙下，坐在一圈白日光里，永远那样的姿态：低着头，一针一线地纳着鞋底。她的白发上，落着白日光的影子，白淹没在白里面，那么分明，又是模糊的。看过去，她竟像是裹在一团雾里，不很真切。池塘边的泡桐树上，花喜鹊还站在上面喳喳喳。远处的田野里，传来人们劳作的号子声，嗨哟，嗨嗨哟——太平盛世，热火朝天。她锁儿的爹，始终没回。

<h1 style="text-align:center">三</h1>

　　我小学毕业那年的五月，一个中年人寻寻问问，一路摸到我们村庄。他向村人们打听，崔曼丽还活着吗？她的家在哪里？村人们一头雾水。但不一会儿，有人醒悟过来，说，怕是找瞎奶奶吧。上了年纪的人恍然大悟，回忆起来，瞎奶奶好像是姓崔的。

　　一村人跟着去看热闹。中年人才提到李怀远，瞎奶奶就浑身颤抖不止，混浊的眼里，缓缓滚下两行泪，她哆嗦着嘴唇问，怀远在哪里？我对不起他，我把他李家的根弄丢了。中年人一把抱住了她，眼含热泪地叫，大妈，我可找到你了！

　　当年，她的男人李怀远，挑着货郎担，一路南下。很快赚得一些铜板，以为三两个月就能回的，却在半路上不幸染上风寒，一病不起。一对老夫妇救了他。老夫妇膝下只有一个姑娘，正当青春，对他照应十分细致，端饭端水伺候月余，他的身体

才得以慢慢好转。为了报恩，他留了下来，娶了那姑娘，开始了另一番生活。他对老家的女人一直心怀愧疚，她做的布鞋，有两双他没穿完，他珍宝一样收藏着，任何人动不得。逢年过节，他都要拿出来看看。当他病重，得知自己将不久于人世，他把儿子叫到了跟前，嘱咐儿子，无论如何，一定要找到她。

听的人唏嘘不已。瞎奶奶却只是笑着，她使劲地眨着一双空洞的眼，对着眼前的中年人"看"啊"看"。你真的是怀远的儿子？她问。得到中年人肯定的答复，她喜不自禁，颤抖着伸出手来，一遍一遍摸中年人的脸，笑一声说，他还有个根在，好！笑着笑着，眼睛就闭上了，整个人软塌塌倒下去，没了气息。

那年六月，瞎奶奶家门前的池塘里，一塘的红莲，开得红粉乱溅，一如往年。这时，我已知道，这世上根本没有老鬼，塘子里自然也没有。但我，还是一次也没走近过。等到我念初中的时候，瞎奶奶的茅草房被拆除掉，门口的池塘也被填了，朵朵红莲，被深埋到地底下。那里，整成了庄稼地，上面有时长玉米，有时长棉花，白日光罩着，无比的葱郁。

# 原谅我不能再爱你

一路开花

## 第一天：晴

清晨，我整理好了所有行李，买了车票，直奔康定。

车至中途，手机闪出了一串陌生的号码。只是一秒，我就按下了挂机键。我不容许任何人打扰我的勃勃兴致。

接着，这串号码就这么闪闪烁烁地跳跃在我的手机里。第五次，我极不耐烦地按下了绿色的接听键。我还没发火，听筒那边就传来了惹人哀怜的哭泣声。

此刻，对于我来说，她不过是个素未谋面的陌生女人。的确，我不认识她，甚至从来没有听过她的名字。

她恳求我回去，帮忙写一封信给你。她说，你很爱读我写的文字，每次听到广播里朗诵我的文章，你都会兴奋不已。

你虽然是我众多读者中的一员，可是，多么遗憾，生在同城，我竟不认识你。

正当我犹豫是否该回去时，电话里忽然冒出了一个男人的

声音：开花，回来吧，这也许是她生前最后一个愿望了。

我熟悉他的声音，他是市广播电台的男主持，经常找我约稿。怪不得她会有我的电话。

中途下车，只为赶回去了却她的心愿。谁忍心拒绝一个即将离世之人的恳求？

下午3：13，我在医院的病床前见到了她的真容，病房里竟站满了当地的媒体工作者，窗前放着水果和鲜花——惨白的床单与嫣红的花瓣形成了鲜明的对比，像这奄奄一息的短暂热闹。

她挣扎着想要起身迎接我，被我快步上前制止了。她形容枯槁，面色蜡黄，看一眼都使人心里发酸。

你是她唯一的儿子，也是我忠实的读者，今年17岁。她现在只想借我的手，写一封信给你。这是我此刻仅知的一些关于你和她的事情。

## 第二天：小雨

为了显出我的诚意，我特意去中学门口买了一沓彩色信纸。

她倚在窗前看雨，背朝房门，对我的到来毫无察觉。相比昨天，她的精神好了很多。

摊开信纸。她絮絮叨叨地开始回忆关于你的往事。我问她，这些要不要写下来，她郑重其事地说，要写，要写，不写你就会忘记的——

儿子，那年你不过7岁，尚且不明白爱情到底是什么东西。

你爸卷着家里所剩的积蓄和另外一个女人远走高飞的时候，你正在院子里摆弄破旧的玩具小卡车。

我站在门口的洋槐树下哭喊，崽啊，你爸要走啦！你抬头看看我，继而又埋下去，捣鼓手里的小卡车。

我万念俱灰——山盟海誓的爱情，就这么眼睁睁地甩我而去了。我没办法，我失控地把所有的悔恨和怨气全部撒向你。

巴掌像大雨一样落在你的身上。你不知道躲，一面哭，一面说，妈，你要是不喜欢我玩小卡车，我以后再也不玩了，我再也不玩小卡车了！

那一刻，我把你抱在怀里，哭得天昏地暗。我忘了你是我儿子，竟哽咽着告诉你，他不要我了，跟别的女人跑了。

你拍拍我的肩膀，凑在我耳边跟我说，妈妈，别害怕，你还有我呢！我永远都不会不要你！

因为这番话，我哭得更厉害了。

## 第三天：阴

为了生活，我去复烤厂做了小工。因为上班时间太紧，我再也不能接你上下学。

下午5：00，我知道你放学了，儿子，可我不能去接你。此刻，我正扛着一袋80斤重的烟（指"烟叶"）筒往车上跑。

一袋两毛钱。我算过，每天扛30袋，只要10天，我就能给你买个新书包。

我没想到，你竟会独自一人从学校跑来看我。复烤厂的大门有保安，他们不让你进去。于是，你站在门口一直等。

晚上 8：00，我风尘仆仆地推着三轮车刚出来，就看到了路灯下的你。你知道吗？我有多担心，从你们学校到复烤厂，足足 5 公里，那么多的车，那么多的人，那么多不可预料的危险，你要是出什么事，我该怎么办？

我刚想对你发脾气，你就笑着朝我跑来了，还把双手神秘兮兮地背在身后，让我猜里面到底攥着什么。

累了一天，我哪有心情？我板着脸，径直往前走。你跑上来，拦住我的去路，并恭恭敬敬地把两个大红苹果递给我。

妈，今天六一节，学校给每个小朋友都发了个大苹果。我不喜欢吃，所以给你吃！

儿子，你是妈生的，妈还不了解你吗？你最爱吃的就是苹果。以前你爸在的时候，你每次上街都吵着嚷着要大苹果。你不吃，是舍不得，妈知道。

我没哭，因为我在你的作文本上看到过，你说你最怕看见妈妈的眼泪。

六一节？不是只发一个吗？那你怎么会有两个苹果？你偷人家的？我瞪大了眼睛看着你。

没有，没有，妈妈你误会了。坐我前排的小胖，他被老师罚扫教室，没人帮他，我就去帮他啦，结果，扫完之后，他就把他自己的那个苹果送给了我。妈妈你是知道的，碰上这种情况，不收不行，况且，你都两个月没吃过水果了。

那两个苹果，我抖着腮帮一口口咀嚼，复杂的无以言说的甜蜜和着止不住的泪水一起咽进肚里。

## 第四天：晴

不知不觉，我已在复烤厂干了整整两年。转眼，你就 10 岁了。

每天放学后，你会跑来这里默默等我。你和门口的保安早已混得很熟。为了不耽误学业，一到门口，你就会很自觉地摊开书本，坐在花坛边上写家庭作业。

保安们被你感动了，说从来没有见过你那么懂事的孩子。于是，破例让你进门，并允许你去保安室的办公桌上写作业。

也是因为这样，你才会有机会看到我工作时的狼狈模样。

当我扛着 80 斤重的烟筒跟跟跄跄地跑出仓库时，你恰巧从厕所里出来。我没看到你，我正低着头，一袋一袋地数着背。有几次，腿软得差点跪下，但一想你正在门口笑眯眯地等我回家，又忽然有了气力。

我得早点搬完这 30 袋出去见你，我不能让你等得太久。

一切都被你看到了。回家的路上，你执意要我坐在三轮车的车斗里，你说以后都是你载我。我笑了，儿子，你才 10 岁，你能载得动我吗？

上坡的那条小路，你蹬了上去，又退了回来。我说，崽，坐着，让我来吧。你不肯，你说我累了一天了，不能再辛苦。

最后，你不蹬了，直接把车连我一起推上了大坡。儿子，看着你一路大汗淋漓却又无怨无悔地跑着，我心里说不出的难过。

你才 10 岁。这个年纪，你本该享受着无忧的童年，可我，却让你受了那么多苦。

后来，你听说捡饮料瓶可以赚钱，便恳求班里的同学把喝完的饮料瓶都给你。你攒了一段时间之后，卖了出去，赚了 9.8 元钱。

那夜，你蹑手蹑脚地走进我的房间，并把那 9.8 元钱悄悄装进了我的上衣口袋。儿子，你知道吗？其实，我根本没睡着。

凌晨，我偷偷去看你，手里攥着你给我的那 9.8 元钱。

桌上放着你昨晚写下的日记。我才看到其中一句，就掩面逃了出去。

你说，从今天起，你再也不会让妈妈受任何委屈。

## 第五天：晴

你上中学之后，家里的负担更重了。为了帮我减轻负担，你把课余的所有时间都用去捡塑料瓶，所以，成绩下降得特别厉害。

老师找你谈话，问我是否对你疏于管教。你说没有。老师接着问，要是没有，为什么你的成绩会下降得那么厉害。你说，你把时间都用去捡塑料瓶了。

我气坏了，几乎想都没想，就朝你脸上扇了一巴掌。说！

为什么你有书不好好读，偏要去捡塑料瓶？

你哭了，捂着脸说，妈，我只是想给你买一件像样的新衣服。

儿子，我该对你说点什么好呢？是责骂你呢，还是好好抱抱你？你看，你都和我一样高了。

你一直没有告诉我，你经常腿疼得厉害。你知道家里没钱，所以每次感冒你都只吃廉价药，并且告诉我，老师说了，昂贵药里的抗生素多，对身体不好。

体育课上的突然昏厥，致使你再也隐瞒不了腿疼的实情。

检查报告出来那天，我蹲在医院的厕所里哭了整整一下午。儿子，我最最亲爱的好儿子，妈妈不能给你一段富足的生活也就算了，可为什么，妈妈连一个健康的身体都不能给你呢？

我真恨自己，甚至想过去死，可一想到孤苦伶仃的你，就马上打消了这个念头。不管贫穷还是富有，健康还是疾病，妈妈都应该不离不弃地陪着你。

医生说，白血病虽然存活的概率很低，但不代表没有。

为了这十万分之一的希望，我决定把破旧的房子和叮当乱响的三轮车卖出去。

你不允许我这样做。你说无论如何，我都得好好活下去，如果把房子都卖了，那么，你走也会走得不安心。

病房里的很多人知道了你的故事。

接着，当地媒体找到了我们。

在热心市民的帮助下，我凑足了你的第一笔手术费。就在曙光微微朝我招手的时候，你狠心抛下了我。

你在最后的遗言里写道，妈妈，对不起，我好不起来了，手术费你留着吧，一定要好好活下去，我会一直在天堂看着你！

虽然，你在生命的最后一刻，仍然挂着笑容，可我还是无法原谅自己：给了你生命，却又不能完完整整地好好爱你。

## 第六天：晴

天气很好，和我第一次见她一样。

这些天，她一直在断断续续地告诉我那些关于你的动人故事。

医生说，她的时间不多。

我捧着彩色信纸又去见她的时候，病房已经空无一物。

手术失败，回天乏术。其实，你走之后，她便已经心死。哀至如此，什么药物均属无用。

她把角膜捐给了另外一个孩子。那孩子和你同岁，今年17岁，有着乌黑的头发和修长的手指。

你母亲昨天还给我留了一些话，我现在补进信里，转投给你。希望你一切安好。

儿子，原谅我没有听你的话，原谅我这样急扑扑地来找你。

如果有一天，你收到一封信，要记得来天堂的门口接我——没有眼睛，妈妈找不到你所在的路。

# 妈，亲一下

九把刀

一

2004 年 11 月 22 日，晚上 8 点 44 分，我跟爸陪在妈身边。今天是妈住院的第一个晚上，病因是急性脊髓性白血病。

检查报告出来时，医生大踏步走到病床前，要找家属谈病情。当时我正捧着便当，嘴里都是豆芽菜跟烧肉，盘着腿坐在病床上，展现我的好食欲给妈看。病房只有妈和我，就在医生要说出病情的瞬间，我突然说："等一下，我叫我哥过来听！"于是匆匆放下便当，冲出病房找哥。

妈病倒后，哥便是家里的支柱。多亏他大学念的是药学系，硕士念的是生药学，博士则攻癌症治疗。更多亏他有一个哥哥该有的样子。

好不容易找到了哥，冷静地告诉他我们原先祈祷的"仅仅是严重贫血、积劳成疾"的想法终告幻灭，然后在大厅拦住医生询问接下来该怎么做。医生人很好，什么都不直说，说完转

身，我的脑子一片空白。哥一把抓住我的肩膀，以一个我从没见过的表情说："怎么办？"当时我们都还没从震惊里走出来，心中浮起几个该打的电话。哥倒是老实跟妈说明了病情，毕竟妈年轻时是护理人员，什么都骗不了她，今早她还在翻看刚买的临床医学诊断分析，精明得很。

3个兄弟看着妈。"通通都不可以哭。"妈说。我则蜷在妈的膝盖上，偷偷抹掉眼泪。"当然不可以哭，现在发现得早，绝对可以撑过去。"哥鼓舞大家，弟附和。

"妈，你是我们最重要的人，真的不能没有你。"我握紧妈的手，"在网络上，我是被公认的最自大的小说家，自信得一塌糊涂，所以你一定也要有信心可以撑过化疗。"

"知道啦，那个是遗传。"妈勉强笑道。

之后，我们3兄弟轮流到医院外偷哭，然后分配接下来的工作。身为一个自由作家跟延期毕业的硕士生，我决定从新北市板桥搬回彰化，黏在妈身边写小说。哥则放缓研究室的进展，开着一台12年的老车疯狂往返于台北与彰化。老三正处于最忙的学业期，只能嘱咐他排除所有不必要的外务，多回彰化陪妈。

因为是妈妈——家里最重要的人。

一直到躺在病床上，妈都还不放心我们能不能照顾好自己："忘了把钱先给你们，记得自己从家里拿5000块（台币）再上台北！"一想到妈说这句话时的着急神情，我就无法克制地大哭起来。

从医院出来的路上，我想替妈写些东西，或者替我们家留下共同的美好记忆。这段记忆该起什么名字好呢？我几乎立刻看见妈小小的身躯骑着脚踏车，腼腆地回头看我的画面。妈，一定要好起来。

## 二

爸是个很依赖妈的人，他不会煮饭洗碗，不会洗衣熨衣，半夜腰酸背痛时要妈捶打按摩，睡前常开口要吃宵夜——标准的上一代台湾幸福男人。我们家没有钱，一笔债务扛了20多年总还不完，但爸过得很好，因为有妈为他打点勉强收支平衡的账。

"你晚上饭前饭后的药吃了没……姜母茶粉就放在我们泡咖啡的那个玻璃柜里后面一点儿……那个电话我抄在……"妈在病床上，还是遥遥监控爸的生活。

晚上10点，我们家的药店打烊，爸来了。他见到妈很开心，然后请教妈许多东西的存放位置，露出依恋的表情。"真想抱你回家。"爸感叹。这次妈的身体出状况，来医院检查前爸老是哭，弄得妈眼泪也无法收住。但爸的眼泪对妈来说意义重大，妈在爸的生命里留下最辛劳的背影。

陪伴在妈身边写些这个家的回忆，除了排遣我的愁绪跟对妈的心疼，我更希望这份彼此陪伴的回忆能带给妈力量。对完全以这个家庭为重的妈来说，这份陪伴书写能让妈知晓她在我

们每个人心中的意义。

我想，应该解释一下一直提到的我妈的脚踏车。妈不会骑机车，不会开车，只会骑学生时代学会的脚踏车。我们上国小时，如果爸偷懒，妈就骑脚踏车送我们兄弟去上学。其实我们家离民生国小并不远，只有一公里左右，但妈就是不放心。

那个时期的小孩子多半都很畏惧"在同学面前丢脸"，让父母接送上下学意味着自己被溺爱、不够成熟。跟妈越靠近学校，我就越怕被同学看见，简直是提心吊胆，于是一定不会在靠近学校时坐在脚踏车上。尽管别扭，但我很清楚妈的爱，所以从没大吼大叫斥退父母的温馨接送。而且，妈送我们到校门口时，我们会很自然地朝妈的脸颊亲一下。"妈妈再见。"我们亲亲道别。

民生国小有3个门，每个兄弟因为各差了2岁，所以离开妈的地点也不同。记得我刚上五年级不久，哥已上国中，弟又进了学校的另一个门。那关键的一天，妈独自送我到正门口时，嘱咐我几句就转身骑车要走。

"妈，还没亲。"我愕然，有点儿不知所措。

"长大了，不用亲，快进去。"妈有点儿腼腆地说。

我眼眶骤然一红，泪水模糊了视线，几乎要哭出来地走进学校。忽然，妈叫住了我，我泪眼汪汪地朝着妈踱步。"好啦，过来。"妈说，终于让我在她的脸颊上亲了两下。

后来，那个瞬间成为我记忆中最动人的一刻。

现在回想起来，妈的兴趣很少。其实是因为太过操劳，使得培养兴趣的时间变得太珍贵。真的有空闲，妈也会选择睡觉。妈说没有什么比得上好好睡一觉。妈真的很需要休息。

　　妈这次患病住院并非无预警，她经常头痛，没有食欲，胃痛，全身酸痛，半夜无法安稳入睡，手颤……将这些痛苦的画面拆开来看，好像是很平常的劳累病，很容易靠简单的成药就将痛苦缓解，所以便容易被忽视。最让我们兄弟内疚的是，病情的真相还是靠着妈的警觉与行动力，才提早揭开。

　　我深深体悟到，为人子的，应该将关心化为实际的行动。爸妈一有不对劲，做子女的不能老是嘴巴提醒、口头关心，而是该直接抱起父母到医院做检查。更重要的是，有些简单的梦想不该放在"可见的未来"再去实践。未来如果可见，就失去了未来的真正定义。我一直想带从未远游的妈出去游玩，也一直未能付诸行动。

## 三

　　一直以来我们都很庆幸没让妈失望，我们很清楚身为妈的骄傲，身上一定要有各自的光芒。哥说我的成就来得最早，妈总是很开心地跟别人说我出过书，在网络上很红。我总是期待将来有什么大众文学奖等我去抢，站在台上发表讲演时好好谢谢我妈。

　　妈常说，我的文学细胞来自爸，然后提起爸以前写给她的情书。我很清楚在爸的严格调教下，我的文章在同学中出类拔萃。

对于我后来专职写小说这件事，妈也给予近乎豪赌的尊重，并没有一直用世俗的职业观贬抑我、逆向激励我，或是过度担心我。我第一次投稿的小说就得了彰化县磺溪文学奖，次年再得一次。妈超高兴，认真地将小说看了一遍。妈总是这样，不管我写了多奇怪的题材，她都会戴起老花眼镜，若有所思地慢慢翻着。

什么导演来找我写剧本，什么制片来找我合作，大陆众多出版社来邀书，小说人物要做公仔，受邀到哪里去演讲等等，我都会用超臭屁的表情跟妈说，然后欣赏妈替我高兴的样子。

因为妈是世界上唯一一个不会对我的热血成就感到羡慕或嫉妒的人。我想让妈深刻知道儿子与她之间的美好联系。一个作家的三元素——情感、灵感与动力，在我的生命里，妈妈对我灌注的爱，三者兼具。

经过 4 次化疗，妈终于出院了。鉴于职业性质，可以居住在任何地方的我，很想定居在熟悉的中部，就近照顾妈妈。撇开需要照顾妈，我一直是个很恋故土的人。虽然彰化的发展很缓慢，始终没有一家像样的百货公司，没有我最需要的豪华影城，但我就是无法克制对这片质朴土地的热恋。

我的根扎在彰化的土地里，扎在一群老是离不开彰化的朋友那里，扎在我的家人身上。这是每一个创作者的艺术天性——尽管四处流浪，血液里还是做着故乡的梦。

由小说《功夫》（非周星驰版《功夫》）改编的电影合约已经正式签订，希望在不久的将来能牵着妈的手，走进盛大首映的电影院，走进我们共同的骄傲里。

灯光一暗，那个曾缩在妈肚子里的孩子，登峰造极的人生开始了。

妈，亲一下。

再亲一下。

然后再亲一下。

# 谁会等你，在天堂入口

宁子

从护士到护士长，转眼，她在这个每日和死亡打交道的科室已停留多年，亲人间生离死别的悲伤、绝望，她早已司空见惯。曾经，她还会为种种悲伤情境伤感难过，久了，一颗心也慢慢变得坚硬起来，几乎不再为病房里的任何离别动容……

那天，那个女孩找过来的时候，她正在准备收拾东西离开，已经到了下班时间。

女孩是 3 床病人的家属，病人，是女孩的父亲，不过 50 多岁，却已经是肺癌晚期并淋巴转移，根据多年的护理经验，她知道，女孩的父亲已经时日无多……女孩也不过 20 岁左右的年纪，已经在医院陪护父亲半个多月，每日碰面，也就认识了。这半个月，女孩也明显消瘦憔悴了许多，一张好看的苹果脸瘦出了棱角。

此刻，女孩站在她面前，低低唤了一声"护士长"。她的心还是微微触动，女孩真的太年轻了，在这个年纪失去亲人，不管怎样，都过于残忍。

有什么事吗？她亦放轻声调，回问一声。

　　我爸的臀部磨破了一小块，这几天反复用碘酒擦过后涂抹消炎粉，可是不见好，我想问问您有没有别的办法。女孩的声音始终很轻，好像惭愧于此时对她的打扰。

　　她沉吟一下，知道女孩的父亲是起了褥疮，这是病人长期卧床后常见的一种状况，尤其是身体虚弱自身无法活动的病人，而最糟糕的是肿瘤晚期病人的这种消瘦体质，会使得身体出现任何伤口，都无法愈合。这些年，对这种状况，除了叮嘱家属经常给病人翻身，尽量避免褥疮的产生，医院也一直没有更好的处置办法。于是，想了想，她对女孩说，勤给你爸翻翻身，多按摩按摩，手法别太重……

　　可是现在他已经……女孩显然有点着急，就没有别的办法可以治好他的伤吗？

　　她在心底发出微微叹息，女孩是太年轻还是对父亲的病还没有清醒的认识？对于女孩的父亲来说，这点皮肤外伤，已无足轻重，可能他自己都感觉不到，他的身体内，才真的是千疮百孔。

　　护士长，您想想办法……女孩的声音带着低低哀求。

　　她有些无奈，看着女孩，忽然想起前一段有一种敷贴，正是治疗早期褥疮的，只是因为价格太高，效果也不很确定，当时医院只进了少许并且一直未曾好好使用。她也曾试图推荐给那些需要的病人，可无一例外被家属拒绝了。一是他们不相信那种敷贴的疗效，二是也不想再为癌症末期病人身体的小疾患花费更多的钱——她理解，且不说贫困家庭，即使很好的家境，

也会被这种消耗性疾病的开销拖累。生活如此现实冷酷，慢慢坚硬的，不只是她的心。在这样的现实面前，亲人之间的爱，也不过如此，抵挡不住太多的消磨。

此时女孩央求得急切，她又冷不丁想了起来，于是试探着说，可以试试一种敷贴，只是还不知道效果……

"那就用。"女孩打断了她，没准管用呢。

她点点头，找出那种敷贴，和一个护士一起去了病房。

只是指甲盖大小的一块破损，在女孩父亲的臀部尾骨位置。她看出来之前有用过敷药的痕迹，周遭的皮肤也已经发红，若不及时处理，的确会更糟糕。她一边小心贴敷贴一边随口对女孩说，如果你们条件允许，可以买个气垫，这样即使不频繁翻身也会防止褥疮。

在哪里可以买到？医院有卖吗？女孩急急问。

协助她的护士回答女孩："外面卖医疗器械的店铺都有，不过……"护士住了口，看了她一眼。

她知道护士没有说出口的话，是因为买不买意义都不大了，一个气垫要1000多元，而女孩的父亲，真的没有多少时间了，只会是一笔无意义的开销。

女孩却什么都没有再说。在她为女孩父亲贴好敷贴后，女孩照料好父亲就跑了出去。十几分钟后，她下班离开的时候，在楼道转弯处遇见了女孩。女孩抱着的纸箱里，正是一个防褥疮的气垫。

女孩和她打了招呼，她笑笑，问女孩需要帮忙吗。女孩摇头，不用，我自己就可以了，他很轻，我现在可以抱得动他。

女孩的口吻很平静，可她的心，还是忍不住微微一疼。原来女孩不是不知道父亲的身体状况，可还是固执地努力着，或者，女孩心里还有幻想……她想，还是应该对女孩说出实情。于是顿了顿，她说："你要有心理准备，你爸爸的病……"

"我知道。"女孩平静地打断她，"护士长，谢谢您，我知道现在对他来说，我做什么都已无济于事，可我就是不想他身体上有任何伤痕，因为，奶奶带他来这个世界的时候，他的身体是完好的。日后他去了，我不想奶奶见了心疼，我想还给奶奶一个完好的孩子……"

毫无防备，她的泪一下就冲出了眼眶，这是她许久不曾有过的眼泪，是她日渐坚硬的心无法抵挡的一种柔软而有力的侵袭——女孩已经认可了深爱的亲人无法逃避死亡，却还是要在这残酷的现实面前，做出一个女儿最后的努力：不让父亲带着伤痕离开，还给父亲的妈妈，一个孩子完好的身体。

几天后，女孩的父亲离开了，而臀部那一小块指甲盖大小的伤痕，也在几贴敷贴的呵护下奇迹般愈合了。

父亲走的那天，女孩没有哭，只是仔细轻柔地擦净了父亲的身体，帮父亲换了新衣。她听见女孩贴在父亲耳边说，去吧，去找奶奶吧。

她抬起头来，仿佛看见天堂入口，一个母亲微笑着迎接自己久别的孩子。她也终于知道，亲人之间，爱的深度，她永远无法测知。

# 属于儿子的 8 个烧饼

周海亮

　　母亲上了火车，倚窗而坐。她将头朝向窗外，一言不发。火厢里闷热异常，然母亲似乎毫无察觉。她要去一个遥远的城市，她需要在座位上，坐上一天一夜。

　　乘务员的午餐车推过来了。母亲扭头看了一眼，又将脸转向窗外。

　　母亲保持这样的姿势，直到晚餐车再一次推过来。这一次，母亲终于说话。她问卖晚餐的乘务员，盒饭，多少钱一份？

　　10 块！

　　最便宜的呢？

　　都一样，10 块！

　　哦。母亲欠欠身子，表示抱歉。她将脸再一次扭向窗外。黄昏里，一轮苍老的夕阳，急匆匆落下山去。

　　母亲已经很老。她似乎由皱纹堆积而成。新的皱纹无处堆积，便堆积到老的皱纹之上，皱纹与皱纹之间，母亲的五官挣扎而出。那是凄苦的五官，凄凉的五官，凄痛的五官。母亲的表情，让人伤心。

母亲身边坐着一位男人。男人问她，您不饿吗？

哦。母亲说，不饿。

可是男人知道她饿。男人听到她的肚子发出咕咕的声音。男人想为母亲买上一个盒饭，可是他怕母亲难堪。

即使不饿，您也可以吃一个烧饼的。男人说，中学时候，我们把烧饼当成零食……您烙得吧？

男人指指桌子，桌子上，放了一个装着8块烧饼的塑料袋。烧饼们烙得金黄，摞得整整齐齐。似乎，隔着塑料袋，男人也能够闻到烧饼的香味。

哦，我烙的。母亲看一眼烧饼，表情起伏难定。捎给我儿子。

他喜欢吃烧饼？

喜欢。母亲说，明天七月七，你知道，七月七，该吃烧饼的。

他一下子能吃8个？

能呢。他饭量很大。他在家吃的最后一顿饭，就是我烙的烧饼。他一口气吃掉8个。这孩子！怎么吃起来没个够？

母亲的目光，突然变得柔软，似乎儿子就坐在她的面前，狼吞虎咽。

他在城里？

哦。

因为明天七月七，所以您给他送烧饼？

哦。

您坐一天一夜的火车，只为给他送8个烧饼？男人笑了，我猜您是想进城看他吧？烧饼只是借口……

哦，咳咳。母亲说。

他该结婚了吧？男人看一眼母亲的脸，说，他在城里干什么？我猜他当官。我有个儿子，也在城里当官。他也很忙，几乎从不回家。有时我想他了，就找个理由去看他。比如，烧饼。不过他饭量很小，别说 8 个烧饼，一个他也吃不完。男人耸耸肩，笑着说。

母亲看着烧饼，不出声。

反正烧饼只是借口，男人说，您为什么不吃上一个呢？

不可以。这是儿子的 8 个烧饼。

但是现在，这还是您的烧饼……

不。这是儿子的 8 个烧饼……

男人无奈地摇摇头，不说话了。火车距终点站，还得行进 12 个小时，他知道，这位母亲，必将固执地守着她的 8 个烧饼，一直饿到终点。

……

母亲下了火车，转乘公共汽车。汽车上，母亲仍然守着他的 8 个烧饼。汽车一路向西，将母亲送到一个距离城市很远的地方。母亲下了汽车，步行半个小时，终见到他的儿子。她将 8 个烧饼一一排出，40 多岁的儿子，便捂了脸，然后，泣不成声。

儿子身着囚服。身着囚服的儿子，在这里熬过整整 20 年。整整 20 年里，每逢七月初七，他的一点一点走向苍老的母亲，都会为他送来 8 个金灿灿的烧饼。

# 66 瓶灯油

梅寒

　　他出生在上世纪 50 年代西北一个贫寒的小山村。村里人世代务农，日出而作，日落而息，一年到头拼了命似的在那片贫瘠的黄土地里刨，仍然把日子刨得山寒水瘦。抱着饿得瘪瘪的肚子，那些或薄或厚纸质发黄的书，就成了他最好的食粮。

　　十来岁的孩子，已是家里的劳力了。白天是没有时间看那些宝贝的。只有等到夜里，严厉的父亲睡熟了，他才能悄悄从床上爬起来，找出事先藏好的书，躲在一豆灯光里如饥似渴地读。那年月，家里点的是油灯，一大家子，只有主屋里点一盏。太阳一落，天一黑，父亲便赶着他们上床，为的是省些煤油。他要半夜起来读书，只好趁父亲出门时偷偷地钻到他们屋里去倒一些煤油出来，然后再倒点儿水加进去。那点儿事，他做得神不知鬼不觉，竟然一直那样坚持着看下去。父亲也从来没有问过。

　　他是村里第一个走出村子到县城上中学的孩子。临行那天，母亲担着他的行李担子，亲自送他到小村口。

　　"娃儿，到了学校，可别再半夜里爬起来读书了，把眼睛

313

看坏了怎么办？"母亲轻轻地替他掸去衣角上的土，眼睛里有隐隐的泪光。他把头扭向一边，装作没听见。原来，他偷灯油，夜读书，母亲全都知道。

离开家的他，如一条游进大海的小鱼，一路游向海天深处。中学，大学，后来又幸运地参了军，从一名普通飞行员到一名解放军高级军官，他的人生道路越走越开阔，他回家的时间却越来越少。

母亲找人写给他一封信——也是此生中唯一的一封信时，他正为工作的事忙得焦头烂额。那时，他已整整5年没有回家了。母亲的信，很短，只有数行："儿啊，都5年没回家来了，娘知道你一定是很忙才如此的。还要点灯熬夜加班吗？注意你的眼睛啊。娘知道你从小就爱读书，娘给你攒了些灯油，等你回来时就带上。"

读完那封信，他笑笑就将它随手放进了抽屉里，边放边在心里给母亲回了信：我那可怜可爱的娘哟，现在都啥年代了，还用那玩意儿？也只是在心里跟母亲说了那些，他很快就把那封信忘到九霄云外了。

却不曾想，那是母亲留给他的最后一番叮嘱了。半年后，老家发来电报——那里竟连电话还不曾有，电报上说母亲出门时不小心摔了一跤，再没有醒来。接到电报的那一刻，他傻了眼，跌坐在椅子上，半天没回过神来。在他的印象里，母亲还是那个走路风风火火、说话掷地有声、身体健康壮实的老太太，他以为她还有20年30年甚至更多的岁月在等着他，她却那么猝然地走了。年近不惑的他，眼泪抹了满脸。

　　那 66 瓶灯油，是在收拾母亲的小屋时找出来的。在母亲的床底下，刷洗得油光锃亮的玻璃瓶子，被码得整整齐齐，摆了整整三排。在场的人一下子呆住了，老人是何时积攒下的这些东西？积攒那么多油，又是何意？他也愣了，片刻，像被什么狠狠地抽了一下，一下子清醒过来，眼泪也在那刻倾盆而下："娘啊！"

　　那是母亲为他积攒的灯油啊！一辈子没有走出那个小山村的母亲，一辈子不知道电灯为何物的母亲，把一个又一个思念儿子的长夜，浸泡在了那 66 瓶灯油里。

# 孩子，今生再也不见你

琴台

## 一

初冬的城市真冷啊，大大的操场上，你却只穿了 件薄薄的运动衣。看着你和那群生龙活虎的孩子挤在一起抢球，看着你笑得好像阳光一样灿烂，我的眼泪止不住淌了下来。

14 年不见，儿子，你竟然长得这样高了。

我颤抖着站在操场外的栏杆旁，心里翻江倒海，是说不出的疼痛。

我已经答应他们，永远不再见你。

你走失那年刚满 4 岁。你突然不见了。完整的家一下子散了，我疯了一样天天奔波在找你的路上，你妈妈木头人一样坐在家里，怀里抱着你的玩具和衣服，哭累了睡，睡醒了接着哭。

不到两年，你妈的身体就垮掉了，家里所有的钱都用来找你，依然没有半点儿你的消息。我不得不做出一个艰难的决定：离开这个打工的城市，回乡下老家去。

从那之后，每次过年过节，我们都要在桌子上摆上一副你的碗筷。14年，亲爱的儿子，你不在的14年中，每个春节我和你妈都是在眼泪中度过。

我也想过再要个孩子来分散你妈的注意力，可是，你妈的身体却不允许你再有一个弟弟或者妹妹。

我以为从此就要和你妈妈孤独终老，没想到，忽然有民警到家里来，说有了你的消息。

<h1 style="text-align:center">二</h1>

警察说他们将我的DNA数据输入了全国DNA数据联网库，那上面的比对结果显示：你是我的儿子。

我扶着你妈妈爬上警车。儿子，14年啊，我们终于要见到你了。

可是，你的养父母却告诉警察：你不在，去了外地。

我急急地想往那个高门大院的别墅里冲，同去的警察死命拽住了我。

我这才知道，虽然他们是你的养父母，可却并不是当初买你的那户人家。警察告诉我，从法律角度来说，你的养父母不用承担任何法律责任。

我闷头坐在旅店的椅子上，含泪了解了你这些年的经历。

被拐后，你先是被卖到山里，后来，可恶的人贩子犯案，交代出了你。于是警察将你解救出来，可因为我和你妈妈已经搬

离了原来的城市，所以，他们再也找不到你的家了。

没办法，他们提取了你的DNA数据后，将你寄养在孤儿院。10年前，一对夫妻因为没有孩子领养了你，他们就是你的养父母。

听完警察的话，我一个耳光扇到自己脸上。我真是个混蛋啊，当初为什么要搬家？警察告诉我，这种情况下，只有耐心地做通你养父母的思想工作。

一个下着大雨的黄昏，我再次见到了你的养父母。

让我震惊的是，不过5天，你那高大威严的养父，两鬓竟然出现了参差的白发。他慢慢挽着你的养母走进来，只是默默坐在一侧，听警察介绍完情况，忽然跪在我的面前："求求你，不要带走我的孩子，你要多少钱我都可以给。"

我和你妈同时跳起来，谈判陷入僵局。你的养父母最终起身离开，滂沱的大雨中，看着他们两个落寞的身影，我忍不住潸然泪下。

今日他们失去你，同当年我们失去你，其实是一样的心情。

警察继续做那边的工作，你妈已经开始兴奋地去给你买衣服了。

那天，我们给你买了鞋子、书包和运动服，刚回旅店，你养父的车就到了。

这次，他拿了10万块钱。我红着脸跳起来："谁要卖儿子了！"

你的养父在我们面前号啕大哭，他说你的养母已经3天粒米未进了。他还说，如果我们真的将你带走，他们也就没有任何活路了。

那天，他带来了你从 7 岁到 17 岁的所有照片，流着泪给我们看，在他们家，你生活得有多么幸福，他们有多么爱你。

我脸上的愤怒慢慢消散，看着照片中日渐长大的你，我想起了柜子底下你儿时的那些照片。那时，你总穿别人穿剩的衣服，买个玩具我们都要犹豫半天。而 8 岁之后的照片中，你穿得简直像个小王子，那么多玩具，那么幸福的笑脸。

你的养父给我们细数了这些年如何精心培养你，钢琴已经过了几级，跆拳道已经到了几段……他嘴里源源不断地蹦出一些我听都没听过的新名词。

你养父轻轻将你的照片捂在胸口上："如果真的足够爱孩子，你们就不应该只考虑自己的心情，而忽视孩子的需要。你们就忍心将孩子从都市生生拉到偏僻的乡村去吗？即便真的拉了去，孩子是否能够接受已经疏离了14年的亲情？即便能接受，你们又让他如何适应生活的巨大落差？"

找到你的巨大欣喜被灰凉的忧伤取代。我们必须承认，你养父的那些话是有道理的。可是，你是我们好不容易找回的骨肉，我怎么舍得放弃！

## 三

第二天早晨，我和你妈呆呆地坐在旅店前的台阶上，心里

正彷徨着，一个穿着背心、满身大汗的小伙子忽然蹬着三轮车过来了。就在那个瞬间，我们不约而同地在他身上看到了你的未来。

如果真的因为我们的出现，你从此失去无忧无虑的生活，失去灿烂光明的未来，我和你妈，是不是要终生背负愧疚和自责？

思前想后，权衡了一整天，我终于做出一个艰难的决定：不认你了。

你妈妈哭得近乎歇斯底里："我盼了 14 年，终于盼到这一天，我再也不要离开我的儿子了！"

我泪流满面地抱住这个疯了似的女人，哽咽着告诉她：过去我们疼痛伤心，只是因为担心孩子吃不好、睡不好，遭人虐待，如今，知道他在这里生活得这么好，应该高兴才对。

可你妈坚决不同意我的决定，最后，我只好狠下心来指着她的鼻子质问："把孩子带回我们身边，你能让他继续学钢琴和那个跆什么道吗？你能支付他昂贵的学费吗？你能有足够的钱让他出国留学吗？"你妈妈号啕着扑倒在地上。不能，所有你养父母给予你的一切，我们都不能给予。

孩子，我们宁愿自己痛苦一辈子，也不愿意你的人生有任何的缺憾。

听了我们的决定，你的养父母扑通一下跪在我们面前。

临走时，你养父执意将 10 万块钱塞到我手里，我知道，他是想要一个承诺。我收了那 10 万块钱，和他立下字据：今生再也不见你。

一回头，我和你妈用那 10 万块钱在这个城市最好的钢琴店里给你买了一架钢琴，委托你的养父将它放到你的卧室里。

孩子，你的亲生父母除了爱其实一无所有，这些年，我们什么都没有为你做，今后，我们也什么都不能为你做。这架钢琴，就算咱们父子一场的一点纪念吧。

想起这些，我的眼泪又没出息地掉下来。

球赛结束了，你大笑着和几个男孩儿从我身边跑过。我慌忙垂下头，没想到，手里的东西"哗啦"一下子掉下来。

一双清秀的手伸过来，孩子，你友善地站到我面前，捧着那些你妈妈买给你的东西，笑着对我说："伯伯，你的东西掉了。"

我泪眼朦胧地接过来，目不转睛地看着那张酷似我的脸，一句话都说不出来。

等我从巨大的晕眩中清醒过来，亲爱的儿子，你的背影也消失了。那些新衣服、新书包被我送到了附近的一个志愿者服务站，那些你妈妈精心做的丸子和茄盒，我放到了一个乞讨老人的饭盒里。

孩子，看到你灿烂纯真的笑脸，我才明白，你最需要的，就是生活在一个圆满的梦里永远不被惊醒。

孩子，我走了，爸爸最希望的是，有一天，你在台上有了万人瞩目的成功；我和你妈在台下，热泪长流地祝福鼓掌，然后一转身，各自天涯，此生都是陌路人。

# 第20根蜡烛叫疼痛

朱成玉

他的父亲，在他8岁的时候抛弃了他们娘俩，和另外一个女人去过幸福的日子了。他们的生活开始捉襟见肘，陷入窘境。

不管日子过得多苦，他的每个生日，母亲都会为他买来蛋糕。怜爱地看着他把蛋糕吃光，把勺子上残存的一点奶油舔得干干净净。母亲每次在他过生日的时候，都会为他点上蜡烛。那时候母亲的就会心疼地说："等妈找到好工作以后，天天给你买蛋糕吃。"

每一次点着蜡烛，他都长了一岁，所以要增添一根新的蜡烛，那些蜡烛就像是按大小个排列的士兵一样，在他的生日那天，接受他和母亲的检阅。那是些会流泪的蜡烛，他不知道它们的泪水是因为疼痛还是幸福，他只知道，他长高了，蜡烛就短了。

从他懂事的时候起，他便开始对着蜡烛闭上眼睛许愿了。他也喜欢流泪，这是他和蜡烛唯一相像的地方。只是，他的哭泣，不是因为疼痛，而是为他那些很难实现的心愿。

但再难的心愿母亲都尽量帮他去完成了。10岁的时候，他许的心愿是妈妈能给他买一个和同学一模一样的好看的书包；12 岁的时候，他许的心愿是妈妈能给他买双旱冰鞋；14 岁的时候，他许的心愿是班级里最漂亮的女生能去赴他的约会；16 岁的时候，他许的心愿是妈妈别再逼他重读，他不想去面对被他不停咒骂的课本；17 岁的时候，他许的心愿是明天能多来两个哥们，他要狂揍一顿网吧里的那个网管，因为他多管闲事，干扰了他去逗弄隔座的女孩；18 岁的时候，他许的心愿是妈妈多给他些钱，蹦迪、喝酒、泡妞需要很多钱，他常常入不敷出；19 岁的时候，他许的心愿是抢劫成功，让自己咸鱼翻身，发家致富。

短短的心路，竟如同往心灵上一滴滴注射着毒药。他许下的那些心愿一个个都变成了现实，除了最后一个。他预谋了近一年时间，抢劫了当地一个被他瞄了许久的大款，杀了人，但没有成功逃脱，他被警察抓到了。

行刑的日子正是他 20 岁的生日。狱警为他准备了肉馅包子，让他吃饱了好上路。他心如死灰，拿起包子准备往嘴里送的时候，看到母亲来了，他简直认不出她来，因为她的头发全白了。她哀求狱警让她为儿子送行。

母亲带来了一盒生日蛋糕，颤抖着双手将那一根根蜡烛点上，一共是 20 根。这些蜡烛又开始流泪了，流淌着那些苦不堪言的往事。母亲说："孩子，再许一个愿吧。"他闭上双眼，但无法阻止泪水的汹涌而出。这一次，母亲没有问他许的是什么心愿，他却主动说了出来："妈，这么多年来，我每次许下

的心愿都是自私的，从来都是为了我自己。但这一次，儿子是真心的，我希望您能好好活下去，我祝您永远健康长寿。"

母亲哀伤地望着他说："没有了你，我长寿还有什么用呢？"母亲没有再把那些蜡烛包起来，她知道，它们已经无法再一次燃烧，它们已经夭折。

看着他被狱警带走的时候，母亲突然跪了下去，声嘶力竭地喊："孩儿啊，妈对不起你，妈没能教育好你。"他回过头，向母亲跪了下去，重重地磕了 3 个响头……他无法说出话来，他知道，这生命中的最后一次生日，他吹灭的并不是 20 根燃烧的蜡烛，而是母亲的心。

# 细节

余显斌

　　他准备把母亲送入养老院，因为，母亲已有了老年痴呆症。

　　经常的，母亲会一个人坐在客厅里，抱着个铁盒，喃喃自语，见了他，或者他的妻子，只是一笑。问她说什么，她摇摇头，说什么也没说。

　　妻子说："太瘆人了。"

　　尤其有一个晚上，妻子从卫生间出来，看到客厅中坐着一个黑影，吓得妻子一声惊叫。他也醒了，跑出来拉开灯一看，母亲正端坐客厅中，一言不发。他说："妈，你怎么坐在这儿啊？"

　　母亲站起来，摇摇头，她自己也不知道自己怎么出来的。

　　两人回到房中，妻子生气地道："这日子怎么过啊？"说完，又劝他道："还是把妈送养老院吧，啊，那儿老人很多，还有个伴，我们呢，一个星期去看一次，也不会冷落了老人。"

　　他摇着头，叹口气，怎么也下不了这个决心。

　　他很小的时候死了父亲，母亲守着他，单门独户。那时，有很多人上门说亲，让母亲再嫁一个，也好有个帮手。可是母

亲坚决地拒绝了，她怕嫁人后，儿子会受委屈。

母亲一个人带着他，靠卖菜为生，送他上大学，教他做人成材。现在，自己在小城中打拼出了一番事业，母亲还没享几天福，就送到养老院，那怎么行？

妻子很生气，转过身睡了。

第二天做饭时，母亲又出了错。本来，饭已经做好，母亲又去开了开关，结果，一锅饭全煳了。妻子看着满锅的饭，埋怨道："妈，您怎么又开了开关啊？！"

半天，母亲回答："我忘了。"

另一次，母亲出去了，回来时竟去了另一层楼，幸亏人家送了过来。

几次三番，他的念头动摇了，心想，把母亲送到养老院看看吧！那儿老人多，可避免孤单，兴许对她还有好处。那天，趁母亲精神好，他把自己的想法告诉了母亲，并说："如果您老人家不想去，就不去。"

母亲坐在那儿，一言不发。

妻子在旁边忙说："妈，您去了，如果住不惯，我们再接您回来，好吗？"

母亲叹口气，点了点头，想收拾一点东西。她收拾的东西很简单，就是她常摸索的那个小铁盒。铁盒上上着锁，母亲把它紧紧地抱着。

妻子说："妈，这个盒子就放在家里吧？"

母亲不肯，很坚决地摇摇头。他说："就让妈带走吧。"

得了老年痴呆症后，母亲什么都忘记了，可就是没忘记这个铁盒，一直带着它，从不离身。妻子拉过他，点着他的额头骂道："你傻啊？你知道盒子里是什么？"他摇摇头，一直以来，母亲把那盒子看得像宝贝一样，他怎么知道。

妻子说："上一辈人，手中总有一些金货或银货，妈的盒子里很可能是这些东西。"他一听，也心动了。他知道，母亲的娘家过去是大地主，如果盒子里有什么宝贝，拿到养老院，丢了或者遭了小偷，就太不值了。

所以，他伸出手说："妈，把盒子给我看看好吗？"

母亲摇着头，抱得紧紧的，不给他。

妻子见了，忙在他耳边叽咕了几句。

那天，他们没送母亲去养老院。当晚，母亲睡熟后，他们悄悄拿出那个盒子，找到钥匙，轻轻地打开，一看，他眼泪直流。第二天，两人没送母亲去养老院。以后，也没有送母亲去养老院。

铁盒中藏的不是金，也不是银，而是一缕胎发和几颗乳牙。里面还有一张发黄的纸条，上面写着字，记着他换牙的时间和第一次剃发的时间。

他们那儿有个风俗，孩子的乳牙和胎发要保存好，不能丢失。不然，孩子会夭折的。

# 我怎么让你等了那么久

刘继荣

## 1

母亲真的老了，变得孩子般缠人。每次打电话来，还没说两句话，就满怀热诚地问："你什么时候能回来？"

且不说相隔一千多里路，要倒三次车。光是工作、孩子已经让我分身无术，哪里还抽得出时间回家。母亲的耳朵不好，我解释了半天之后，她仍旧热切地问："你刚才说星期几回来？你再说一遍。"

几次三番，我终于没有了耐心，在电话里冲母亲大声嚷嚷，她终于听明白，叹口气挂了电话。隔几天，母亲又问同样的问题，只是那语调怯怯的，没有了底气。她像个不甘心的孩子，明知问了也是白问，可就是忍不住。我心一软，沉吟了一下。

母亲见我没有烦，立刻高兴起来，她欣喜地向我描述："后院的石榴花都开了，热热闹闹的，西瓜快熟了，全是沙瓤的，都给你留着呢。"

　　我为难地说：“那么忙，怎么能请得上假呢。”她沉吟了一会儿，试探着说：“你跟领导讲，我得了癌，只有半年的活头了，这样该行了吧。”我立刻责怪她胡说，她呵呵地笑了。记得小时候，刮风下雨的天气，我不想去上学，便装肚子疼，被母亲识破，挨了一顿好骂。现在老了老了，她反而教着孩子说谎了，我又好气又好笑。

　　这样的问答不停地重复着，我终于不忍心，不再让她遥遥无期地等。我告诉她，下个月，一定抽出时间去看你，母亲竟高兴得哽咽起来。可也不知怎么了，永远都有忙不完的事，每件事都比回家重要，最后，到底没能回去。

　　电话那头的母亲，仿佛没有力气再说一个字，我满怀内疚：“妈，你可是生气了？”母亲这一回听真了，她连忙说：“孩子，我没有生你的气，我知道你忙。”

## 2

　　可是没几天，母亲的电话催得越发紧了。她说：“葡萄熟了，梨熟了，快回来吃吧。”我说，那有什么稀罕，这里满大街都是，花个十元八元就能吃个够。母亲不高兴了，我又耐下性子来哄她：“不过，那些东西都是化肥和农药喂大的，哪有你种的好呢。母亲得意地笑起来。”

　　星期六那天，气温特别高，我不敢出门，开了空调在家里呆着。孩子嚷嚷雪糕没了，我只好下楼去超市买。在暑气蒸腾

的街头，我忽然就看见了母亲的背影。看样子她刚下车，胳膊上挎着个篮子，背上背着沉甸甸的袋子，她弯着腰，左躲右闪，怕别人碰了她的东西，在拥挤的人流里，母亲每走一步都很吃力。我大声地叫她，她急急抬起满是热汗的脸，四处寻找，看见我走过来，竟惊喜地说不出话来。

一回到家，母亲就喜滋滋地往外捧那些东西。她的手青筋暴露，十指上都缠着胶布，手背上有结了痂的血口子。母亲笑着对我说："吃呀，你快吃呀，这全是我挑出来的。"

我的没有出过远门的母亲，只为着我的一句话，便千里迢迢地赶了来。她坐的是最便宜的没有空调的客车，车上满是乘客，又热又挤，但那些水灵灵的葡萄和梨子都完好无损。我想象不出，她一路上是如何过来的，我只知道，在这世上，凡有母亲的地方就有奇迹。

母亲只住了三天，她说我太辛苦，起早贪黑地上班，还要照顾孩子，她干着急，却帮不上忙。城里的厨房设施，她一样也不敢碰，生怕弄坏了。她自己悄悄去订了票，又悄悄地一个人走。在车站给我打了电话，说她走了，嘱咐我一定要好好吃饭。

才回去一星期，母亲又说想我了，不住地催我回家。我苦笑："妈，你再等等，等我忙完了这阵子就回。"第二天，我就接到姨妈的电话，她说："你妈妈病了，病得很重，你快回来吧。"我急得眼前发黑，泪眼婆娑地去请假，跌跌撞撞地奔到车站，赶上了最后一趟车。

一路上，我心里不住地祈祷。我希望，这是母亲骗我的，我希望她好好的。我愿意听她的唠叨，愿意吃光她给我做的所有饭菜，愿意经常抽空来看她。此时，我才知道，人活到八十岁也是需要母亲的。

车子终于到了村口，母亲小跑着过来，满脸的笑。我抱住她，又想哭又想笑，嗔怪道："你说什么不好，说自己病危，亏你想得出！"母亲讪讪地笑："不这样说，领导怎么会准你假呢。"看见母亲无限欢喜的神情，我什么说不出来了。她只是想让看到我，就这么一个小小的愿望，却费尽心机才实现，这能怪母亲吗？

母亲乐呵呵地忙进忙出，摆了一桌子好吃的东西，等着我的夸奖。我毫不留情地批评："红豆粥煮糊了，水煎包子的皮太厚，卤肉味道太咸。"母亲的笑容顿时变得尴尬，她无奈地挠着头。我心里暗笑，我知道，一旦我说什么东西好吃，母亲非得逼我吃一大堆，走的时候还要带上，就这样，我被她喂得肥肥白白，怎么都瘦不下去。而且，不贬低她，我怎么有机会占领灶台呢？

我给母亲做饭，跟她聊天，母亲长时间地凝视着我，眼里满是疼爱。无论我说什么，她都虔诚地半张着嘴，侧着耳朵凝神地听，就连午睡，她也坐在床边，笑眯眯地看着我。我说："既然这么疼我，为什么不跟着我住呢。"她说住不惯城里的高楼。

没呆几天，我就急着要回去。母亲苦苦央求我再住一天。她说，今早已托人到县城买菜了，一会儿准能回来，她一定要好好给我做顿饭。县城离这儿九十多里路，母亲要把所有她认

为好吃的东西都弄回来，让我吃下去，她才能心安。

我从姨妈家回来的时候，母亲精心准备的菜肴，终于端上了桌，我不禁惊诧：鱼鳞没有刮尽，鸡块上是细密的鸡毛，香油金针菇里居然有头发丝，无论是荤的还是素的，都让人无法下箸。母亲年轻时那么爱干净，如今老了竟邋遢得这样。母亲见我挑来挑去就是不吃，她心疼地妥协了，我送你去坐夜班车。

天很黑，母亲挽着我的胳膊，她说，你走不惯乡下的路。她陪我上了车，不住地嘱咐东嘱咐西，车子都开了，才急着下去，衣角却被车门夹住，险些摔倒。我哽咽着，趴在车窗上大叫："妈，妈，你小心些！"她没听清楚，边追着车跑边喊："孩子，我没有生你的气，我知道你忙！"

这一回，母亲仿佛满足了，她竟没有再催过我回家，只是不断地对我说些开心的事：家里又添了只很乖的小牛犊，明年开春，她要在院子里种好多好多的花。听着听着，我心里一片温暖。

## 3

到年底，我又接到姨妈的电话。她说："你妈妈病了，你快回来吧。"我哪里相信，我们

前天才通的话，母亲说自己很好，叫我不要挂念。今天想我了，就又使出了旧招数。

姨妈只是不住地催我，明知不是真的，我还是决定回去。

想着很快能看到母亲了，心里也是止不住的欢喜。到了车站，看见有母亲爱吃的油糕，买了一大袋，乐呵呵地提着上了车。

车到村头的时候，我伸长脖子张望着，母亲没来接我。我心里忽地就有了种不祥的预感，我赶紧跳下车，姨妈迎了过来。

她告诉我，给我打电话的时候，母亲就已经不在了，她走得很安详。她说，半年前，母亲就被诊断出了癌症，只是她没有告诉任何人，仍和平常一样乐呵呵地忙里忙外，并且把自己的后事都安排妥当了，这在农村并不稀奇。所以，就连天天跟她见面的姨妈，也只是前天才知道她的病。姨妈还告诉我，母亲老早就患了白内障，一只眼什么也看不清，另一只眼勉强看得见，她不许人告诉我。她说，现在的医药费太贵了，别给孩子添那么大麻烦了。

我紧紧地把那袋油糕抱在胸前，一颗心仿佛被人挖走。原来，母亲知道自己剩下的岁月不多了，才不住地打电话叫我回家，她想再多看我几眼，再和我多说几句话。原来，我挑剔着不肯下箸的饭菜，是她在眼睛近乎失明的情况下做的，我是多么的粗心！我执意要走的那个晚上，她一直搀扶着我，把我送上车。我走了之后，她一个人是如何摸索到家，她跌倒了没有，我永远都无从知道了。

母亲，你在眼睛几乎失明的时候，尚且能快乐地告诉我，牵牛花爬满了旧烟囱，扁豆花开得像我小时候穿得紫衣裳。母亲，你在最后的时光里，从容地为自己安排好了一切，留下所有的爱，所有的温暖，然后安静地离开。

　　我知道，你是这世上唯一不会生我气的人，也就是仗着这份宠爱，我才敢让你等了那么久。

　　可是，母亲，我真的有那么忙吗？

# 睡在天堂的爱

如意

## 一

忽然地，他开口跟我要钱了。最初的借口是身体不太好，要去医院做个全身检查，我便给他寄了钱。

没想到时间不长，他又来了电话，说想买个电动三轮车。我犹豫了一下，他好像听出我的迟疑，说："你给我出一半，我自己出一半，把家里羊卖了。"

我的心就软下来。这些年，他一直养羊，四五只，养大了去卖，当做日常的花销。平常给他钱他总不肯要，说生活简单，开销也小，花不到什么钱。

可是现在……我如数把钱汇过去，心里却觉得有什么地方不太对劲。

这样过了3个月，我公休，决定带女儿回家去看看他。

事先并没有告诉他，以免他担心，他看着突然出现的我们，半天才反应过来："丫头，你怎么回来也不先说一声。"女儿抢

着说："妈说要给你个惊喜。"他的确很高兴，顾不得跟我多说什么，拉着女儿去见识他的宝贝羊们。他乐呵呵地说："再过一段时间就卖，可以卖好多钱呢，现在羊又涨价了。"他把几只羊拢到一起，赶回家。他开了门，先把羊圈好。院子里有些杂乱，不像母亲在时那样整洁。角落里，放着他骑了很多年的脚蹬三轮车。

"爸，你买的电动车呢？"我随口问。他有些慌张："我……还没买呢，人家说下月电动车降价。"然后，他就进屋去给女儿找"稀罕物"——那些女儿爱吃的红薯干、柿饼……都是他自己做的。女儿吃着东西，我收拾院子，听见他给弟弟打电话："你姐回来了，你们晚上也回来吃饭吧。"又小声叮嘱一句，"多买点儿好吃的。"

我想说什么，但又住了口。那些年，心里始终介意父母的偏心。因为年少的嫉妒，我对弟弟刻意疏远了，后来赌气般地考上了一所好大学，终于扬眉吐气地离开了家。弟弟勉强读完职业中专，成了县城里那种在流水线上做事的小工人。

下午，弟弟两口子带了孩子早早回来，买了很多食品、蔬菜，更是显出了客气的成分。我自然也给他们备好了礼物。

晚上，我在院子里陪他说话，他说其实弟弟一直很牵挂我，弟妹还给我女儿织了毛衣……

只是没想到，话题到最后，还是落到了钱上。他绕了很大的圈子，先说村里正在统一规划，又说母亲生前想重新翻盖房子……最后才试探着问："你们要是手头不那么紧，能不能……你知道的，你弟弟他们……"

　　我打断他："爸，翻房子需要多少钱？"心里，忽然有一丝说不出的伤感。

　　"大概，大概要两万块吧……"他的声音低下去，又赶快补充，"我的羊要是都卖了，也能卖好几千块钱。"我愣了一下，两万多，对我来说也不是小数目，我嗫嚅着："爸，我回去看一看再说，应该，不是太大问题。"

　　他低下头："丫头，难为你了。看看能有多少，爸年纪大了，别的事，也不会花钱了……"我笑了笑。月光暗暗的，他一定看不出我的笑容有些苦涩。

　　所有事情都有巧合吧，在我把钱汇给他半个月后，老家那边有个亲戚来城里给孩子做手术，问我是否在医院有熟人。我帮他联系，顺口问："我们家的房子开始翻盖了吗？"他有些诧异："没听你爸说要翻盖房子啊。"然后他想起来什么，"对了，你爸把羊都卖了，帮你弟弟买了辆小客货车，你弟不在工厂了，自己给人开车送货呢，不少赚钱……"

　　我的心，像瞬间被凉水浇透。

　　原来，他是骗我的，他始终是偏着弟弟，偏心到骗了我的钱来帮着他。亲戚走后，我终于忍不住把自己关在洗手间，借着哗哗的水声哭了一场。

# 二

　　之后好些天，没有主动给他打电话。后来是他先打了电话

来，我只是淡淡应付着，他只好讪讪地挂了电话。

但是我没有想到，那竟然是我最后一次听到他的声音。

3天后，我接到弟弟电话，说他去世了，死于心肌梗塞。猛然想起他3天前电话里那些琐碎的叮嘱和我的冷淡。犹如一块重石砸在心上，砸得我好半天没有透过气来。赶回家去，第一次我和弟弟抱在一起痛哭，母亲离开时，我还有他的怀抱可依，而现在……几天前对他的怨恨早已被他突然的离去冲散，只被疼痛包围。

安置了他的后事，走的时候，弟弟送我去车站，说："姐，要常回来，爸妈都不在了，家还在。"一句话，我干涸的眼中忽然再度充满了泪。家，家人的爱，我没有了。可是，我有过吗？握握弟弟的手，说了声保重，我上车离开。我想也许以后，这个所谓的家，我不会常回了吧。

过了好多天，我才从他的离去中平静下来。

但是人生，真的竟是这样地祸不单行，老公的公司出事了，他被一个客户骗走了全部资金。老公几乎崩溃，从不沾酒的人开始日日买醉。我心疼且焦急，又无计可施，想了一个晚上，决定卖房子。

弟弟是第二天中午打来的电话，他离开后，弟弟倒是常常打电话来。我没有心思和他寒暄，他也听出了我的焦虑，耐心地询问。我还是对弟弟说了。

没想到他竟然坐了火车第二天一大早就赶了过来，进门，什么都不说，从怀里掏出报纸包着的一沓钱来："姐，这是5万块，不多，先拿着应急。"

我吃惊不已："你哪来的钱？" "这几个月开车拉货赚了一部分，用房子抵押贷了3万，县城里房子不值钱，只能贷这么多……"

我心里一热，把钱推给他："我不能用你的钱。"弟弟急了："姐，去年工厂倒闭，我和你弟妹都下岗，想买辆车，没钱，你给了爸4万块，让他给我，还不让爸告诉我是你的钱。"

我呆住了，弟弟依然在说："爸说了，小时候你总让着我，因为我是弟弟，现在我要保护你，因为你是女人。爸还说，有一天他不在了，我就是你娘家……"

"爸！"我一转头，泪如雨下。我这个薄情的女儿啊，是怎样误会了他那片深爱的苦心。他是早就知道自己将不久于人世了吧？他是知道生性高傲的我，连亲情都不会索取和依赖吧？所以，他要替我预订未来的爱和守护。

当初，他开口跟我要钱，心里该是怎样的为难？要鼓起多大的勇气？但是他还是要那么做，只是为了让他离开后，我还有亲人的爱可以依赖。

# 舍得

赵海宁

父亲去世 10 年后，在我的"软硬兼施"下，母亲终于同意来郑州跟着我——她最小的女儿一起生活。这一年，母亲 70 岁，我 40 岁。70 岁的母亲瘦瘦的，原本只有 1.5 米的身高，被岁月又缩减了几厘米，看起来更加瘦小，面容却仍然光洁，不见太多沧桑的痕迹，头发亦未全白，些许黑发倔强地生长着。

我们借了一辆车回去接她，她早把居住了几十年的老屋收拾妥当，整理好了自己的行李。那些行李中有两袋面，是她用家里的麦子专门为我们磨的，这种面有麦香。但那天，那两袋面我决定不带了，因为车的后备箱太小，我们要带的东西太多。母亲却坚持把面带着。"一定要带，"她说。

她这样说的时候，我忽然愣了一下，看着她，便想明白了什么，示意先生把面搬到里屋，我伸手在外面试探着去摸。果然，在底部，软软的面里有一小团硬硬的东西。如果我没猜错，里面是母亲要给我们的钱。

把钱放在粮食里，是母亲很多年的秘密。十几年前，我刚刚结婚，在郑州租了很小的房子住，正是生活最拮据的时候。

那时，我最想要的不是房子，不是一份更有前途的工作，只是一个像样的衣柜。就是那年冬天，母亲托人捎来半袋小米。后来先生将小米倒入米桶时，发现里面藏着500块钱，还有一张小字条，是父亲的笔迹：给梅买个衣柜。出嫁时，母亲给我的嫁妆中已有买衣柜的钱。后来她知道我将这笔钱挪做他用，便又补了过来。那天晚上，我拿着10元一张厚厚的一沓钱，哭了。那些年，母亲就是一次次把她节省下来的钱放在粮食里，让人带给我，带给大姐二姐，在我们都出嫁多年后，仍贴补着我们的生活。但那些钱，她是如何从那几亩田里攒出来的，我们都不得而知。这一次，即使她随我们同行，也还是将钱放到了面袋里，在她看来，那是最安全的。

面被带回来后，我把钱取出来交还母亲，母亲说："这是我给童童买车用的。"童童是她的外孙，这段时间他一直想要辆赛车，因为贵，我没有给他买，上次回老家，他许是说给母亲听了，母亲便记下这件事。2000块，是她几亩地里一年的收成吧，我们都不舍得，但她舍得。记忆中，母亲一直是个舍得的人，对我们，对亲戚，对左邻右舍，爱舍得付出，东西舍得给，钱舍得借，力气也舍得花。有时不知道她一个瘦小的农村妇人，为什么会这样舍得。母亲住下来，每天清晨，她早早起来做饭，小米粥、小包子、鸡蛋饼……变着花样儿。中午下班我们再也不用急赶着去买菜，所有家务母亲全部包揽。阳台上还新添了两盆绿莹莹的蒜苗，有了母亲的家，多了种说不出的安逸。

母亲带来的两袋面，一袋倒入桶里，另外一袋被先生放到了阳台上。过了几天，我却发现阳台地板上的那袋面被移到了高处的平台上晾晒。先生是个粗心的人，应该不会是他放的，我疑惑地问母亲，她说："啊，我放上去的，晒晒，别坏了。"我一听就跟她急了，那平台，一米多高，那袋面，六七十斤，身高不足1.5米，体重不足90斤的母亲，竟然自己把它搬了上去。我冲她大喊："你怎么弄上去的？那么沉，闪着腰怎么办？砸着你怎么办？出点儿什么事怎么办……"一连串地凶她。她却只是笑，围着围裙站在那里，等我发完脾气，小声说："这不没事吗？"有事就晚了！我还是后怕，但更多的是心疼。直到母亲向我保证，以后不再干任何重活，我才慢慢消了气。

母亲来后不久，有天对先生说："星期天你喊你那些同学回家来吃饭吧，我都来了大半个月了，没见他们来过呢。"先生是在郑州读的大学，本市同学的确很多，关系也都不错，起初还会在各家之间串门，但现在，大家都已习惯了在饭店里聚会。城市生活就是这样繁华而淡漠，不是非常亲近的，一般不会在家里待客了。我便替先生解释："妈，他们经常在外面聚呢。"母亲摇头，说："外面哪儿有家里好，外面饭菜贵不说，也不卫生。再说了，哪儿能不来家呢？来家才显得亲。"然后，母亲态度坚决地让先生在周末把同学们带回家来聚一聚。我们拗不过她，答应了。

先生分别给同学中几个关系最亲近的老乡打了电话，邀请他们周末来我们家。周末一整天，母亲都在厨房忙碌。下午，先生的同学陆续过来了，象征性地提了些礼品。我将母亲做好的饭菜一一端出，那几个事业有成、几乎天天在饭店应酬的男人，立刻被几盘小菜和几样面食小点吸引过去。其中一个忍不住伸手捏起一个菜饺，喃喃说，小时候最爱吃母亲做的菜饺，很多年没吃过了。母亲便把整盘菜饺端到他面前，说："喜欢就多吃，以后常来家里吃，我给你们做。"那个男人点着头，眼圈忽然就红了，他的母亲已经去世多年，他也已经很久没回过家乡了。

那天晚上，大家酒喝得少，饭却吃得足，话也说得多。那话的内容，也不是平日在饭店里说的生意场或单位里、社会上的事。很少提及的家事，被慢慢聊起来，说到家乡，说到父母……竟是久违的亲近。那以后，家里空前热闹起来。母亲说："这样才好，人活在世上，总要相互亲近的。"

母亲来后的第三个月，一个周末的下午，有人敲门，是住在对面的女人，端着一盆洗干净的大樱桃。女人有点儿不好意思地说："送给大娘尝尝。"我诧异不已，当初搬过来时，因为装修走线的问题，我们和她家闹了点儿矛盾。原本就不熟络，这样一来，关系更冷了下来，住了3年多，没有任何往来。连门前的楼道，都是各扫各的那一小块儿地方。她冷不丁送来刚刚上市的新鲜樱桃，我因摸不着头脑，一时竟不知该说什么好。她的脸就那样红着，有点儿语无伦次："大娘做的点心，孩子可爱吃呢……"我才恍然明白过来，是母亲。母亲并不知道我们有点儿过节，其实即使知道了，她还是会那么做，在母亲看

来，"远亲不如近邻"是句最有道理的话。所以她先敲了人家的门，给人家送小点心，送自己包的粽子，还送自己种的新鲜小蒜苗……诚恳地帮我们打开了邻居家的门。后来，我和那女人成了朋友，她的孩子也经常来我们家，奶奶长奶奶短地跟在母亲身后，亲好得犹如一家人。

邻居们，不仅仅是对门，前后左右，同一个社区住着的许多人，母亲都照应着。她常在社区的花园和先生同事的父母聊天，帮他们照顾孙子。不仅如此，还有物质上的往来，母亲常常会自制一些风味小点，热情地送给街坊四邻，这也是母亲在农村生活时养成的习惯。小点心虽然并不贵重，却因有着外面买不到的醇香味道，充满了浓浓的人情味。

有一次，得知先生一个同事的孩子患了白血病，母亲要我们送些钱过去。因为是来往并不亲密的同事，我们只想象征性地表示一下，母亲却坚决不答应，说："人这辈子，谁都可能会碰到难事，你舍得帮人家，等你有事了，人家才会舍得帮你。孩子生病对人家是天大的难事，咱们碰上了，能帮的就得帮。"我们听了母亲的。

在母亲过来半年后，先生竟然意外升职，在单位的推荐选举上，他的票数明显占了优势。先生回来笑着说："这次是妈的功劳呢，我这票是妈给拉来的。"我们才发现，最近我们的人际关系竟然空前好起来，那种好，明显地少了客套多了真诚。一个字都不识的母亲，只是因为舍得，竟不动声色地为我们赢得了那么多，是我们曾经一直想要赢来却一直得不到的。再想她说过的话：你舍得对人家好，人家才会舍得对你好。于她，这是一个农村妇人最朴实本真的话；于我们，无疑是一个太过深刻的道理。

温煦的日子里，我很想带母亲到处走走。可母亲因为天生晕车，坐次车如生场大病，于是常拒绝出门。那个周末，我决定带她去动物园。母亲说："没有见过大象呢。"动物园离家不远，几站路的样子。母亲说："走着去吧。"我不同意，几站路，对一个70岁的老人，还是太远了。可她又坚决不坐车，我灵机一动，说："妈，我骑车带你去。"母亲笑着同意了。我推出车子，小心地将她抱到前面的横梁上，一只胳膊刚好揽住她。抱的时候，心里一疼，她竟然那么轻，蜷在我身前，像个孩子。

途中要经过两个路口，其中一个正好在闹市区。小心地骑到路口，是红灯，我轻轻下车，还未站稳，却有警察从人流中穿过来，走到我面前说："不许带人你不知道吗？还在前面带。"说完，低头便开罚单。母亲愣了一下，攥着我的胳膊要下来，我赶忙扶稳她，跟那个年轻的警察说了声对不起，解释说："我母亲晕车，年纪大了，不能坐车，我想带她去动物园看看……"

警察也愣了一下，这才看清我带的是一位老人，还不等他说什么，母亲责备我，你怎么不告诉我城里骑车不让带人呢？然后坚持要下来。我正不知所措，那个警察伸手一把搀住了母亲："大娘，对不起，是我没有看清楚，城里只是不让骑车带孩子，您坐好。"然后他忽然抬起手，向我认认真真地敬了个

礼。接着，他转身让前面的人给我腾出一个空间，打着手势，阻止了四面车辆的前行，招手示意我通过。我带着母亲，缓缓地穿过那个宽阔的路口，四面的车辆静止行人停步，只有我带着母亲在众人的目光里骄傲前行。

那是我有生以来第一次受到如此厚重的礼遇。因为母亲，因为舍得给予她一次小小的爱，一个萍水相逢的年轻警察，便舍得为我破例，舍得给我这样高的尊敬。这礼遇，是母亲送给我的。

母亲是在跟着我第三年时查出肺癌的。结果出来以后，有个做医生的朋友诚恳地对我说："如果为老太太好，不要做手术了，听天命尽人事吧。"这是一个医生不该对患者家属说的话，却是真心话。和先生商议过后，决定听从医生的安排，把母亲带回了家。又决定不向母亲隐瞒，于是对她讲了实情。母亲很平静地听我们说完，点头，说："这就对了。"然后，母亲提出要回老家。

母亲在世的最后一段时间，我陪在她身边。药物只是用来止疼，抵挡不了癌症的肆虐。她的身体飞快地憔悴下去，已经不能站立，天好的时候，我会抱她出来，小心地放在躺椅上，陪着她晒晒太阳。她渐渐吃不下饭去，喝口水都会吐出来，却从来没有流露过任何痛苦的神情，那些许黑发依旧倔强地蓬勃着，面容消瘦却光洁，只要醒着，脸上便漾着微微的笑容。那天，母亲对我说："你爸他想我了。""妈，可是我舍不得。"我握着她的手，握在掌心里，想握牢，又不敢用力，只能轻轻地。

"梅，这次，你得舍得。"她笑起来，轻轻将手抽回，拍着我的手。但是这一次，母亲，我舍不得。我说不出来，心就那么疼啊疼得碎掉了。母亲走的那天，送葬的队伍浩浩荡荡，从村头排到村尾，除了亲戚，还有我和先生的同学、朋友、同事，我们社区前后左右的邻居们……很多很多人，里面不仅有大人，还有孩子，是农村罕见的大场面。

队伍缓缓穿行，出了村，依稀听见围观的路人中有人议论，是个当官的吧？或者是孩子在外面当大官的……母亲这一生，育有一子三女，都是最普通的老百姓，不官不商。母亲本人，更是平凡如草芥，未见过大的世面，亦没有读过书，没有受过任何正规教育，她只是有一颗舍得爱人的心。而她人生最后的盛大场面，便是用她一生的舍得之心，无意间为自己赢得的。

# 爱到无力

丁立梅

母亲进厨房有好大一会了。

我们兄妹几个坐在屋前晒太阳，等着开午饭，一边闲闲地说着话。这是每年的惯例，春节期间，兄妹几个约好了日子，从各自的小家出发，回到母亲身边来拜年。母亲总是高兴地给我们忙这忙那。这个喜欢吃蔬菜，那个喜欢吃鱼，这个爱吃糯米糕，那个好辣，母亲都记着。端上来的菜，投了人人的喜好。临了，母亲还给离家最远的我，备上好多好吃的带上。这个袋子里装青菜菠菜，那个袋子里装年糕肉丸子。姐姐戏称我每次回家，都是鬼子进村，大扫荡了。的确有点像。母亲恨不得把她自己，也塞到袋子里，让我带回城，好事无巨细地把我照顾好。

这次回家，母亲也是高兴的，围在我们身边转半天，看着这个笑，看着那个笑。我们的孩子，一齐叫她外婆，她不知怎么应答才好。摸摸这个的手，抚抚那个的脸。这是多么灿烂热闹的场景啊，它把一切的困厄苦痛，全都掩藏得不见踪影。母亲的笑，便一直挂在脸上，像窗花贴在窗上。母亲突然想起什么似的说，我要到地里挑青菜了。却因找一把小锹，屋里屋外乱转了一通，最后在窗台边找到它。姐姐说，妈老了。

妈真的老了吗？我们顺着姐姐的目光，一齐看过去。母亲在阳光下发愣，母亲说，我要做什么的？哦，挑青菜呢，母亲自言自语。背影看起来，真小啊，小得像一枚皱褶的核桃。

厨房里，动静不像往年大，有些静悄悄。母亲在切芋头，切几刀，停一下，仿佛被什么绊住了思绪。她抬头愣愣看着一处，复又低头切起来。我跳进厨房要帮忙，母亲慌了，拦住，连连说，快出去，别弄脏你的衣裳。我看看身上，银色外套，银色毛领子，的确是不经脏的。

我继续坐到屋前晒太阳。阳光无限好，仿佛还是昔时的模样，温暖，无忧。却又不同了，因为我们都不是昔时的那一个了，一些现实无法回避：祖父卧床不起已好些时日，大小便失禁，床前照料之人，只有母亲。大冬天里，母亲双手浸在冰冷的河水里，给祖父洗弄脏的被褥。姐姐的孩子，好好的突然患了眼疾，视力急剧下降，去医院检查，竟是严重的青光眼。母亲愁得夜不成眠，逢人便问，孩子没了眼睛咋办呢？都快问成祥林嫂了。弟弟婚姻破裂，一个人形只影单地晃来晃去，母亲当着人面落泪不止，她不知道拿她这个儿子怎么办。母亲自己，也是多病多难的，贫血，多眩晕。手有严重的风湿性关节炎，疼痛，指头已伸不直了。家里家外，却少不了她那双手的操劳。

我再进厨房，钟已敲过十二点了。太阳当头照，我的孩子嚷饿，我去看饭熟了没。母亲竟还在切芋头，旁边的篮子里，晾着洗好的青菜。锅灶却是冷的。母亲昔日的利落，已消失殆

尽。看到我，她恍然惊醒过来，异常歉意地说，乖乖，饿了吧？饭就快好了。这一说，差点把我的泪说出来。我说，妈，还是我来吧。我麻利地清洗锅盆，炒菜烧汤煮饭，母亲在一边看着，没再阻拦。

回城的时候，我第一次没大包小包地往回带东西，连一片菜叶子也没带。母亲内疚得无以复加，她的脸，贴着我的车窗，反反复复地说，乖乖，让你空着手啊，让你空着手啊。我背过脸去，我说，妈，城里什么都有的。我怕我的泪，会抑制不住掉下来。以前我总以为，青山青，绿水长，我的母亲，永远是母亲，永远有着饱满的爱，供我们吮吸。而事实上，不是这样的，母亲犹如一棵老了的树，在不知不觉中，它掉叶了，它光秃秃了，连轻如羽毛的阳光，它也扛不住了。

母亲，终于爱到无力。